国家出版基金项目
NATIONAL PUBLICATION FOUNDATION

编　帆尧
主　丁王

悬崖边的树

〔美国〕王德威 著

译林出版社

图书在版编目（CIP）数据

悬崖边的树 ／（美）王德威著. —南京：译林出版
社，2023.9
（大家读大家系列 ／ 丁帆，王尧主编）
ISBN 978-7-5447-9802-0

Ⅰ.①悬… Ⅱ.①王… Ⅲ.①中国文学－文学评论－
文集 Ⅳ.①I206-53

中国国家版本馆CIP数据核字（2023）第 136335 号

本书受"南京大学人文社科资助项目"资助。

悬崖边的树 [美国] 王德威 ／ 著

主 编 丁 帆 王 尧
策 划 江苏明哲文化发展有限公司
责任编辑 吴荀东
校 对 孙玉兰
责任印制 闻媛媛

出版发行 译林出版社
地 址 南京市湖南路 1 号 A 楼
邮 箱 yilin@yilin.com
网 址 www.yilin.com
市场热线 025-86633278
排 版 南京展望文化发展有限公司
印 刷 镇江恒华彩印包装有限责任公司
开 本 850 毫米 ×1168 毫米 1/32
印 张 9.5
插 页 4
版 次 2023 年 9 月第 1 版
印 次 2023 年 9 月第 1 次印刷
书 号 ISBN 978-7-5447-9802-0
定 价 66.00 元

序

丁 帆 王 尧

在 2017 年的文化生活中，"大家读大家"无疑是关键词之一。我们和明哲文化公司策划的"大家读大家"丛书第一辑出版，有效促进了文学领域的"全民阅读"。这一辑中最早出版的毕飞宇《小说课》一时风生水起，随后出版的李欧梵、张炜、马原、苏童、叶兆言、王家新等诸位大家的作品与之相呼应，成为 2017 年的一道风景线。在这非凡气象的背后，我们又紧锣密鼓地策划了现在读到的"大家读大家"丛书第二辑。

"大家读大家"丛书的策划包含着这样两层涵义：邀请当今的人文大家（包括著名作家、某个领域内的专家）深入浅出地解读中外大家的名作；让大家（指普通阅读者）来共同分享大家的阅读经验。前一个"大家"放下身段，为后一个"大家"做普及与解惑的工作，这种互动交流的目的，就是想让两个"大家"来合力推动当下的"全民阅读"，使其朝着一个既生动有趣，又轻松愉悦获得人文核心素养的轨道前行。

在我们儿时并不丰富的阅读记忆中，《十万个为什么》或许是最重要的一套书。我们在轻松、愉悦的阅读中获得了一些科普常识，萌生了探究世界的好奇心，潜移默化养成了我们看世界的视角。这是曾经的"大家"读"大家"的历史。我们常与一些作家、批评家同仁闲聊，谈起为普及科普知识，一些科学家绞尽脑汁地为非专业读者和中小学生写书但并不成功的例子，很是感慨。究其缘由，我们猜度，或许就是长期以来我们培养的科学家缺少人文素养的熏陶和写作技巧的训练，理性思维发达，感性思维欠缺，甚而缺少感性表达方式。没有自己的语言表达方式或者无法表达自己，是一种很大范围的文化危机。究其原因，多年来文学教育的缺失是其一，没有诗和远方，国民整体文学素养凝滞，全社会人文素质缺失。这是当下亟待克服的文化危机。

我们也在这样的危机中，又心怀拯救危机的理想抱负。百无一用是书生，但书生有书，读书，写书。倘若中国当下杰出的人文学者，首先一流作家和从事文学研究的专家学者，换一种思维方法和言说方式，重返文学作品的历史现场，用自身心灵的温度和对文学的独特理解来体贴经典、触摸经典、解读经典，或许会奏出不同凡响的音符；在解读经典的同时，呈现自己读书和创作中汲取古今中外文史哲大家写作营养的切身感受，为最广大的普通作者提供一种阅读的鲜活经验……如此这般，作者和读者岂不快哉！于是，我们试图由文学阅读开始，约请创作领域里的著名作家和艺术家以及文史哲艺学科门类术业有专攻的优秀学者，分别撰写他们对古今中外名家名著的独特解读，以期与广大的读者诸君携手徜徉文化圣殿，去浏览和探究中国和世界瑰丽的文化精神遗产。

已经与大家见面的丛书第一辑，是一批当代著名作家的读书笔记或讲稿的结集。无疑，文学是文化最重要的基石，一个国家和民族可以缺少面包，但是不能没有文学的滋养。文学作为人们日常精神生活不可或缺的人文营养补给，是人之生存和持续发展的精神食粮。作为专家的文学教授对古今中外名著的解读固然很重要，但是，在第一线创作的作家们对名著的解读似乎更接地气，更能形象生动地感染普通的读者与大中小学的学生——这是我们首先推出当代著名作家读大家的文稿的原因。

如今，许多大学的文学院或中文系都相继引进了一批知名作家进入教学科研领域，打破了"中文系不是培养作家的摇篮"的学科魔咒。在大学里的作家并非只是学校的"花瓶"，他们进入课堂的功能何在？他们会在什么层面上改变文学教育的现状？他们对于大学人文教育又有什么样的意义？这些都是绕不过去的问题。其实，这是中国现代大学的一个传统，我们熟悉的许多现代文学大家同时也是著名大学的教授。这一传统在新世纪得以赓续。十年前复旦大学中文系引进王安忆做创作专业教授的时候就开始尝试曾经行之有效的文学教育模式。近些年许多大学聘任驻校作家；北京师范大学成立了由诺贝尔文学奖得主莫言主持的国际写作中心；苏童调入北师大，阎连科、刘震云、王家新等也进入中国人民大学文学院。

在策划这套丛书的过程中，我们首先做了一个课堂实验，在南京大学请毕飞宇教授开设了一个读书系列讲座，他用自己独特的感受去解读中外名著，效果奇好。毕飞宇的课堂教学意趣盎然、生动入微，看似在娓娓叙述一个作家阅读文本时的独特感知，殊不知，其中却蕴涵了一种从形下到形上的哲思。他开讲的第一篇就是我们几代人都在初中课本里读过学过的名作《促织》，这个被许许多多中学、大学教师嚼烂了的课文，却在他口吐莲花的叙述中画出了一道独特的绚丽彩虹，讲稿甫一推出，就在腾讯网上广泛传播。仔细想来，这样的文本解读不就是替代了我们大中小师生们都十分头疼的写作课的功能吗？不就是最好的文学鉴赏课吗？我们的很多专业教师之所以达不到这样的教学效果，最根本的原因就是他们只有生搬硬套的"文学原理"，而没有实践性的创作经验，敏悟的感性不足，空洞的理性有余，这显然是不能打动和说服学生的。反观作为作家的毕飞宇教授的作品分析，更具有形下的感悟与顿悟的细节分析能力，在上升到形上的理论层面时，也不用生硬的理论术语概括，而是用具有毛茸茸质感的生动鲜活的生活语言解剖经典，在审美愉悦中达到人文素养的教化之目的。这就是我们希望在创作第一线的作家也来操刀"解牛"的缘由。

丛书第一辑的作者，都是文学领域的大家。马原执教于同济大学，他在课堂上解读外国作家经典，讲稿出版后深受广大读者的欢迎。还有王安忆和阎连科也是如此。这两位作家的书稿原本也在第一辑出版，因为体例和内容原因，王安忆老师的书稿由人民文学出版社另行出版了。阎连科在当代作家中是个"异数"，他的小说和散文，都以独特的方式创造了另一个"中国"。如果读者听过阎连科的演讲，就知道他是在用生命拥抱经典之作。他对世界文学经典的解读另辟蹊径，尊重而不迷信，常有可圈可点之处。我们期待有机会出版阎连科的文稿。哈佛荣休教授李欧梵先生，因学术的盛名，而使读者忽视了他的小说家、散文家的身份。李欧梵教授在文学之外，对电影、音乐艺术均有极高的造诣，其文字表达兼具知性与感性。收录在丛书中的这本书，谈文学与电影，别开生面。张炜从九十年代开始就出版了多种谈中国古典、现代文学，谈外国文学，尤其是俄罗斯文学的读书笔记，他融通古今，像融入野地一样融入经典之中，学识与才情兼备。才华横溢的苏童，不仅是小说高手，他对中外小说的解读细致入微，以文学的方式解读文学，读书笔记如同他的小说散文一样充满了诗性。叶兆言在文坛崭露头角之时，就是公认的学者型作家，即便置于专业人士之中，叶兆言也是饱学之士。叶兆言在解读作家作品时的学养、识见以及始终弥漫着的书卷气令人钦佩。王家新既是著名诗人，亦是研究国外诗歌的著名学者，他用论文和诗歌两种形式解读国外诗人，将学识、情怀与诗性融为一体。我们这些简单的评点，赢得了读者的认同。我们将陆续推出当今著名作家解读中外大作家的系列之作，以弥补文学阅读中理性分析有余而感性分析不足的遗憾，让更多的普通读者也能从删繁就简的阅读引导中走进文学的殿堂。

我们现在读到的"大家读大家"丛书第二辑，收录了夏志清、王德威、白先勇、宇文所安、孙康宜、胡晓真、田晓菲、张小虹几位大家的书稿。他们无论身份是作家、学者，还是学者兼作家，几乎都是文章高手。用英文写作的宇文所安，是海外研究中国文学的大家，在他即将从哈佛大学荣休之际，出版他的大作，也是向他致敬的一种方式。值得注意的是，白先勇先生、胡晓真女士、张小虹女士，他们或有祖国宝岛台湾的生活经历，或长期在台湾的研究机构和大学从事教学研究，一样的母语写作，但有不完全一样的表达。彼岸学者、作家的阅读经验和修辞方式，自然而然丰富了我们汉语的表达。夏志清、王德威、孙康宜（她的部分文章是英文撰写）、田晓菲兼具中国文化和西方文化的背景，他们的阅读和写作，为我们提供了多元文化背景的参照。无疑，不少从事文学研究的学者也擅长生动的语言表达，他们对中外著名作家作品的解读在文学史的定位上更有学术的权威性，这类大家读大家同样是重要的。但我们和广大读者一样，希望看到的是他们脱下学术的外衣，放下学理的身段，用文学的语言来生动地讲解中外文学史上的名人名篇。

即将出版的"大家读大家"丛书第三辑，内容集中在外国文学。在解读世界文学名人名篇之时，我们不但约请学有专攻的外国文学的专家学者执牛耳，还将倚重一批著名的翻译大家担当评价和解读名家名作的工作，把他们请进了这个大舞台，无疑是给这套丛书增添了一道亮丽的风景线。新文学百年来翻译的外国作家作品可谓是汗牛充栋,但是,我们的普通阅读者由于对许多历史背景知识的欠缺,很难读懂那些皇皇的世界名著所表达的人文思想内涵,在茫茫译海中,人们究竟从中汲取到了多少人文主义的营养呢?抱着传播世界精神文化遗产之目的,我们在"大家读大家"丛书里将这一模块作为一个重头戏来打造,有一批重量级的学者和翻译大家做后盾,我们对此充满信心。

近几十年来,许多史学专家撰写出了像黄仁宇《万历十五年》那样引起了广大普通读者热切关注的历史著作,用生动的散文笔法来写历史事件,此种文章或著作蔚然成风,博得了读者的喝彩,许多作家也参与到这个行列中来,前有余秋雨的文化大散文《文化苦旅》,后有夏坚勇的历史大散文《湮没的辉煌》和《绍兴十二年》。我们试图在这套丛书中倡导既不失史实的揭示与现实的借镜功能,又有笔墨生动和匠心独运的文风,让史学知识普及在趣味阅读中完成全民阅读的使命。这同样有赖于史家和作家们将春秋笔法融入现代性思维,为我们广大的普通读者开启一扇窥探深邃而富有趣味的中外历史的窗口,从中返观历史真相、洞察人性沉浮,在历史长河中汲取人文核心素养。

哲学虽然是一个枯燥的学科,但它又是一个民族人文修养的金字塔,怎么样让这个可望而不可即的灰色理论变成绿叶,成长在每个读者的心头呢?这的确是一个难题,像六七十年前艾思奇那样的普及读本显然已经不能吊起当代读者的胃口了。我们试图约请一些像周国平那样的专家来为这套丛书解读哲学名家名作，找到一条更加有趣味的解读深奥哲学的快乐途径，用平实而易懂的解读方法将广大读者引入中国哲学和西方哲学名人名著的长河中，让国人更加理解哲学与人类文化休戚相关的作用，从而对为什么要汲取人文素养有一个形而上的认知，这恐怕才是核心素养提升的核心内容所在。

艺术本身就是有直观和直觉效果的学科门类，同时也是拥有广大读者群的领域，我们有信心约请一些著名的专家与创作大家共同来完成这一项任务，我们的信心就在于许多作者都是两栖人物——他们既是理论家，又是艺术家，在美术、书法、音乐、舞蹈、戏剧、电影、电视等艺术门类里都有深厚的人文学养和丰富的创作经验。

"大家读大家"丛书的策划、写作和出版，是一个长期而艰巨的工程，我们将用毕生的精力去打造它。我们希望这套丛书成为我们民族人文核心素养提升的一个大平台，为普及人文精神开辟一条新的航道。

非常感谢译林出版社和明哲文化公司为"大家读大家"第二辑所付出的心血，使得本丛书顺利出版，以飨读者。

向写作的大家致敬！

向阅读的大家致敬！

目 录

1

古典今典，诗力文心

文学，经典，与现代公民意识

文学从五四运动以来曾被认为是号召革命启蒙、改造国民性的利器。在视觉文化和网络信息如此发达的今天，我们鼓励学生学习文学经典，首先必须扪心自问的是：要如何谈文学的重要性？

事实上，文学之为我们所理解的"文学"并非古已有之。文学作为一种学科，其实始自二十世纪之交京师大学堂的"发明"，主要依据日本和欧洲的范本，而且一直到三十年代才大抵落实为文字想象和创作形式的总称。这一形式强调独立的学科范畴和纯粹的审美要求，虽然蕴含其下的动机——从为人生、为艺术，还是为革命，到唯心还是唯物——从来众说纷纭。

这样的文学定义在二十世纪下半期已经饱受冲击，何况面对当代的新新人类。眼前无路想回头，我以为跨过"五四"门槛，重新回溯文学在中国文明传统中定义的流变，反而让我们有了新的期待。学者早已指出，"文"的传统语源极其丰富，可以指文饰符号、文章学问、文化气质或是文明传承。"'文'学"一词在汉代已经出现，历经演变，对知识论、世界观、伦理学、修辞学和审美品位等各个层次都有所触及，比起来，现代"纯文学"的定义反而显得谨小慎微了。

"郁郁乎文哉"：文学最终的目的不仅是审美想象或是启蒙革命，也可以是兴观群怨或"心斋""坐忘"或"多识草木鸟兽虫鱼之名"，以至"观乎人文，以化成天下"。文学是我们生活或生命的一部分。传统理想的文学人应该是文质彬彬，然后君子。转换成今天的语境，或许该说文学能培养我们如何在社会里做个通情达理、进退有节的知识人。

一

但是经典岂真是一成不变、"万古流芳"的铁板一块？我们记得陶渊明、杜甫的诗才并不能见重于当时，他们的盛名都来自身后多年——或多个世纪。元代的杂剧和明清的小说曾经被视为诲淫诲盗，成为经典只是近代的事。晚明顾炎武、黄宗羲的政治论述到了晚清才真正受到重视，而像连横、赖和的地位则与台湾的历史经验息息相关。至于像《诗经》的诠释从圣德教化到纯任自然，更说明就算是著毋庸议的经典，它的意义也是与时俱变的。

谈论、学习经典因此不只是人云亦云而已。我们反而应该强调经典之所以能够可长可久，正因为其丰富的文本及语境每每成为辩论、诠释、批评的焦点，引起一代又一代的对话与反思。只有怀抱这样对形式与情境的自觉，我们才能体认所谓经典，包括了文学典律的转换，文化场域的变迁，政治信念、道德信条、审美技巧的取舍，还有更重要的，认识论上对知识和权力，真理和虚构的持续思考辩难。

二

以批判"东方学"知名的批评家爱德华·萨义德一生不为任何主义或意识形态背书，他唯一不断思考的"主义"是人文主义。对萨义德而言，人文之为"主义"恰恰在于它的不能完成性和不断尝试性。以这样的姿态来看待文明传承，萨义德指出经典的可贵不在于放诸四海而皆准的标杆价值，而在于经典入世的，以人为本、日新又新的巨大能量。

而为什么又要着重文学经典？萨义德强调文学的基础无他，就是对语言最细腻繁复的操作与理解。阅读文学让我们理解语言除了通情达意外，更是一个充满隐喻象征的符号机器，层层转折，拒绝化约成简单的公式或真理。只有在阅读——而且是细读——文学时，我们的注意力最终导向语言。在爬梳字句、解析章节的过程里，我们认识意义的产生千头万绪，总是在虚与实、创造与再创造的紧张关系中发生。

萨义德的对话对象各有其神圣不可侵犯的宗教基础。相形之下，中国的人文精神，不论儒道根源，反而显得顺理成章得多。文学经典早早就发出对"人之所以为人"的大哉问。屈原徘徊江边的浩叹，王羲之兰亭欢聚中的警醒，李清照乱离之际的感伤，张岱国破家亡后的追悔，鲁迅礼教吃人的控诉，千百年来的声音回荡在我们四周，不断显示人面对不同境遇——生与死、信仰与背离、承担与隐逸、大我与小我、爱欲与超越——的选择和无从选择。文学经典将文本和生命内容化简为繁，作为读者，我们有必要从细读里体会想象的或存在的人生经验，而且我们的诠释绝不"从一而终"。

在这个意义上，阅读、批判社会、政治现象所肇生的各种"文本"又何尝不是如此？我更要说，越是因为名嘴现象、博客文化等将我们的沟通、判断能力简化为顺口溜或冷笑话，接触经典越应该成为一种自觉的训练，或是虽不能至、心向往之的目标。我们唯有掌握语言的有机性和绵密的衍生、想象特质，我们才能理解权威、知识和符号之间合纵连横的关系，阅读才能成为一种批判性的创造过程。明乎此，文学经典可以成为教育基础的一课。

高中语文所提供的文学经典选读只是浅尝辄止，而且后续乏力。而今天的大学语文教学多半没有深入训练学生人文素养的远见。这不禁让我想起萨义德曾任教的哥伦比亚大学八十年来引以为傲的"核心人文教育课程",正是从柏拉图、亚里士多德、荷马、但丁、莎士比亚、塞万提斯、蒙田、陀思妥耶夫斯基到伍尔芙等大家所形成的西方文学经典课程。

然而求诸台湾地区,高中学生将来要进入哪所大学才有这样的机会呢?如果没有这样的机会,我们是否又能期许个别同学有独立阅读经典——哪怕只是一部作品、一位大家——的野心呢?毕竟,择善而固执,敢于与众不同,不也是养成自我判断意识的重要一课?

埔里的摩罗，诗力与文心

——黄锦树《论尝试文》

黄锦树任教台湾"暨南国际大学"，定居埔里乡下将近二十年。埔里山明水秀，但位于地震带上，平静的地表下总酝酿着板块震动。在隐喻层次上，这也似乎是黄锦树与台湾中文学界关系的写照。

中文系的世界温良恭俭，一派风和日丽，黄锦树却每每意识到——甚至让自己成为——这样风景下的不安。他治学的才华有目共睹，但他犀利的批评风格，对人对事的"不够世故"，也引起不少忌惮。尽管如此，我依然认为黄锦树是当代最有问题意识，也最具论述能力的学者之一。

在论述场域里，黄锦树所致力的议题包括马来西亚华语文学与中国性批判、当代台湾地区小说评论、晚清文学与知识谱系研究、写实主义与现代主义辩证等。近年他的注意力转向"文"的现代性和"抒情传统"问题，以及散文与小说虚构的伦理意义。

这些论述有如不同板块，在黄锦树的笔下相互撞击，散放出巨大能量。在此之上，他作为小说创作者的经验，以及在台马来西亚华裔的身份，更为他的评论平添紧张向度。

一九九六年黄锦树在吉隆坡出版第一本评论集《马华文学：内在中国、语言与文学史》，引起马华文化界一片哗然。对黄而言，马华文学传统恒以中国性的追求为前提。但在缅怀神州文化、遥想唐山遗产（华人华侨称祖国为"唐山"）的过程中，"中国"早已被物化成为一个著毋庸议的符号。这一"中国"符号内蕴两极召唤：一方面将古老的文明无限上纲为神秘幽远的精粹，一方面又将其化为充满表演性的仪式材料。折冲其间，马华主体性往往被忽略了。黄挞伐前辈的中国情结，批判"五四"写实主义，质疑中文纯粹性。如何体认中文及中国在马华族群想象中的历史感和在地性，是他念兹在兹的问题。

彼时黄锦树年轻气盛，思辨每有过犹不及之处。然而他对马华文化存亡的危机感，对文学"作为方法"的期盼和焦虑，还有他自身的漂泊意识如此深沉，不由得我们不正色以对。近年华语语系研究兴起，学者四出找寻例证，才发现黄锦树其实早已默默开风气之先了。与此同时，黄锦树致力实用批评，对当代作家从朱天文、朱天心到王安忆、郭松棻等都有精彩细读。他也开始思考有关这些书写的"文"的问题——文字技艺、文类属性、文体风骨、文化气质等。《谎言与真理的技艺》《文与魂与体》等书都是极为精谨的著作。

黄锦树对文学寄托既深，发为文章，亦多激切之词。另一方面，他又充满对病和死亡的兴趣。在他笔下，作家文辞可以比作"不断增殖的病原体""肿瘤物""癌细胞式的、恐怖的再生产""自体免疫"；文学与历史的关联则每与尸骸、魂魄、幽灵相连接。他直面文学和社会败象，既有煽风点火的霸气，也有知其不可为而为之的忧郁。他的横眉冷眼，尖诮偏执，竟仿佛有了鲁迅式的身影（或幽灵）。这样的模拟虽然只能点到为止，但相较近年自诩为鲁迅传人的学者，黄锦树意必固我、反抗绝望的姿态反而真诚太多。

多年前我曾为文介绍黄锦树，并以"坏孩子"称之（《坏孩子黄锦树：黄锦树的马华文学论述与叙述》）。"坏孩子"有理取闹，与社会格格不入；他的讥讽引人侧目，却也带来处处机锋。回看黄这些年的文字，我以为"坏孩子"尚不足以说明一切。他字里行间所透露的厉气鬼气，喝佛骂祖，毋宁更让我们觉得此中有人：他呼应了青年鲁迅所向往的摩罗形象。

时间回到一九〇七年。鲁迅在《摩罗诗力说》里指出近世中国文明发展每下愈况，传统资源抱残守缺。当务之急在于"别求新声于异邦"。对鲁迅而言，这样的新声非摩罗诗人莫属。摩罗始自印度，原意为天魔，传至西方，即成为魔鬼、撒旦。而在当代的诗人里，摩罗的代表首推浪漫诗人拜伦。拜伦之外，有雪莱、普希金、莱蒙托夫、裴多菲等人，"无不刚健不挠，抱诚守真；不取媚于群，以随顺旧俗"（《摩罗诗力说》）。摩罗诗人最重要的能量即在于"撄人心":撩拨人心、召唤诗力。

黄锦树对现代马华以及中华文学所释放的"撄人心"式冲动,曾让不少学界先生难以承受。在方法论上,这样的冲动不能安于四平八稳的"文学反映人生"之类写实论述,而必须从现代主义的大破大立找寻表达方式。相对兴观群怨的诗教传统,摩罗发出"真的恶声"。的确,当黄锦树高谈烧芭论、"谢本师"、"破"中文、"散"文类时,摩罗诗力呼之欲出。

但就如我在他处所论,鲁迅《摩罗诗力说》延续晚清文学革命论中以毒攻毒的脉络(《从摩罗到诺贝尔》)。潘多拉的盒子一旦打开,这种场面恐怕鲁迅也始料未及。在摩罗诗论最隐秘的部分,诗人的创造—毁灭的力量及于自身。黄锦树不能自外于这样的两难。当历史狂飙过后,一切喧嚣激情散尽,摩罗诗人必须直面生命的"无物之阵"。在这里,神魔退位,满目荒寒,四下弥漫无尽的虚空:

> 我梦见自己正和墓碣对立,读着上面的刻辞。……有一游魂,化为长蛇,口有毒牙。不以啮人,自啮其身,终以殒颠。……抉心自食,欲知本味。创痛酷烈,本味何能知?……

熟悉鲁迅的读者想必知道这段描写出自《野草》里的《墓碣文》,时为一九二五年,《摩罗诗力说》发表十八年后。此时的诗人已经从"撄人心者"的魔鬼成为"抉心自食"的活尸。这些年间，启蒙风云数变，革命的号召依然方兴未艾。摩罗诗人摧毁了什么？成就了什么？他不能扪心自问，反而抉心自食，但"其心已陈旧，本味又何能知？"

黄锦树熟治中国现代文学，当然理解摩罗诗力内蕴的难题。他的挑战是，新文学运动一百年后，他能提出什么新的论述面对这一难题？他不是也不必是当年的鲁迅。这就让我们来到他的新书《论尝试文》。这本论文集搜集了他近年的论文十六篇，另有较短的评论和书评十八篇。以体例而言，这些论文多半仍以实用批评出发，针对当代作家作品做出点评，因此呼应前两部论文集。但如黄自述，这些文字集中反思两项较深的理论问题，一为现代叙事与抒情传统的纠结，一为小说虚构与散文纪实的区隔。两者都关乎黄锦树对"文"和文学的独特看法。

抒情传统是台湾地区中文系的重要议题。二十世纪五十年代末由旅美的陈世骧教授来台首开其端，继之以七十年代同样是旅美的高友工教授来台丰富理论架构，一时如响斯应，启发许多中文系青年学者。黄锦树承认抒情传统的研究成果，但却视之为一伟大的现代"发明"。他增益这一传统的方式，很吊诡的，是福柯考掘学式的拆解。相对多数学者颂赞抒情传统的物我相忘，浑然天成，他更有兴趣的是调查这个传统何以在"五四"启蒙和革命的喧嚣中浮出地表，而且在台湾找到栖居所在。更进一步，他叩问当代文学里抒情如何成为内向化、异质化写作的指标；它和台湾主体性的建构有什么关系。准此，他讨论了从胡兰成到朱天文、郭松棻，从舞鹤到雷骧、童伟格等作家。

鲁迅的摩罗诗人飞扬跋扈，但"其神思之澡雪，既至异于常人，则旷观天然，自感神閟，凡万汇之当其前，皆若有情而至可念也。故心弦之动，自与天籁合调，发为抒情之什，品悉至神，莫可方物"（《摩罗诗力说》）。换句话说，抒情就是"撄人心"的根底。然而鲁迅又强调，抒情不是礼乐交融、旷观天然而已，更是"释愤抒情"；这是躁郁不安的情，激发创作者与读者"思有邪"的情。台湾学界沿袭陈世骧、高友工等的论述，强调抒情曲折婉转、情景交融的一面，固无疑义，但却不能尽详历来抒情主体从撄人心到自抉其心的矛盾面，更不提抒情的面具性、表演性问题。是在这层意义上，黄锦树的讨论使得抒情传统的向度陡然放宽。他谈沈从文的挫败、胡兰成的虚伪、郭松棻的抑郁、骆以军的颓靡，以及邱妙津身体力行的"自抉其心"，在在说明这一传统的内爆而非完成，才是我们参看现代性的重要根据。也因此，抒情传统与现代主义（反传统！）有了不可思议的挂钩。

问题还没有解决。黄锦树进一步思考抒情论述的"心"何所指。在另一组讨论现代散文"真实性"的文章里，他批判当代散文创作"为文造情"，以虚构来取代诚意和真心，以表演性来篡改散文作为文类所预设的自传性。如果"心"被架空，抒情即不再可能。于是在《文心的凋零》和后续文章里，他感叹作者和读者的因循姿态，甚至警告散文的失真所意味的不仅是文类跨界的后遗症，也是创作伦理的堕落，甚至文学本体的颠覆。

识者或许认为，黄锦树为散文虚构性与否如此不惮辞费，似有小题大做之嫌。毕竟在后现代主义的氛围里，我们不早已熟悉文本（甚至世界）的虚构性和历史的游移性这类论述？但在黄的论述里，散文—抒情—文心的联动关系不只是文体论，而是本体论问题。在现代中国文学评论里，谈"文"与"心"最有创见者首推竹内好。他的《鲁迅论》以"回心"——回到"文学正觉"——作为反抗历史混沌和个人绝望的唯一道路。但竹内好以文学主体的"否定的否定"作为现代文学"回心"的开端，充满悖反逻辑，却未必真正响应中国传统的"文心"命题。竹内好的鲁迅研究影响学者如汪晖等，近年郜元宝受竹内启发，但做出不同回应。郜强调鲁迅的文学应以心学视之，唯郜认为鲁迅的"心"上承宋儒张载"为天地立心"，这是有其见地的（郜元宝，《鲁迅六讲》）。

黄锦树的取径又有不同，唯尚待深入发挥。他所谓的"文心凋零"自然影射中国文论的经典《文心雕龙》。在那里，文之所以为文，还有文心与原道、征圣、宗经的有机关联，形成文学最重要的基础。但就在捍卫古典文心的同时，黄锦树又提醒我们他无意标榜散文本体意义上的真实。他所关心的是散文作为文类在作者与读者间产生的契约性。也就是说，每种文类有其让读者"信以为真"的条件，而这一契约是不可儿戏的。对散文而言，这一条件正嫁接到作者"求真"的自传性。而在契约性之上，黄又强调"修辞立其诚"的必要。这似乎就让他回到了中国文论的伦理要义了。

在"文"的内烁本体和"文"的契约伦理，"文"的抒情性和"文"的技艺性之间，黄锦树的论述充满矛盾张力。他甚至以抒情文心的有无作为当代小说优劣（真伪？）的判准，虽然小说本意为虚构。令人瞩目的是，他对文的频频关注并不及于诗歌这一传统上更具抒情潜能，也更展现技术格式的文类。这当然关乎黄锦树对"文"学的定义和发挥。依从《文心雕龙》的脉络，他彰显"文"从上古以来，作为图腾纹饰、学问风雅、政教制度乃至文明标记的丰沛律动。文类区分的审美操作无非只是现代的学科建制而已。而文心与抒情互为表里的关系，无须局限于诗歌。现代文学标榜解散传统"文"的束缚的"散文"才是最大战场。

但我以为真正影响黄锦树的不是《文心雕龙》，而是在新文化运动爆发前夕，苦守"文"的古典疆界的章太炎。黄锦树对章太炎绝不陌生，他的硕士论文写的就是《章太炎语言文字之学的知识（精神）系谱》。章太炎现象——既复古又革命；从"小学"进入古典，还原一以贯之的文明"大体"；从始源本体欲望开出庄子、唯识宗的空无论述等——是深奥的话题，此处难以碰触。所要强调的是，黄从大师处习得一系列有关文、文字、文学的谱系学辩证，从而一窥中国文学现代性最复杂、也仍然被遮蔽的面相。

《论尝试文》这一书名语带双关，一方面指涉胡适以降解放语言语体的尝试，而以现代散文为实验场域；一方面指涉章太炎企图恢复"文"的古典性的最后或最新一次尝试。两者其实代表文学现代性的精彩对话，但章氏"以复古为开新"的努力在二十世纪多半被目为封建。一九〇六年，章太炎在东京发表《论文学》（后改题《文学总略》）开宗明义指出："文学者，以有文字著于竹帛，故谓之文；论其法式，谓之文学。"章强调"文"回归于"字"的形、音、象、义的始源、物质基础，以及形式构置，恰与当代文学革命论背道而驰。但章的极端复古主义谈何容易。面对已逝的形、音、象、义，"我们回不去了"。这却反而成为章式考掘学的前提。压抑的重返，缺憾的缝补，从他那里我们见证现代文学哪里只是感时忧国而已？既除魅又招魂，那是有关文明记忆和精神谱系的症候群最近一次爆发和自我治疗。

黄锦树一方面强调"文"必须回归本心的必然，一方面承认契约伦理的必要，隐隐有章太炎的影子。如他的硕士论文所述，章的语言哲学里，"名无固宜"是重要起点，但却始终受到"约定俗成谓之宜"的左右。换句话说，尽管承认"名"的状态，但"必非恣意妄称"，必须有约定俗成的历史介入。在词与物的交界处，"名"相始立，"文"得以滋生——那是人与天地自然交会的印记。由是类推，"文心"是对"文"的信仰、约定，也更是有情的贯彻。

明乎此，黄锦树何以对当代散文创作的虚构大动干戈，又对当代小说虚构中的抒情意向频频致意，就有了隐喻意图。顾名思义，散文可以超越章法，回归作者本然诚挚的经验，但散文的约定的破与立，"必非恣意妄称"。黄的用心不在于斤斤计较散文虚构性与否，而在于他认为散文恰好位于现代"文"的解散或凝聚的关口。在此，"文心"的重新召唤因此变得无比重要。抒情传统的发明与辩证，恰恰就是一个"文心"现代化的例证。

黄锦树的立场应当引起后续对话，因为他触及现代文学研究作为一种"法式"的根本问题。当多数同行仍然在为文学该启蒙还是革命纠缠不休时，他提醒我们眼前无路想回头。章学复杂晦涩，黄锦树的诠释——或抒情——非本文所能置一词。延续与黄对话的目的，或许二十世纪大评论家莱昂内尔·特里林的一项论述可供参考。特里林是美国人文主义大家，他最后一本著作《诚与实》讨论西方文学如何处理真实性的问题。他认为十七世纪以降，文学受到社会制约，"真实"的意义因此来自文学主体如何"诚恳"地与社会伦理相互斟酌切磋。时至现代，文学主体内向化日益明显，"真实"的意义不再诉诸外缘，而以主体打破名相、返本还真为依归。特里林反思这两种真实呈现的可能，认为各有所本，但也说明前者的末流容易成为（中产阶级）伪善的借口，后者的极端则导向自以为是的无政府主义或集权主义。

黄锦树所关心散文真实性与虚构性的辩证，可以从特里林处得到借镜。换一个角度，我们同样可说黄指出当代比较文学理论一个中"文"的方向。在"诚"的背后，契约与法式的存在呼之欲出，而"实"所透露依自不依他的倾向，要让读者发出会心微笑。但黄锦树也许会追问，是否因为有了契约、法式的存在，文学的自由才成为可能？主体绝对的内省追求，也可能一意孤行、自抉其心而导致自我解构？文心与法式的互动总是抒情的，或也可能夹带暴力因素？

诗力与文心——这是《论尝试文》为我们提供的课题。从马来西亚渡海来中国台湾三十年，黄锦树不断尝试重理文学疆界，在在引人深思。我们可以质疑他的论点，但不能忽视他的大哉问。学界一向对他的叛逆敬而远之，他是蛰居埔里的摩罗。殊不知在春和景明的表象下，造山运动从未止歇。这，正是黄锦树的力量。

"诗"虽旧制，其命维新

——夏中义教授《百年旧诗，人文血脉》

　　中国现代文学发展已有百年历史，各种新文类的生产与评估也蔚为大观。但回顾历来文学史的理论和实践，古典体制的诗词创作显然是最被埋没的领域。一般论者不仅对其视而不见，甚至引为反面教材，作为"现代"文学的对比。这样的文学史观在近年有了改变。随着新旧材料的重整，我们逐渐理解尽管"五四"以来白话"新文学"占据主流位置，旧体诗词书写唱和续存在。不仅如此，在许多历史关键时刻，旧体诗词见证嬗变、铭刻忧患的能量远远超过任何以"新"为名的文类。回顾百年文学流变，我们的首要挑战就是重新思考旧体诗词如何介入文学现代化历程，并且召唤一种有别于"革命""启蒙"的文学典范。

　　夏中义教授新作《百年旧诗，人文血脉》示范了这样的尝试。这本书重审现代旧体诗及诗学大家如王国维、钱锺书、陈寅恪、叶元章等其人其作，也着墨新文学健将如文学革命大将陈独秀、九叶派成员王辛笛等"推新复旧"的来龙去脉。更有意义的是，本书以清末民初大画家吴昌硕开始，以"五百年来第一人"的张大千结束，思考中国文人传统中诗书画同源的时代意义。夏的文字夹议夹叙，既不乏细读文本的功夫，也透露个人咏史抒情的风采。究其极，他有意藉此叩问中国诗歌传统最古老的命题——诗言志——的当代意义。

一

二十世纪尽管新文学当道，旧体诗的命脉却不绝如缕。二十世纪八十年代末以来拜"重写文学史"运动之赐，文学研究者对现代旧体诗的研究浮出地表。但各家对这一文类的定位莫衷一是，或谓之封建传统的回光返照，或谓之骚人墨客的附庸风雅，或谓之政治人物的唱和表演。如果我们按照文学史公式，视现代文学发展为单一的、线性不可逆的、白话的、现实主义的走向，旧体诗聊备一格、每下愈况的特征就愈发明显。

但这类诠释至少遮蔽了以下事实。首先，文学史不必是进化论、反映论的附庸。中国文学的现代性如果可观，理应在于不必受到任何公式教条的局限。但"史"与愿违，论述文坛的众声喧哗只是愿景。即便如此，旧体诗独树一帜、传诵不辍的事实必须受到重视。既然这一文类在过去百年呈现丰富面貌，我们就必须视其为现代文学的有机部分。

其次，旧体诗只是传统诗词笼统的统称。十九世纪以来，从文选派到同光体，从《人间词》到《双照楼诗词稿》，从南社到栎社，从吕碧城到郭沫若，从毛泽东诗词到红旗歌谣，旧体诗体制多元，题材有异，书写主体、传阅的位置也大相径庭。换句话说，在文学现有的单向时间表下，我们往往忽略了"现代"这一场域如何提供了"共时性"的平台，让旧体诗呈现前所未见的多声歧义的可能。这其中的互动绝不只是新旧之争而已，而是现代性种种难题的又一对话或交锋的场域。

除此，新文学的倡导者，尤其在二十世纪前半叶，多半接受不同程度的古典教育。一九四九年后现代文学史兴起，论者囿于根本的世代差异，以今视昔，容易忘记旧体诗其实是一代文人知识分子养成教育的重要部分。不论是鲁迅还是毛泽东、郁达夫或是沈从文，都展现他们与古典的渊源。旧体诗的熏染可以造就"骸骨迷恋症者"，也可以铸成"我以我血荐轩辕"的摩罗诗人。冯至颂赞杜甫，艾青师法白居易，现代史的旋律里总也不乏传统回声。

这一观点引导我们再思旧体诗的"诗"在传统中国文明里的意义，无从以学科分类式的现代"文学"所简化。作为一种文化修养，一种政教机制，甚至是一种知识体系和史观，"诗"之所以为诗的存有意义远非现代定义的诗歌所能涵盖。尤其值得注意的是，现代文人学者冲刺于启蒙和革命阵仗之余，蓦然回首，却每每必须寄情旧体诗的创作或吟诵，仿佛非如此不足以道尽一个时代的"感觉结构"。恰恰是现代文人对旧体诗的迎拒之间，有关中国"人文精神"存续这类的辩证陡然变得无比鲜活。而海外"汉诗"在二十世纪所形成的强大脉络，更为辩证增添了空间向度。

必须强调的是，以上论点无关复古主义，而更指向米歇尔·福柯式的"知识考掘学"。据此，旧体诗的式微不应仅只是"封建文学"的宿命，而成为一个文明危机——或转机——的征兆。王国维尝谓"一代有一代之文学"，旧体诗未来如何我们无从置喙。但既然新文学包含传统风格的元素，我们就必须实事求是，正视其间重层板块的撞击和变动。旧体诗词的特色，无论是陈陈相因的颓废自恋，或是"于无声处听惊雷"般切中时代要害，同样值得关心。现代文学一向以除魅为号召，但除魅之外，招魂的工作更为艰巨。而这也就是夏中义教授新书的用心所在。

二

《百年旧诗，人文血脉》是部有相当个人风格的著作。此书虽谓"百年"，并未随俗对旧体诗词的发展做地毯式梳理。一般想象的典型人物，像怀抱遗民情结的陈三立、朱祖谋，出入政治的郭沫若、柳亚子，或新文学的旧诗好手如郁达夫、鲁迅等，也没有出现在作者的谱系里。夏中义另辟蹊径，标举吴昌硕、王国维以降等九位诗人作为贯穿论述的范例。这些诗人里，王国维、陈寅恪等也许并不令人意外。但夏引入激烈的反传统主义者陈独秀，或原以现代诗知名的王辛笛，就必须让我们仔细思考他的论述逻辑。他念兹在兹的是中国"人文血脉"的赓续问题，而他以旧体诗人作为研究方法。

现代中国文学的兴起与感时忧国的情怀息息相关。梁启超倡导诗界文界革命，鲁迅向往"新声"，无不希望藉由新文学改造中国，改写历史。白话文类应声而起，曾被视为最能显现真实、进而加速"现代"大计的形式。然而曾几何时，这样的新文学论述有了左支右绌的裂缝。新文学面临挑战。

二十世纪的文学史原本就是一部沉重的历史，现代文人每每无言以对。反倒是旧体诗人调动庞大的隐喻典故系统和修辞技巧，将史识深藏在表面文章之下，因此言人所不敢言不能言。言志缘情，嬉笑怒骂，其中针砭时弊的郁愤、感时伤事的沉痛，种种曲笔尽在不言之中。这一庞大的隐喻系统自然有待后之来者的诠释解码行动。论中国版的"潜在写作"，旧体诗歌的写与读当之无愧。

但如果我们只汲汲于旧体诗人潜在写作的政治意义，未免仍有其局限。诗史互动原来就是中国文明的基础之一，而夏中义教授更要强调的是诗史的现代意义。在现代性风暴将中国文明远景摧折得四分五裂之际，旧体诗提醒我们在现实的瓦砾之下，仍有更庞大的时间、知识和情感符号体系可以作为参照或反思的资源。旧体诗有其抱残守缺的一面，但也从不乏厚积薄发的一面。当未来的发展看似只此一家、别无分号之际，甚或显现走投无路的可能时，旧体诗人以退为进，从历史无比繁复的来时之路定义现在，譬喻未来。他们因此为另类现代性投射复杂动线。"史亡而后诗作"这类古典观念，也因此有了新的诠释。

王国维一九二七年的自沉事件是现代中国文化史和精神史重要的转折点。作为《人间词》和《人间词话》的作者，王不仅是诗（词）人，更是现代诗学的肇始者之一。王的守旧政治立场迫无庸议，他的自沉却引来众多说法。是陈寅恪排除众议，谓诗人之死非为一家一姓之故，而出于对神州的巨大忧伤。陈所谓的"神州"与其说是政治地理的指涉，不如说是文化命脉的总称。而其结晶就是以"诗"为名的文化。而王国维之不得不死，恐怕正是心忧诗、史俱废，带来文明掏空的危机。王的自沉有其激烈面，代表一种"反现代性的现代性"的抉择。

仿佛有意在史／诗互动的辩证里找出王国维的对立面，夏教授另以专章讨论陈独秀的旧体诗。陈一生的大起大落早有评论，但夏从其人与旧体诗的因缘看出历史吊诡。作为革命文学健将，陈在"五四"前后激烈反对传统文学，首当其冲的当然包括旧歌。但夏指出陈一生不乏旧体诗作，恰巧分布在生命前期（一九〇三至一九一六）和后期（一九三九至一九四二）。陈中期意气风发之际，自然对所欲革命的对象视若敝屣。但旧体诗作为一种教养或一种抒情言志的方法，毕竟在陈一辈人中根深蒂固。陈晚年赋诗遣怀无疑揭露传统在他身上去而复返，也更说明他所倡导文学革命论的不足。

胡适、陈独秀等倡导白话文学革命，对中国的现代化设计功不可没。但他们想象言文合一的透明关系，以及白话作为文明进化的表征，却将历史化为简单公式。恰是因为陈庞大的历史身影，他历经革命考验和牢狱之灾后回归旧体诗就有象征意味。我们不禁要问：陈晚年的选择是返璞归真，还是自甘保守？是从面向未来改为瓦尔特·本雅明所谓"退向未来"，或是勇于面对白话文学史论述和实践"有效性"的巨大裂口？

"干戈今满地，何处着孤身？"千帆过尽，陈独秀或许终于理解现代之路千头万绪，白话文类毕竟难竟其功。陈独秀的问题不是个案，而是许多奉新文学之名的文人、知识分子共有的经验。果如此，文学新旧之争的复杂面就有深究的必要。

《百年旧诗，人文血脉》立论最令人瞩目处在于夏中义教授认为，现代旧体诗引领诗人和他们的知音参透"自由"的真谛。这和以"五四"为主轴的文学论述不啻背道而驰。一般认为旧体诗束缚处处，新文学才是解放传统、安顿个人主体的不二法门，夏中义却看出作为对立面的旧体诗诗人自有其义无反顾的韧性与坚持，并以此成就一己自为的天地。他的例子再度来自王国维与陈寅恪的精神对话。王国维逝后，陈寅恪挽以"独立之精神，自由之思想"，引起众多辩论。陈未必同意王保守的政治立场，却在王赴死行动中看出一股择善固执的精神，沛然莫之能御。这"善"不再是世俗伦理的好恶，而恰是夏所谓传统文人俯仰天地，问心无愧，一任我自由之的形上精神。

夏中义藉旧体诗所思考的"自由"的定义，其实带有康德式的超越色彩。然而他选择了陶潜作为古典中国自由观的典范，而以陈寅恪作为其现代代言人。除此，他提名吴昌硕作为画中有诗，体现自由的另一案例。夏诠释自由的独特方式势必引起讨论，而他藉此一浇自己胸中块垒的用心尤其令人深思。再次强调，夏所谓的"诗"不仅只是一种古典文类的统称，也指向一种人格特质、文化涵养、知识体系、历史抱负。"诗"的自由不仅在于开启无限想象空间，也在于从中规划虽不能至，心向往之的审美境界。在这层意义上《百年旧诗，人文血脉》所处理的都是在极端历史情境下自由的探索者——以及他们所必须付出的沉重代价。

三

夏中义教授早年著有《世纪初的苦魂》《九谒先哲书》等作，方法介于思想史与文化史之间。即在彼时，他行文字里行间已经显现强烈的个人风格。这一风格毋宁是带有诗人的气质。许多年后，夏终于在现代文人的旧体诗歌研究中，展现了他的本色："知我者，谓我心忧，不知我者，谓我何求？"

夏中义教授的努力让我心有戚戚焉。过去几年我曾致力"史诗时代的抒情传统"研究，重思文学与中国现代性的渊源。我的用意不外是对行之有年的启蒙加革命论述提出新的对话可能，而我的资源之一来自传统抒情诗学。这一抒情论述曾引起误解，关键恰恰在于"抒情"的定义。

"抒情"在现代文论里是一个常被忽视的文学观念。一般看法多沿袭西方浪漫主义遗绪，认为抒情不外轻吟浅唱，感事伤时。相对启蒙、革命论述，抒情显得如此个人主义、小资情怀，自然无足轻重。然而只要我们回顾中国文学的流变，就会理解从《诗经》《楚辞》以来，抒情一直是文学想象和实践里的重要课题之一。《楚辞·九章》《惜诵》有谓"惜诵以致愍兮，发愤以抒情"；时至二十世纪初鲁迅写《文化偏至论》，则称"骛外者渐转而趣内，渊思冥想之风作，自省抒情之意苏，去现实物质与自然之樊，以就其本有心灵之域"。"抒情"在新旧体文学中各有表现，用法和喻义也颇不同，但在现代性的罡风里，这一观念的活力未尝或已。

我以为《百年旧诗，人文血脉》所处理的诗人和诗作，就是"发愤以抒情"现代表征的一端。抒情诗学不应仅见诸文本和文论而已，也落实在人间烟火之中。唯有在历史经验的脉络中，抒情的隐与显才更加耐人回味。从王国维到陈寅恪，从陈独秀到张大千，夏著中的每一案例都见证现代文人学者画家，甚至革命者，折冲在不同的抒情理念、条件和效果之间，早已为这一文学观念开发出更多对话空间。

革命自有后来人

—— 郑毓瑜《姿与言：诗国革命新论》

一九一七年一月一日，于《新青年》杂志，正在美国哥伦比亚大学读研究生的胡适发表《文学改良刍议》，提出八项文学之道：言之有物，不摹仿古人，讲求文法，不做无病呻吟，祛除陈腔滥调，不用典，不对仗，不避俗字俗语。《新青年》主编、北大教授陈独秀旋即在二月发表《文学革命论》以为声援。陈认为中国社会的黑暗不能仅以革命改造，而必须仰赖伦理、道德、文学、艺术的革新。他推动国民文学、写实文学、社会文学三大主义，并视白话文为最重要的利器。

《文学改良刍议》和《文学革命论》引起知识界广大回响，成为两年后五四运动的先声。晚清黄遵宪已经提倡"我手写我口"，及至梁启超登高一呼"诗界革命"。但胡适、陈独秀带来真正的转折。转折的关键在于文学与语言关系的全面评估，而争议最大、影响最为深远的，则是以白话新诗作为文学革命的指标。

早在《文学改良刍议》发表前，胡适即已思考"诗国革命"的必要。他在《戏和叔永再赠诗，却寄绮城诸友》中写道，"诗国革命何自始，要须作诗如作文"——如作白话文。一九一七年十月，胡适在《新青年》杂志发表《谈新诗》，称当时出现的白话诗为"新诗"，取其与"旧诗"相对的意思。随后，胡适以白话文翻译美国诗人蒂丝黛儿的诗作《关不住了》，声称这是"新诗成立的新纪元"。一九二〇年胡适出版《尝试集》，是为现代中国文学史第一本白话新诗集。

这场奉革命之名的新旧诗之争，点燃了由此为引线的新旧文学、文化之争。"革命"是二十世纪初的时髦话语，所蕴含的强烈政治隐喻自不待言。据此文学史多以决然二分的修辞描述：旧诗被视为传统糟粕，从对偶押韵到比兴风雅无不陈陈相因。新诗以白话是尚，力求形式题材推陈出新，成为现代性表征。两相比较，进步和落伍、前卫和保守不言自明。但这样的论述近年开始松动。学者已经指出现代旧诗未尝没有新意，新诗也不曾完全摆脱传统。而新旧诗之别的焦点不应仅限于形式、内容和语言的比较而已，更牵涉一代文人知识分子如何看待"文学"，以及蕴含其中的世界观。但如何进一步思考两者的有机关系，却少见突破。

在这样的背景下，郑毓瑜教授新著《姿与言：诗国革命新论》尤其显得难能可贵。郑教授专治中古诗歌，近年钻研传统诗学的现代意涵，尤其对"抒情传统"的探讨颇有所获。在新著里，郑教授将焦点置于民国时期新旧文人对何谓"诗歌"的争议上，以及诗歌如何现代化的理论可能。她的对话对象首先就是倡导"诗国革命"的胡适。而谈论诗歌，首先必须回到语言文字问题。

如上所述，胡适一辈视白话文为启蒙最重要的工具。《文学改良刍议》所列八项建议（一九一八年衍化为《建设的文学革命论》的八不主义）明白表示文学革新首在推动通俗易晓、文法清晰的文字。而新诗发展的目标正是言文合一，"我手写我口"。相对于文言的佶屈聱牙，隐晦多义，白话不但是语音语法的"自然"呈现，也是思想观念的"自由"表征。

胡适的白话文学观当然早已受到质疑，但绝大部分的批评都仅止于分殊白话作为书写和言说形式的古典渊源，或质疑白话（文）与方言口语的差距。郑教授的研究则另辟蹊径。她指出晚清民国之际，语言、文字、文学的辩论远较此复杂。小学学者如黄人、黄侃等强调"文字者，文学之单位细胞也"，而章太炎则更追本溯源，声称"文学者，以有文字著于竹帛，故谓之文；论其法式，谓之文学"。他们虽站在胡适对立面，但也在认真思考言、文之间的"自然关系"。他们的立论也许为新派文人所不取，郑教授却提醒我们，由复古而开新，未尝不是"被压抑的现代性"的一端。

一八九七年《马氏文通》问世，以西洋文法规范为中文排列语序，分析结构，带来点范式转变。自此中文"文法"俨然成为日后语文的规范。仿佛透过了井然有序的文法罗列，"中文"即可豁然开朗。然而这套文法观念承袭彼时西方语言学的观点与实践，未必能照顾中文言说读写的方方面面。诚如黄侃所言，西洋文法专注"目治"，忽略传统章句之学强调词气节奏，"因声求义"的"耳治"。这里所牵涉的中国语言书写会意形声、转注假借的体系，不能由西方以字母为基础的文法学所概括。更何况在此之上，中国传统的"文"学的观念与实践有其独到之处："文"是符号言辞，也是气质体性、文化情境，乃至天地万物的表征，和西方远有不同。一九〇四年清廷设立"文学科"，沿用西法，视文学为学院教程，其实简化了传统"文"学观念。

由是观之，胡适的"诗国革命"在"五四"前夕先声夺人，正因为他直捣传统文学的根本——诗歌，及其深远的知识价值体系。"诗国"一词既向文明传统致意，也饶富现代国家民族主义的启示。吊诡的是，胡适的"诗国革命"始终未能克竟全功，也因为他低估了诗歌文明盘根错节的脉络，以及感时、观物、应世的理路。胡适呼应《马氏文通》式的文法学，乐观相信只要避免无病呻吟、对仗用典、讲求文法，新文学必能脱颖而出，新诗也就必能新意盎然。郑教授却强调，在唯新是尚的时代里，传统诗歌诗学尽管渐行渐远，其实却以各种形式渗入新诗世界。《姿与言》所致力的是，我们应当如何抽丝剥茧、"温故而知新"。

郑教授书中所提出的两个关键词，"姿"与"言"，极富论辩意义。先说"言"。"言"和诗歌的关联性可以上溯到公元前四世纪的《书经》："诗言志，歌永言，声依永，律和声。八音克谐，无相夺伦，神人以和。"首二句后来成为《乐论》的核心。言从口、从舌，是言说，也是言辞，既是生理发声表白的管道，也是心志抒情释意的标记。作为身体与世界，内与外沟通的行为，言以其抑扬顿挫，一方面体现生命喜怒悲欢的情态，一方面体认为草木虫鱼、人伦天地命名的意义，正所谓"心生，言立，文明"（《文心雕龙》）。这也就是黄侃以"文以载言"取代"文以载道"的理由。在看似琐碎的研究里，小学家们切切要发现"太初有言"的奥秘：一切意义"尽在言中"。

高友工教授在另一脉络里，曾指出中国语言的传统"并不只是'文言'和'白话'的问题，而是'文字语言'和'声传语言'"对立的问题（《中国语言对诗歌文字的影响》）。近代"言文一致"运动循西方的民族国家／语言论述而起，其实不能解释中国语言现代化的过程。高先生特别强调中文"声语"和"文语"交相为用现象，前者所拟想的是声音、文字之间的置换关系，而后者所着重的是声音、文字之间的联属关系。就此郑教授继续发挥，强调语言、文字表达过程中情态与情境的重要性，不论是拟声谐韵还是会意象形都指涉我者与他者之间绵密互动的关系。如是回旋往复，节奏兴起，韵律衍生，诗乃成为可能。

这就引领到郑教授对"姿"的诠释。姿原有姿态、姿势、次序之意。推而广之，又与"志""思""词""次"等古韵相通互训，因此引发联想。郑教授的灵感来自陈世骧教授。一九四八年陈出版陆机《文赋》英译本时，注意到"姿"与肢体、声音、语言的密切关联，并在推论至"之"义，即远古先民根据象足前后停动所形成的节奏衍生出诗歌意象。陈日后并有专文论"姿"与西方文化中的 gesture。郑教授特别强调"姿"审美、律动的面向。在动与静、重复与兴发之间，姿是亮相，是间奏，是悠然暂止的状态，也是蓄势待发的可能。郑教授更发现在"姿"和时间之流的辩证关系。屈原的发愤抒情，六朝诗人的感时伤事，莫不与时间的久暂、物象的流变以及诗人主体随之而来的感应相通，由此兴起的喜怒悲欢，都化作吟哦比兴的"姿"。

或有识者指出，《姿与言》如此看待现代文学的发生，似乎未必照顾到现代情境所带来的全面冲击；新诗与旧诗的鸿沟毕竟历历在目。郑教授对这样的质疑有备而来。关于新诗"中国性"如何的争论一个世纪以来众说纷纭。在种种形式、题材、立场的分殊之外，郑教授的建议是眼前无路想回头：作为"诗"的最新一种呈现，新诗是否仍然能"言"之有"物"、钟"情"而多"姿"？只有在中国诗歌知识谱系学层次继续做出探讨，新诗的论辩才能有所突破。更重要的是，郑教授的立论与其说是回到过去，不如说是回到未来——一种对中国诗歌物种源起的投射，一种乌托邦未来的兴发。在她的调度下，中国现代和古典诗学呈现少见的对话密度，而她所提出的问题与观察在在值得后之来者的追踪。以下仅是个人所得，聊供作为讨论起点。

贯穿《姿与言》全书的重要命题是"抒情传统"的重新检讨。"抒情传统"的研究是近半个世纪台湾地区中文学界的重要贡献——或发明。在陈世骧、高友工等先生的引领下，早已形成可观的队伍，而郑教授正是中坚一辈的佼佼者。她曾将抒情连锁到知识论和伦理学层面（《引譬连类》），也思考抒情和身体生理、病理、物理的关系（《文本风景》）。《姿与言》则更进一步，探问"抒情传统"与现代文学的关联为何？在郑教授的研究下，民国以来保守派声韵学者、小学家从黄侃到唐钺、胡朴安浮出历史地表；他们对声气节奏、吟哦咏叹的专注提醒我们诗歌启动的不仅是语言文字的琢磨推敲，也是感官与世界的来往复沓。所谓声随意转、辞以情发，旧诗如此，新诗亦复如此。另一方面，新诗学者诗人从朱光潜、朱自清到卞之琳、陈世骧饱受西学启迪，却终能在研究吕恰慈、布莱克模等名家之余，转身在古典资源中发现对话可能。在此，新与旧、中与西的对话早已展开，细腻复杂处哪里是胡适、陈独秀和他们的追随者所能理解？

当我们将"姿"与"言"的观念嫁接到现代诗歌的创作解析，我们理解诗人使用白话、创新结构韵律、发掘当下题材，固然带来古今分野，但更大的挑战是，我们如何辨析新旧"诗"所形构的世界观异同何在？本书第一章里，郑教授以"博览会"的隐喻点明现代知识体系的变迁。博览会分门别类，编列、展演不同时空环境现象。用海德格尔的话来说，其所呈现的"世界图景"务求一目了然，仿佛天下尽可纳入现代人的眼界之中。延伸开来，现代学术方法、感觉结构无不如此。但郑教授认为"抒情"所投射的世界观不能以视觉典范尽详。"姿"与"言"款款律动，从身体到文体，"声文""形文""情文"此起彼应，密响旁通，才真正赋予现代更复杂的意义。这一见解极具启发性，但在西学"已经"进入中国身体和文体的前提下，如何辩证抒情传统的有效性，似乎可以做出更多解读。《姿与言》对卞之琳诗歌（《距离的组织》）的阅读已为这一方向提供开端。

胡适、陈独秀的白话文学观强调透明、直接的语言、文字关联，并以此作为衡量国家民族现代与否的标准。这一论述的疏漏早已受到批评。但绝大多数批评者本身仍受限于现代（西方）语言论述，因此只能在白话文的来龙去脉上做文章。郑教授则从声韵学入手，指出文言、白话之争其实有始料未及的对话可能。胡适等白话推动着向往"我手写我口"，黄侃等人却要发掘、恢复声腔字义的原初形貌，甚至生理、心理和义理之间的微妙牵引。两者都希望重现"语言"和"自然"的关系：前者从当下存在情境入手，后者则藉考古作为探本溯源的契机。这是郑教授精彩的发现，却也构成她的挑战。当她致力发觉新诗声音（以及身体讯息）的谱系时，她也必须顾及"语音中心主义"的盲点，以及万物有机论的诱惑。也许有鉴于此，郑教授特别强调"姿"与"言"必须与不同历史情境、身心情态做出结合，启动偶然与必然的链接。但她对自然、肌理、意象、文法、世界之间的关联性的研究，仍留给我们相当想象空间。

一九一七年胡适、陈独秀倡导"文学改良""文学革命"，曾启发一个世代的学者文人对现代文学的向往。但"诗国革命"是场未完成的革命。在革命一百年以后的今天，郑毓瑜教授吹皱一池春水，让看来著毋庸议的新诗和诗学显现前所未见的深度。什么是诗？何谓诗国？革命是否仍有其必要？她探勘古典资源，重新为白话诗歌做出定义，并拟想诗学未来。她以"姿"与"言"为准，所提倡的"抒情传统"本身就不妨是推翻前人的尝试。诚如她的自许，她的志之所之不仅是"新诗"学，更是"新"诗学。如此，"诗国革命"百年之后，《姿与言》的新意恰恰在于告别"革命"的诗国，重新发明"抒情"的传统。

开往南洋的慢船

——高嘉谦《遗民、疆界与现代性：汉诗的南方离散与抒情（1895—1945）》

南中国海方圆三百五十万平方公里，公元前三世纪就已进入秦帝国的版图。中古以来，这块海域上贸易航线大开，各种文明来往交织。十六世纪初葡萄牙人来到马六甲海峡，此后四百年欧美殖民势力入侵，无所不用其极。与此同时，中国人——商旅和苦力、使节和海盗、亡命者和革命者——络绎于途，带来更深远的影响。时至今日，从马来半岛到菲律宾群岛，从中国香港到爪哇，超过三千五百万华裔在此落地生根，形成广义的南洋文化。

这是高嘉谦教授专著《遗民、疆界与现代性》的背景，全书的焦点则集中于十九纪末到抗日战争时期中国境外的"南方"书写。十八世纪以来东南沿海华人移民海外已经蔚为风潮，乙未割台、辛亥革命，以迄抗战军兴更让许多别有政治、文化怀抱的士子文人也参与了这一行列。他们四处漂泊、流寓他乡，成为现代中国第一批离散知识分子。那是怎样的情景？康有为、丘逢甲、丘菽园、许南英……南中国海一艘又一艘的船上，我们可以想见他们环顾大海，独立苍茫的身影。

比起当时绝大部分南下的华人，这批行旅者曾经接受正宗传统教育，对时代的剧变因此有更敏锐的感触。不论维新或是守旧，他们一旦被抛掷在故国疆域之外，自然有了乱离之感。而当他们将这样的情怀付诸笔墨时，他们选择古典诗词作为书写形式。面向一个充满惊奇与嬗变的世界，他们频频回首，感时伤事，因此有了朝代的——也是时代的——遗民姿态。

在名为现代的世纪里，我们要如何处理这群文人的位置？高嘉谦的专书提出了极具挑战性的问题：如果新的世纪以梁启超所谓的"新民"作为动力，这些"遗民"也可能带来新意么？他们是时代的落伍者，还是主流的挑战者？民国建立以后，主权、领土、疆界和国家论述兴起。这群文人远走国境南方以南，他们的离散书写如何指向一种家国以外的空间想象？更重要的是，这些文人以旧体诗词作为创作依归。如此，他们的作品还能称为新文学么？横贯在这些问题之下的，当然是中国现代性的巨大挑战。

一

《遗民、疆界与现代性》是当代中文学界第一部处理这些问题的著作。全书共分为八章，讨论遗民汉诗、南方离散，与现代文学的复杂关系。开宗明义，高嘉谦对近代遗民谱系重新做出考察。就传统定义而言，遗民泛指"江山易代之际，以忠于先朝而耻仕新朝者"（谢正光，《清初诗文与士人交游考》）。遗民传统可以上溯到周代，宋元以后形成有体系的论述。是在明清世变之际，"遗民"才陡然成为重要的政治选项，甚至延伸为一种独特的主体意识、生活方式、论述场域。遗民遥念前朝，不胜黍离麦秀之姿，但在他们保守的政治立场之下，却藏有舍此一步、别无死所的激进心态。这样的心态一般谓之忠于正朔，但有鉴于明清之际主体思潮的转变，我们也未尝不可说是忠于自己。知其不可为而为之，明清遗民"一意孤行"的荒谬性和戏剧性，已经带有淡淡的现代色彩。

遗民的本义，暗示一个与时间脱节的政治主体。遗民意识因此指向事过境迁、悼亡伤逝的政治、文化立场。但高嘉谦提醒我们，明末清初朱舜水东渡日本，沈光文寄寓台湾一地，他们将前朝故国之思带往外地，因此将"遗民"意识的范畴从时间的错置延伸为空间的位移。这一转变其实和大航海时代的来临若合符节。有清一代的海外政策尽管时紧时松，海疆的动荡已经不是远在北方的朝廷所能掌握。清室覆亡前后，有志之士"乘桴浮于海"不再只是抽象的寄托，而成为实际行动了。

是在这样的认知下，高嘉谦展开了他的论述。书中主要分为两个部分，第一辑《从台湾、广东到香港》处理传统定义的中国南方边境的个案，包括一八九五年台湾割让日本，丘逢甲辗转广东、南洋的行止；台湾被日本占领后，在地文人王松、洪弃生等人去留、仕隐的决定；香港文人陈伯陶等在英国殖民治下，对宋代宗室遗民地景的发现——或发明。第二辑"从新加坡、马来半岛到苏门答腊"处理南方以南的南洋如何成为遗民"现场"，包括戊戌变法失败后，康有为远走新、马的始末；新加坡名士丘菽园所形成的星洲风雅传奇；台湾文人许南英漂泊南洋、客死印度尼西亚的悲剧。

我们不难看出高嘉谦的用心：他笔下的遗民从岭南、台湾、香港一路南下，跨越南中国海、马来半岛。这样的动线以往的遗民论述未曾得见，而所谓的"遗民"定义因此也有巨大改变。丘逢甲乙未后弃守台湾，康有为戊戌政变后流亡海外号召勤王，王松、洪弃生在台湾与日本殖民势力周旋，陈伯陶在英国殖民地香港遥望宋朝遗民，丘菽园定居新加坡，许南英客死荷属印度尼西亚。这些文人各自站在不同的立场——从清代到民国、从宋代到明代宗室、从岭南到闽南文化——表达他们的故国之思。由此形成的多元、分歧遗民属性在在暗示以往的论述已经不足以应付二十世纪初以来的剧烈变动。

更何况在此之上，高嘉谦笔下的遗民必须面对西方和日本所代表的异国的、进步的政经、文化与知识冲击。比起前朝那些仍能够遥望正朔、涕泣不已的遗民，丘逢甲等人无不显示一种更根本的存在危机。"我们回不去了"，这些人最终的忧郁来自一种面对时空断裂，不知何所来、何所之的本体空虚。他们是"现代"

的"遗民"。

"遗民"之外，高书另一重要命题是"疆界"。学者如葛兆光教授等早已指出，中国传统地理观念强调"疆域"而较轻"疆界"（《历史中国之"内"与"外"——有关"中国"/"周边"概念的再澄清》）；后者的定义其实与现代国家的兴起息息相关。疆域不只是土地的统领，也是文化上华夷之辨的判准，而疆界首先强调国与国之间的边界划定，以此作为主权的空间界限。一六四八年，欧洲"三十年战争"结束，交战国签订《威斯特法利亚条约》，明定国家基本结构和疆界，开启我们今天熟悉的国际体制。与此同时，欧洲列国又大肆展开世界殖民行动，南中国海周围恰是兵家必争之地。

中国被迫进入这一国际舞台已经是十九世纪中叶的事。天下渐远，作为现代国家的"中国"浮出历史地表，而国家疆界龃龉每每在列强压境下凸显。而中国以南，问题变得更为复杂。二十世纪前半叶的南洋多为欧西殖民势力侵占，但在千百万华裔移民或过客心中，南洋的地理却另有意义。他们藉由文化、宗族和经济的纽带，将渺远的唐山化为一处处在地的"现场"，竟然也形成无远弗届的疆域——一种本尼迪克·安德森所不能想象的"想象的共同体"。

而在高嘉谦所处理的精英社群里，文人彼此更经过汉诗写作与流传，打造同情共感的知识和感觉结构。不论抒情言志或是采风酬庸，汉诗的持续力历久弥新。高嘉谦的重点则是，对于流亡或离散海外的孤臣孽子，汉诗缜密封闭的程序成为彼此不期然的通关口令。汉诗和"遗民"两者之间产生互为表里的关系。但如上述，新世纪的海外"遗民"快速移动在不同的政治立场和地理现场，因而带来始料未及的现代意义，那么海外汉诗流转在多变的语境和传布媒介间，是否也投射了中国国境内无从想象的新视野？"华夷之辨"挪到"遗民"与移民的语境，复杂性更无以复加。

如果《威斯特法利亚条约》之后的国际地理由主权国的疆界来决定，那么跨越疆界的遗民和跨越疆界的汉诗所形塑的多重空间，就有了始料未及的颠覆意义。准此，高嘉谦介绍了精彩的个案。乙未割台后，台湾四位诗人做出四种选择：丘逢甲内渡，另起炉灶；洪弃生株守彰化故园，以弃民自况；王松徘徊多地之间，终与日本殖民政权妥协；许南英为谋生计，远走南洋。他们出入民族的、国家的、文化的，以及诗歌的疆界，他们的诗作也反映同样的移动轨迹。另一方面，丘菽园出生于福建，幼年赴南洋，最终定居新加坡，因缘际会，成为星洲诗坛盟主，与他往还——或神交——的名士包括康有为、丘逢甲、许南英等。二十世纪初海外汉诗流动之频繁，由此可见一斑。

二

二十世纪尽管新文学当道，旧体诗的命脉其实不绝如缕。

九十年代以来拜"重写文学史"运动之赐，现代旧体诗的研究浮出地表，时至今日，已经蔚然成风。二〇一四年学者齐聚德国法兰克福，发表《法兰克福宣言》，为现代旧体诗正名。即使如此，学界对这一文类的定位仍莫衷一是，或谓之封建传统的回光返照，或谓之骚人墨客的附庸风雅，或谓之政治人物的唱和表演。

如果我们按照新文学史公式，视现代文学发展为单一的、不可逆的、白话的、现实主义的走向，旧体诗聊备一格、每下愈况的特征就愈发明显。但文学史不必是进化论、反映论的附庸。中国文学的现代性如果可观，理应在于不必受到任何公式教条的局限。旧体诗只是传统诗词笼统的统称。十九世纪以来，从文选派到同光体，从南社到栎社，从丘逢甲到吕碧城，旧体诗体制多元，题材有异，书写、阅读主体的位置也大相径庭。换句话说，在文学现有的单向时间表下，我们往往忽略了"现代"这一场域如何提供了"共时性"的平台，让旧体诗呈现前所未见的多声歧义的可能。

这一观点引导我们再思旧体诗的"诗"在传统中国文明里的意义，无从以学科分类式的现代"文学"所简化。作为一种文化修养，一种政教机制，甚至是一种知识体系和史观，"诗"之所以为诗的存有意义远非现代定义的诗歌所能涵盖。尤其值得注意的是，现代文人学者冲刺于启蒙和革命阵仗之余，蓦然回首，却每每必须寄情旧体诗的创作或吟诵，仿佛非如此不足以道尽一个时代的"感觉结构"。恰恰是现代文人对旧体诗的迎拒之间，有关中国人文精神存续这类的辩证变得无比鲜活。

目前学界有关现代中国旧诗的研究方兴未艾，但对海外传统却鲜少注意。这当然是国家文学的疆界意识作祟所致。高嘉谦教授的专著及时推出，弥补了一大空缺。高以"汉诗"作为讨论的文类命名，有其用心。相对"中国旧体诗"，"汉诗"所包罗的文化、地理意涵更为广泛，何况海外汉诗写作甚至有了与日本汉诗对话的层次。王松、丘菽园都有与日本殖民官员文人唱和的例子。我们于是看到海外汉诗的多重承担：一方面延续中华文化的精粹，一方面却也必然呈现异地与易地风雅的变奏。

如高嘉谦所指出，境外遗民与汉诗所形构的时空坐标多半围绕异乡故国、咫尺天涯为起点。"诗可以怨"的主题无比鲜明。但既然这些诗歌是在海外离散的情境中生产，自然怀抱有所不同。康有为亡命天涯之际，有缘在新加坡成为丘菽园的座上宾，诗酒酬唱之际，不禁感叹：

> 中原大雅销亡尽，流入天南得正声。
>
> 试问诗骚选何作，屈原家父最芳馨。

这首诗歌感叹中原正声倾颓、大雅销亡，是典型孤臣孽子的声音。但康笔锋一转，发现"天南"反而孕育存亡续绝的线索。从传统华夷之辨的立场来看，这是异想天开。但唯其如此，我们反而得见"诗可以兴"的发生。康有为背负"十死身"亡命海外，却由诗歌唤起无中生有、起死回生的可能。这不是一般审美定义的诗歌；这是古典"诗教"在一个海外现场的魂兮归来。而这一现场必须奉屈原为名——毕竟那渺远的"南方"由来就是诗骚的最动人的源头。

另一方面，高嘉谦见证丘菽园的传奇。丘承袭祖荫，得以在新加坡广纳海外名士，俨然就是二十世纪的孟尝君。值得注意的是，诗酒风流之际，丘同样热衷中国革命，也对新加坡的风土人情频频致意。丘的诗歌一般以"诗史"类型最为学者称道，但高嘉谦指出丘诗的多样性，狭邪旖旎、感时忧国、风土情怀，无不擅长。尤其他的竹枝词和粤讴杂糅下里巴人的声腔或方言外语的谐声拟韵，将地方色彩发挥得淋漓尽致。丘菽园的诗作因此为传统兴观群怨的说法，增加了"天南"的向度。

同样值得一提的是高嘉谦对郁达夫的研究。郁是"五四"新文学运动领袖之一，以浪漫忏情作品知名，但他的汉诗造诣深厚，充分反映一代新文人的古典底蕴。中年以后的郁达夫历经国难家难，放弃白话创作，改以汉诗行世。他曾自嘲旧诗的熏染可以造就"骸骨迷恋症者"。但在颓废的姿态下，他其实暗示白话文未必能直透现实。在人生无言以对的时候，反而是汉诗启动繁复的隐喻系统，诉说（白话文）一言难尽的生命况味。尤其郁避难印度尼西亚的最后几年，以汉诗铭刻现代中国人的离散困境，沉郁曲折处远超过他的白话作品。郁达夫战后神秘失踪，竟使他的诗歌和他的生命与肉身纠缠互证，共相始终。

近年华语语系研究受到重视，但仍以白话文学为主。高嘉谦另辟蹊径，提醒我们在二十世纪初的海外遗民汉诗里，"何为中国"的命题和书写变得无比尖锐。汉诗有其抱残守缺的一面，但也从不乏厚积薄发的一面。两者都在海外遗民诗人的作品和生命中戏剧性的展开，为华语语系研究提供了丰富题材。高在书末提到时移事往，海外汉诗可能成为一种"消失的美学"。文学史的推陈出新我们无从置喙，但既然汉诗曾经影响、形塑一代海外华语世界精英的心志与行动，我们就有必要发掘、思考它兴起和消失的因缘。何况套用本雅明式的观点，华语文学的发展千丝万缕，谁知道呢，未来巨变的可能，就蕴藏在那蛰伏的过去。

三

高嘉谦教授来自马来西亚，在中国台湾完成大学和研究生教育，目前执教台湾大学。二〇〇三年我适在台湾研究院客座，嘉谦主动联络、邀我担任他的博士论文指导教授。嘉谦得到台湾中文学界完整的训练，对近现代古典诗词和诗学的研究尤有兴趣。我虽非这一方面的专家，但有感他的真诚和敏锐，愿意和他一起问学，也深得教学相长之乐。他果然不负所望，如今已是中文学界的优秀学者。

华人在马来西亚的处境不易，在种种局限下，有志向学的马华青年纷纷出走他乡，中国台湾正是目的地之一。过去几十年来他们在学界的成绩有目共睹，嘉谦的专书就是最新的例子。我甚至要说，海外汉诗流动的课题非他莫属，因为包含太多他自己的经验和心路历程。相对于此，中国中文学界对汉诗离散到境外，又有多少关注？

新世纪"海上丝绸之路"繁荣，在一片热闹中，我们可曾理解千百年来，一艘一艘往来南洋的船只早已为这块海域连锁出无数航道，藉此华夷文明聚散播迁，蔚为大观？我们对南洋的认识何其缓慢而有限！高嘉谦的研究正是此其时也。我敬重他致力学问的诚心，也珍惜彼此作为师生暨同事的情谊。

"漂泊中展开人生，越境中发现认同"

—— 黄英哲《漂泊与越境》

二十世纪东亚纷扰动荡，国家之间的关系尤其错综复杂。一九四五年八月抗日战争结束，台湾经过半个世纪日本殖民统治，重回中国怀抱。但台湾的收复只是世纪中期另一波东亚政治史的序曲。国共内战，"二二八"事件，以及国民党撤守台湾必须在更大的历史脉络里理解。从东西冷战到包括美军驻日，无不牵一发而动全身。

在这个时代里的中国人——以及华人——如何找寻定位，因此成为艰难的挑战。所谓定位，不仅限于国籍认同和意识形态的归属，也包括社会关系的重整，文化脉络的清理，以及自我主体的安顿。更重要的，因为时代动乱，许多人投入流亡、漂泊和跨境的境况，做出种种无奈或随机选择。这些选择不再能以简单政治论述归纳，而必须由识者以丰富的史料、有情的眼光做出细腻描述。

《漂泊与越境》就是这样一个例子。作者黄英哲教授是旅日多年的知名学者，目前任教爱知大学。黄教授专治中日文学交流史，对战后台湾地区的文化转型尤其有精深研究。专书《"去日本化"，"再中国化"：一九四五——一九四七》堪称台湾史的第一本有关战后文化重建的专著。黄教授根据大量一手资料，探讨战后初期台湾行政部门对教育制度、国语政策、文化传播的种种措施，并思考因此产生的社会反应及政治后果。战后台湾夹处在殖民现代性、民族主义以及本土情怀之间，确是探讨后殖民现象的重要教材。

《"去日本化"，"再中国化"》从制度史面观察台湾地区在二十世纪中期的文化转型，《漂泊与越境》则更进一步，叩问置身其间的个人何去何从。当此之际，曾经奔赴祖国大陆的台湾子弟有了不如归去的感叹；三十年代的左翼同路者竟辗转来到这里；留日的中国知识分子在岛上经历一场或去或留的斗争；有待遣返的日本人卑屈地为战后中日关系装点门面。这些文化人的经历有的惊心动魄，有的不堪闻问。他们以各种文本——自传或日记，小说、戏剧或杂志——留下珍贵记录。一个甲子之后读来，在在要让读者感叹世事多艰，个人生命的流离颠簸，纸上文章哪里可以道尽？

《漂泊与越境》共分为四辑，《故乡与他乡》《文本越境·意义再制》《国家重建与文化葛藤》，以及《不在场的后殖民状况》，以个案方式描述这段时期文化人的历程。《故乡与他乡》介绍深受"五四"洗礼的张深切的启蒙、革命历险，以及战后回归台湾地区，重起炉灶的过程。与张相对的则是较不知名的杨基振。杨在日本接受教育，之后赴伪满洲国工作，战后曾滞留华北，最后返台。正因为杨不属于文化圈，他在东北、华北所见所闻才更为弥足珍贵。张、杨身份每每成为焦点。然而峰回路转，张深切后成为台湾战后话剧电影业的先驱，杨基振更与理想共相始终！这样的转折，应是黄教授着墨致敬的所在。

《文本越境·意义再制》是本书最耐人寻味的部分。黄教授以鲁迅名篇《藤野先生》与陶晶孙的日文创作《淡水河心中》两个文本，讨论语言翻译、文本流通与意义生产过程的纠结。终战初期，待遣返日侨发行杂志《新声》，选刊《藤野先生》，重新打造日中关系。唯此作以摘录形式发表，文本的删节编辑意外引发如何诠释鲁迅——以及如何诠释鲁迅透射出的中日历史经验——的路线之争。《淡水河心中》则是由彼时任职台大医学院的陶晶孙根据一桩殉情案写成。陶在日本成长接受教育，二十世纪三十年代曾是"左联"成员，战后来台，未几重返日本。《淡水河心中》所取材的殉情新闻在五十年代初轰动一时，陶的改写有意无意间引发官民、族群、性别、语言、媒体重重权力关系运作。战后台湾地区社会文化的复杂度亦由此可见一斑。

《国家重建与文化葛藤》的焦点是"五四"文化人许寿裳。许为鲁迅挚友，战后应陈仪之邀来台参与文化重建，主持台湾"编译馆"。许的任务为"去日本化""再中国化"，事实却远较此复杂。许早年留日，深谙日本近代学术成绩，因此在台湾"编译馆"任内留用日籍学者，延续了日本殖民时期台湾研究传统。除此，许呼应鲁迅精神，将战后重建工程导向中国国民性改造，因此与当局意识形态产生嫌隙。许寿裳在一九四八年因他杀而客死异乡，他在台湾的工作也功亏一篑；他所示范的兼容并蓄的精神，求诸今日，反而不可复得。

本文最后一辑《不在场的后殖民状况》分析施叔青写于香港回归前的"香港三部曲"。与前三辑相比，本辑在历史时间与文本选择上可能稍显突兀。黄教授的用意应是借此喻彼，以香港故事以及作者游离历史、文本内外的立场，对照台湾的历史经验。香港的故事完而不了，是否正投射台湾的故事也是仍待继续？千丝万缕的关系剪不断，理还乱。凡此都需要论者以更包容的态度，更细腻的批判方法来面对。

《漂泊与越境》投射的空间格局极为繁复。帝国与殖民地，祖国与家乡，世界冷战布局与东亚地区嬗变此起彼落。穿梭各地的文化人面临各种政治势力的角力，也必须不断改造身份、文化与政治认同的关系。黄教授无意迎合时髦的后殖民、再殖民理论，也不汲汲于转型正义口号。他理解离散与漂泊所带来的创伤，但更认为这一课题不必局限在控诉或撇清的无尽循环里。在检视历史的同时，他思考"人生实难，大道多歧"的意义，从而理解越是乱世，越有思辨文化建设的迫切性。无论左派还是右派，都必须从文化脉络中理解并反省自己——与他者——的执着与盲点。用黄教授的话来说，大变动"同时也是文化重组与再生产的时代，从语言的多样性、文化的混杂性，乃至翻译著作的多版本"都带来新难题，也带来新的契机。张深切、杨基振、许寿裳、陶晶孙，无不皆然。

黄教授全书以陈蕙贞的例子作为开场，因此特别值得我们深思。陈蕙贞祖父因参与"西来庵事件"而死，父母辈却与日本有不解之缘。陈本人生于日本。陈父是"左倾"民族主义者，热爱中国，战时却避居日本，后返台，历经"二二八"事件终于率全家回到大陆。辗转日本与中国，一九四六年陈蕙贞出版《漂浪的小羊》，年方十四。这是吴浊流《亚细亚孤儿》外，现代台湾文学另一重要源头。陈家几乎经历所有现代中国的激情与灾难。陈蕙贞多年厕身中国广播业，晚年却在日本成就中日文化交流事业。

任何一种自命清洁的国族主义论述都容不下陈蕙贞这样的遭遇。但也唯其如此，陈更体现同代人不凡的向往和挫伤，以及台湾现代经验重层的、移动的复杂性。黄教授以陈的例子作为《漂泊与越境》论述的起点，无非说明面对历史我们所必须持有的悲悯态度，并以此作为思辨何为正义的开端。

当代台湾又面临新的一轮历史挑战，在各种纠结中，《漂泊与越境》这样著作的出版可谓此其时也。黄教授的研究提醒我们不同立场的局限性，并且暗示如果二十世纪中期的文化人在那样艰难的环境中，犹能形成各种跨越畛域的可能性，当代知识界就更没有作茧自缚的必要。我认同黄教授的观点，谨志数语，聊表个人对他多年治学的敬意。

二〇〇〇年纽约，在哥伦比亚大学，我接到日本爱知大学黄英哲教授的访学申请。此前我与黄教授并不相识，但有感背景相同以及他问学的热诚，因此欢迎他的来访。

黄教授次年来到纽约，正好撞上"九一一"事件，其他遭遇又接踵而来。那些日子的甘苦，黄教授恐怕始料未及。但也因此我们成为好友，加上同时在哥伦比亚大学客座的廖炳惠教授，那真是难忘的纽约一年。

黄教授旅居日本多年，处理漂泊与跨境这样的题目，想来不乏感同身受之叹。他笔下人物的哀乐歌哭也触动了我们，因为我们从中看到生命的不得已与韧性。黄教授的领域横跨中日，他治学有日本式的细腻认真，又不乏个人风采，而他处理的时代如此错综复杂，尤其见证他个人历史关怀的深刻与周延。我们期望看到他更多学术成果！

典范的建立者

—— 柯庆明《柯庆明论文学》

柯庆明教授是台湾地区中国文学界的传奇。自一九六四年以第一志愿考入台大中文系以来，柯庆明坚守岗位超过半个世纪。这期间他见证台湾中文学界的世代更迭，也参与研究、教学典范的转换。他何其有幸，曾经师从当年渡海来台的名家如屈万里、台静农、廖蔚卿等，成为古典文学香火的传承者。他又何其有缘，得以和现代文学新锐如白先勇、叶维廉相往还，因此共同奠定台湾现代主义的基础。台湾中文学界"抒情传统"的建立和发挥，柯庆明是关键人物；而二十世纪九十年代以来台湾文学研究兴起，他是最热情的倡导者。当代台湾中国文学界论腹笥之宽阔、关怀之深远、人脉之丰沛、问学教学之认真，柯庆明教授堪称首屈一指。

这些年来柯庆明教授著述不辍，早有多部专书问世。从《境界的再生》到《现代中国文学批评述论》再到《台湾现代文学的视野》，无不显示他治学的多重兴趣。新作《柯庆明论文学》一仍他博雅冲和的精神，探讨古典与现代文学的种种面貌。全书共分为三辑，分别题名为《理论篇》《评论篇》《读书篇》，共二十九篇论文。柯教授谦称此书将过去未曾正式出版或曾经刊行但已绝版的述作熔为一炉，未尝有系统可言。事实上这些文字一经整理，不但体例俨然，而且凸显他多年治学思辨的轨迹，很可以作为后学者效法或对话的范本。

此书至少有三项特色值得我们注意。第一，文章选自柯教授不同时期对文学的思考，从本体论般的大哉问如"什么是文学""什么是文学批评"，到针对特定文类、作者的应用批评，不仅显示作者的博学和多闻，也点出时间流变中不变的坚持。第二，这些文章力图跨越古典与现代、考证与批评、中国文学与西方文学的分界，形成多音复义的实验。柯教授的尝试我们今天也许习以为常，但在当年中文系和文学院相对保守的语境里却是极富创意的挑战。第三，诚如柯所强调，文学创作与赏析是人文活动的极致，不论是对作品指涉的人物情境，或是对评论文字所致意的对话对象，都是"此中有人"。他念兹在兹的是文学所焕发的伦理意向和呈现。近年西方学界结构解构狂潮之后，重新转向伦理学研究。柯庆明教授的文学论评因此更有历久弥新的意义。他的关怀无他，就是叩问：文学为何？文学何为？

此书最令人瞩目的应是第一辑《理论篇》。这一辑中柯庆明教授追本溯源，对文学的本体做出定义。前五篇所触及的五项问题，谈文学，文学史，文学作品与精读，文学传播与接受，文学批评。

《谈文学》开宗明义，强调文学是以文字为媒介的审美活动。但不同于其他艺术形式，文字本身已是承载意义的符号体系，发为文章，形成绵密复杂、虚实互动的表意体系。这一体系一方面指向特定时空生命经验，一方面引导我们跨越时空，形成对"生命的沉思""生命意义的高度自觉"。此与西方柏拉图所建构的模仿／真实的二分范式极有不同。究其极，文学的美感意识必须在伦理关系的开合中完成。传统谓"体物"与"缘情"为文学之两端，柯庆明则在其中看到两者相与为用的关系，以生命意识的证成为依归。

循此，柯教授对文学史的看法亦别有所见。一般以文学史不外累积、叙述文学流变现象，以经典、大师、时代做出进化、递降、循环的史观。但文学史毕竟不只是历史。如果上述文学的定义有其道理，由文学所敷衍、形成的历史就不能忽略文字表象、会意的中介意义。正因为文字"体物""缘情"所构成的网络如此绵密，文学不能为历史主义的一时一地所限，而必须"原始以表末""通古今之变"。同样，文学史的时间也就不能以简单的进化、退化或循环的公式理解，而必须是"文心"在文本内外显与隐、正与变的绵延过程。在这层意义上，他心目中的文学史其实是反（西方定义下的）历史时间表的，但也是最具有"原史"意识的。

这里的关键当然是柯教授对文学的"文"的理解。众所周知，"文"的观念其来有自，意味图像符号，典章学问，想象修辞，文化气质，乃至文明呈现。我们今天所接受的以审美为基础的文学学科，其实迟至一九〇四年才出现在中国学制里。柯庆明长期浸润古典文学教养，同时对现代文学深感兴趣，因此折冲在广义与狭义两种不同文学定义间，特别能显示他兼容并蓄的努力。现代文学理论多以西学是尚，柯庆明在理解西学前提下，特别强调古典的现代性。他以《诗经》《楚辞》到《文心雕龙》等例证，质疑"模仿论"或"表现论"作为理解诠释中国文学的唯一范式。他力求回到中国文史语境找寻资源，用以作为与西方对话的基础。

于是在《谈文学作品的精读》一文中，柯庆明教授从"新批评"细读文本出发，却强调文字形式只是"一个艺术经验，而不只是经验的构造"；"文学，就一个完整的经验论，它的历程应该是连续不断"。而所谓经验不仅是具体实证的，也是心有灵犀的；不仅是文本互涉的，也是知人论世的。在《谈文学传播与接受》里，他更进一步发挥此一想法。这篇论文从翻译谈到传播，指出西方二十世纪"语言学的转向"其实局限语言为形式主义的元素，未必能呼应文学流通的多层意义。柯庆明提出物、象、意、境四重方式，用以和西方理论对话；他指出言、意、象的指涉关系"并不对等或直接反映或反射，所以只有通过'寻''观'的搜寻跳跃（因而也就是超越）才能进入"。或有同行以为这仍不脱古典印象批评的风格，但当柯以此与结构主义的传播理论互相对比，我们猛然理解他的用意不再是恢复国粹，恰恰是在"寻""观"的过程中，他将中学与西学的论辩提升到另一层次。以此，他印证《略论文学批评的本质》中所谓，文学是一种人作为主体存在的知识创造，而文学批评即是这种知识的再创造。

以上这五篇论文涵盖文学本质、创造、阅读、传播各层面，论述细致，思虑周延，可以看作是柯庆明教授多年文学理论的总结。更具宣言性的论述则是《中国古典文学研究丛刊弁言》。这一丛刊其实脱胎于《现代文学》所发表的文字。柯庆明指出文学作品固然有其所属时代的历史性，但更重要的却是体认它所具有的"永恒的当下性与同时性"：

> 文学的本质，归根究底……就是一种藉语言表现所反映的特殊情境下的生命意识。因此，"文学自身"的研究工作，永远必须针对作品的语言表现所反映的，特殊情境下的生命意识的兴发、感通、觉知。

在中文系以章句训诂是尚的传统里，这一立场的突破性可想而知。而柯立论的源头应该是由陈世骧、高友工先生从二十世纪五十到七十年代末引入的"抒情传统"观念。

陈世骧、高友工两位先生的理论背景不同，前者延续三十年代传到中国的形式主义美学，后者则步武分析哲学、结构主义的信条。但殊途同归，他们都企图打破西方文学批评局限，重勘古典文学思想的新意。对他们而言，"抒情"不仅直陈诗歌文类之一种，也延伸为审美风格、文化语境、生命情景的思考与铭刻。陈、高两位的立论在彼时中文学界带来一股维新风潮，影响至今不息。

相对大陆学界辗转在革命、启蒙论述里，台湾地区学界从抒情入手，发展出截然不同的文学观。尤其在柯庆明细致的分析里，抒情起自感兴，继而缘情、体物，诗史互涉，终而与天地宇宙共鸣。抒情的极致，是柯所谓的"同情"："生命彼此内在深处的相同，所生发的共同存在的感觉与意识"（《论诗与诗评》）。这是文学由审美、伦理层面上升到形上层面的最佳示范了。

二十世纪末后学当道，先是后现代主义解构人文标志，继之以后殖民主义打倒帝国权威。后学的贡献不可小觑，但一旦成为人云亦云的切口或招式，仍失之偏颇浅薄。毕竟文学或文学批评之所以存在，不只是作为解构质疑的游戏工具或是苦大仇深的控诉管道；前者的玩忽和后者的义愤只有在更宽厚的论述里才能充分发挥其辩证能量。"同情"的诗学之所以值得我们继续探讨，因为同情的"情"不仅是七情六欲，也是生命特殊存在的样貌（情景交融），更是具有超越面向的道理或意图（尽得其情）。同情不是简单的人道主义姿态。柯显然认为唯有"情"的多元性及能动性才滋生了引譬连类、绵延不绝的文学——以及生命伦理——实践，而不必仅是哲学或政治的附庸。当代西方理论正面临何去何从的困境，柯庆明的"同情的诗学"源自古典而又和当代情境息息相关，大有继续发挥的余地。

《柯庆明论文学》在理论辩难之外，有大量的篇章实践作者的思想和立场。如他对谢赫六法、"气韵生动"的解读，对西方悲剧英雄的中国式回应，都是他以抒情诗学为基准，延伸而出的"同情"的诠释。但是在他对师长文友作品的评点过程中，我们得见他如何将文学批评的伦理和审美双重能量，发挥得淋漓尽致。他读朱西宁的《铁浆》，以细致的文本细读始，而以对天地不仁的感怀终，在在显示他对文学作为思考生命的方法。而他对台静农先生的新旧诗歌，白先勇、王文兴的现代主义小说，叶庆炳、周志文的散文的专论，夹议夹叙，对文的欣赏，对人的关怀，跃然纸上。

文学为何？文学何为？《柯庆明论文学》提出宏大的命题，也做出全面性的思考，更以实际例证作为贯彻"同情"诗学的方法。笔锋起落五十年，柯庆明教授一点一滴打造了他的文论，也为台湾地区中文学界树立典范。他的贡献有待后之来者细细体会。我与柯教授论交逾三十年，无论为学与做人都深受启发。谨以此文，表达我最深的敬意与谢忱。

陈国球教授与抒情传统

陈国球教授专攻中国传统诗学多年，又对现代中国文学、比较文学有深入涉猎；文学史方面的研究成果尤其有目共睹。数年前我们都对抒情传统和中国文学现代性的问题发生兴趣，有多次切磋的机会，也各有钻研的结果。

在陈教的提议和主催下，我们最近编纂一册文集，用以呈现在"抒情传统"的架构下所形成的种种论述方向。我与陈教授相识多年，能有机会就共同的兴趣展开合作，诚为一大快事。也希望藉此文集，能使"抒情传统"作为一种史观、一项议题，引起学界更多的注意与对话。

"抒情"在现代文论里是一个常被忽视的文学观念。一般看法多以抒情者，小道也。作为一种诗歌或叙事修辞模式，抒情不外轻吟浅唱；作为一种情感符号，抒情无非感事伤时。"五四"以来中国的文学论述以启蒙、革命是尚，一九四九年之后，宏大叙事更占主导。在史诗般的国族号召下，抒情显得如此个人主义、小资情怀，自然无足轻重。

然而只要我们回顾中国文学的流变，就会理解从《诗经》《楚辞》以来，抒情一直是文学想象和实践里的重要课题之一。《楚辞·九章》《惜诵》有谓"惜诵以致愍兮，发愤以抒情"；时至二十世纪初鲁迅写《文化偏至论》，则称"骛外者渐转而趣内，渊思冥想之风作，自省抒情之意苏，去现实物质与自然之樊，以就其本有心灵之域"。这里抒情的用法和喻义当然极为不同，但唯其如此，才更显现出这一词汇的活力丰富，千百年来未尝或已。

抒情的"情"字带出中国古典和现代文学对主体的特殊观照。从内烁到外缘，从官能到形上，从感物到感悟，从壮怀激烈到缠绵悱恻，情为何物一直触动作家的文思；情与志、情与性、情与理、情与不情等观念的辩证则丰富了文学论述。

而"抒"情的抒字，不但有抒发、解散的含义，也可与传统"杼"字互训，因而带出编织、合成的意思。这说明"抒情"既有兴发自然的向往，也有形式劳作的要求。一收一放之间，文学动人的力量于焉而起。后之来者谈中国主体情性，如果只能在弗洛伊德加拉康，查尔斯·泰勒或情感论这些西学中打转，未免是买椟还珠之举。

二十世纪上半叶中国文学对抒情的理解深受西方浪漫、现代主义的影响。拜伦和雪莱或波德莱尔和艾略特成为新的灵感对象。然而传统资源的传承不绝如缕。鲁迅、王国维等人不论，鲁迅眼中"中国最杰出的抒情诗人"冯至同时接受杜甫和里尔克的影响；何其芳的抒情追求从唯美的保罗·瓦雷里转到唯物的弗拉基米尔·马雅可夫斯基，却总不能或忘晚唐的温李；瞿秋白就义前想到《诗经》名句："知我者，谓我心忧，不知我者，谓我何求？"撇开人云亦云的偏见，我们乃知现代文人学者——甚至革命者——折冲在不同的抒情渊源、条件和效果之间，早已为这一文学观念开发出更多对话空间。

一九七一年，旅美的陈世骧先生发表《中国抒情传统》，指出中国文学的精华无他，就是抒情传统。陈认为中国早期文学"诗意创造冲动的流露，其敏感的意味，从本源、性格和含蕴上看来都是抒情的"，即使明清的小说戏曲也难以自外这一传统。陈先生的立论对海外古典中国学界带来深远影响，至今相与呼应者大有人在。美国的高友工教授日后另辟蹊径，谈论"抒情美典"，也间接延续了"抒情传统"的魅力。

陈先生的文章言简意赅，其实颇有可以大加发挥的余地。他谈的是抒情"传统"，却深深立足在现代语境里。三十年代陈负笈北大外语系，与京派文人往还，对西方现代主义的文学和理论知之甚详。一九四一年陈赴美国，开始转向古典文学研究。而去国三十年后，他潜心抒情传统，更不能不让我们联想蕴积在他胸中的块垒。

这正是陈国球教授着手抒情传统的开端。陈世骧先生从中西比较文学的角度提出他的看法。有鉴于他的学术背景和立论前提，陈国球教授叩问：所谓"中国抒情传统"可有西方影响的因素？何以既然立足现代，这一传统却似乎将中国现代文学"包括在外"？抒情传统果真是其来有自，源远流长，还是陈先生在现代的发现，甚至是一种（充满抒情怀抱的）发明？

陈国球教授近年的系列著作，从西方汉学重镇普实克对中国现代文学"抒情的"和"史诗的"的分析到胡兰成四五十年代的文化评论，从林庚的文学史到高友工的"抒情美典"研究，不但为中国文学研究提出了典范性的议题，也促使我们对"五四"以来有关抒情的范畴和意义的讨论重新展开评价。

在陈教授与我合编的选集中，鲁迅与朱光潜的辩论，朱自清、闻一多的研究，方东美、宗白华的美学建构，沈从文的"抽象的抒情"等因此浮出地表。与此同时，西方汉学重镇普实克在五十年代已对中国现代文学"抒情的"和"史诗的"对话关系也引起注意。这些声音代表革命、启蒙之外，中国现代性表述的另外一个脉络。也因为有了这些声音，陈世骧先生之后的种种中西论述才更有了传承意义。陈国球教授承先启后，未来对抒情传统的研究必须始自他对这一传统的再发现。

"如此悲伤，如此愉悦，
如此独特"

《中国现代小说史》的意义

在二十世纪中国文学研究的领域里，夏志清教授无疑是最具影响力的人物之一。一九六一年，夏出版了第一本英文专著《中国现代小说史》，从而为西方学院内现代中国文学的研究奠定基础。这本专著综论一九一七年文学革命至一九五七年的半个世纪间，中国小说的流变与传承。全书体制恢宏、见解独到，对任何有志现代中国文学文化研究的学者及学生，都是不可或缺的参考资料。也因为这本书所展现的批评视野，夏志清得以跻身当年欧美著名评家之列而毫不逊色。更重要的，在《中国现代小说史》初版问世近五十年后的今天，此书仍与当代的批评议题息息相关。世纪末的学者治现代中国文学时，也许能碰触许多夏当年无从预见的理论及材料，但少有人能在另起炉灶前，不参照、辩难或反思夏著的观点。由于像《中国现代小说史》这样的论述，使我们对中国文学现代化的看法，有了典范性的改变；后之来者必须在充分吸收，辩驳夏氏的观点后，才能推陈出新，另创不同的典范。

《中国现代小说史》的诞生，是夏志清教授十年研究的成果，这段经历颇可值得我们在此回顾。一九五一年春，夏仍为耶鲁大学英文系的博士候选人，因缘际会，应聘参与了政治系饶戴维教授所主持的一项计划。此一计划由美国政府资助，夏的任务是协助编纂一本名为《中国：地区导览》的手册，往后一年，并写出了手册中中国思想、文学及中国的大众传播等篇章。但夏对这项工作的兴趣很快消失一空，并在约满后离职。与此同时，夏已有意着手一部论现代中国文学的专书，此一计划旋即获得洛克菲勒基金会的支持。在基金会的协助下，夏自一九五二年至一九五五年间，在耶鲁英文系任研究员，实则专心研读现代中国文学。一九五五年在他离开耶鲁至他校担任教职前，已完成《中国现代小说史》主要部分的写作。

当夏从事《中国现代小说史》的计划时，美国各大学图书馆只有极少数拥有完整的现代中国文学图书，批评数据更是少之又少。夏为了搜集、查阅资料所费的工夫，不难想象。然而，数据的缺乏也可能给予夏相当意外的自由，使他得以做出自己的发展与判断。的确，彼时"影响的焦虑"之类的理论尚未兴起，夏也显然乐得一抒自己的洞见或"偏见"。而他行文所显露的自信与权威性，后之来者无人能出其右。

不仅此也，这也是个唯西方"现代"精神马首是瞻的年代；

非西方的学者难免要以西方文学现代性的特质作为放诸四海而皆准的目标。夏选择小说作为研究的重点，因为他相信小说代表了中国文学现代化最丰富、最细致的面向。但反讽的是，他也认为中国现代文学的总体成就，难以超越同期西方作品所树立的标杆。五十年代末期，由于教书及转换工作等原因，《中国现代小说史》的写作慢了下来，但全书终于在一九六一年大功告成，由耶鲁大学出版。一九七一年，耶鲁又应读者的热烈要求，推出增订版。

我以为《中国现代小说史》的写成可以引导我们思考一系列更广义的文化及历史问题。这本书代表了五十年代一位年轻的、专治西学的中国学者，如何因为战乱羁留海外，转而关注自己的文学传统，并思考文学、历史与国家间的关系。这本书也述说了一名浸润在西方理论——包括当时最前卫的"大传统""新批评"等理论——的批评家，如何亟思将一己所学，验证于一极不同的文脉上。这本书更象征了世变之下，一个知识分子所做的现实决定：既然离家去国，他在异乡反而成为自己国家文化的代言人，并为母国文化添加了一层世界向度。最后，《中国现代小说史》的写成见证了离散及漂流的年代里，知识分子与作家共同的命运；历史不可避免地改变了文学以及文学批评的经验。

一

《中国现代小说史》共有十九章，其中的十章都以重要作家的姓名为标题，如鲁迅、茅盾、老舍、沈从文、张爱玲等。对夏而言，这些作家是现代小说的佼佼者。其他各章处理了分量稍轻的作家，同时凸显了形成文学史的其他重要题目。如第一及第十三章讨论现代史两个关键时刻——"五四"时期及抗战之后——小说创作与文学、文化政治的复杂关联；第三及第四章分别描述了两大文学社团——文学研究会及创造社——的组成原委、创作方向及风格；第五、第十一及第十八章则评论左翼文学从萌芽到茁壮的各阶段表现。除此，《中国现代小说史》还有一章结论，综论文学在不同时期的风风雨雨。另有三篇附录。第二篇附录《现代中国文学感时忧国的精神》曾受到广泛的征引及讨论，堪称是文学批评界过去三十年来最重要的论述之一。原英文标题中Obsession with China（"感时忧国"）一词由夏首先创用，现早已成为批评界的常见词汇了。

我这样不厌其烦地介绍《中国现代小说史》的结构及文脉，因为这关系到全书的批评视野及方法学。《中国现代小说史》受到四五十年代欧美两大批评重镇——李维斯的理论及新批评学派——的影响，已是老生常谈的事实。夏在耶鲁攻读博士时，曾受教于弗里德雷克·波特尔及克林斯·布鲁克斯等著名教授；布鲁克斯无疑是新批评的大将之一。夏对新批评观点的浸润，可在《中国现代小说史》初版序言中得见一斑："本书当然无意成为政治、经济、社会学研究的附庸。文学史家的首要任务是发掘、品评杰作。如果他仅视文学为一个时代文化、政治的反映，他其实已放弃了对文学及其他领域的学者的义务。"

夏推崇文学本身的美学质素及修辞精髓。他在《中国现代小说史》中不遗余力地批判那些或政治挂帅或耽于滥情的作者，认为他们失去了对文学真谛的鉴别力。在这一尺度下，许多左派作家自然首当其冲，因为对他们而言，文学与政治、教化、革命的目的密不可分，甚至可以为其所用。

但夏的野心并不仅于"细读文本"这类新批评的基本功夫。如前所引的序言所示，夏对"旧"批评的法则颇不以为然，因为旧批评把文学仅仅当为反映现时政治、人生的工具。十九世纪的批评家揭橥将文本历史化的重要性，却不能掌握文学"如何"将历史、政治虚构化的妙窍。借着新批评的方法，夏希望重探国家论述与文学论述间的关联；这一强烈的历史情怀使他不能视文学为"一只精致的瓮瓶"——新批评最为人所津津乐道的美学意象之一。事实上，一反传统理论的反映论，新批评暗含了一套文学的社会学，企图自文本内的小宇宙与文本外的大世界间，建立一种既相似又相异的吊诡秩序。夏将新批评这一面向的法则发扬光大，因而强调《中国现代小说史》企求"从现代文学混沌的流变里，清理出个样式与秩序；并且参照曾经影响现代中国文学的西方观念、模式，思考其间的挑战与范式"。夏一再强调小说家唯有把握艺术尺度，才能细剖生命百态，而这也正是向人生负责的态度。这当然呼应了布鲁克斯的名言："文学处理特别的道德题材，但文学的目的却不必是传道或说教。"

夏对文学形式内蕴道德意涵的强调，引领我们注意他另一理论传承，即李维斯的批评论述。李维斯认为一个作家除非先浸润于生命的实相中，否则难以成其大。对他而言，最动人的文学作品无非来自对生命完整而深切的拥抱。因此批评家的责任在于钻研"具体的批判与个案的分析"。在实际批评方面，李维斯以建构英国小说的"大传统"而知名；这一"大传统"起自简·奥斯汀，止于D. H. 劳伦斯。李维斯认为，这些作家既能发挥对生命的好奇，又能将其付诸坚实的文字表征。在《中国现代小说史》一书中，夏也本着类似精神，筛选能够结合文字与生命的作家，他此举无疑是要为中国建立现代文学的"大传统"。

夏志清在批评方法学上的谱系还可以加以延伸，包括二十世纪中叶前后的名家，如艾略特、莱昂内尔·特里林、菲利普·拉甫、欧文·豪、艾伦·泰特，以及乔治·斯坦纳。这些评论家各自从不同角度提倡文学的教化机能，并向往文字与世界间更紧密的连锁。在这一前提下，他们其实都呼应了十九世纪中期英国批评家马修·阿诺德的立论。夏志清出身正统英美文学训练，对西方道德及美学"大传统"的精华，可谓念兹在兹。当他建议批评家的责任是"发现及鉴赏杰作"，他必定同意阿诺德的说法，认为文学应当诚中形外，传达真理。而且用阿诺德的话来说，"如要发掘真正盖世的杰作，没有任何方法比铭记以往大师的金句名言，并用来作为试探新作的试金石，来得更为有效的了"。职是，我们可说，尽管新批评或其他现代流派的评者立意要摆脱传统"反映论"及"道德论"的影响，这些影响毕竟是祛之不去。

在我们这个时代，自诩为理论先驱的新贵批判世纪中叶的理论先驱——艾略特、布鲁克斯、特里林、李维斯等人——已是习以为常的现象，凭借着当今的理论，他们细数前辈的缺陷及矛盾，一如当年夏志清及布鲁克斯也曾攻击前之来者的缺陷及矛盾。《中国现代小说史》因此成为众家新进汉学研究者一试身手的好材料。比方说，性别主义者可以指陈夏书对女性／性别议题辩证不足，解构学派专家可以强调夏书对立论内蕴的盲点，缺乏自觉。后殖民主义者可以就着全书依赖"第一世界"的批评论述，大做文章，而文化多元论者也可攻击夏对西方典律毫无保留的推崇。

作为《中国现代小说史》的作者，夏志清对这些批评可能颇有感触，甚而不无莞尔之情。长江后浪推前浪，原是常理，但何以许多新理论居然颇有似曾相识之处？早在当今学者正义凛然的"干预"文化政治，大谈"重写"文学史，或"重新协商"中西小说观前的几十年，夏已经凭一己之力，"干预""重写"及"重新协商"现代中国文学了。夏因为引用当年西方激进理论来重读中国作品，招来他被文化、思想殖民主义所"收编"的批评。但我们必须记得，就算夏的立论不无可议之处，他已藉此避免了更早他一代文学评论——如反映论、印象论——的局限。不仅此也，多数批夏的人其实未必自夏学到任何教训，因为他们自己不也对西方理论趋之若鹜，对当代大师奉命唯谨？如果他们对夏的批评有任何道理，他们同时更应反躬自省。"现代"的观念与实践，本来就基于跨文化、语境的不断交流或碰撞。他们理应看穿学术殖民主义的把戏，而却一仍故我。他们舞弄西方理论批评中国小说，批评批小说评论，以及其他引用西方理论批评中国小说的批评者，却把自己"包括在外"。

以上多数对夏的批评，当然不值一哂。不论如何，当年夏志清熟读西方理论，并将之印证到非西方的文本批评上，而且精彩之处不亚于李维斯或布鲁克斯，已经可记一功。更何况他并未将西方理论照单全收；《中国现代小说史》毕竟推出中西文学颇有不同的结论。由于夏的开路功夫，我们今天得以名正言顺地看待中国文学的现代性贡献，这在半世纪以前的西方学界是不可想象的事。如果我们今天想要继续强调（后）现代中国文学的新与异，我们需要夏特立独行的眼界，才好证明作家的成就超乎西方典范的窠臼。但就我所见，太多批评止于摹仿或批判夏志清的批评方法或结论，而少有人关注夏志清的批评精神与信念。

我如此为夏辩护，并非厚古薄今，暗示《中国现代小说史》之后的理论一无可取。恰恰相反。我愿指出，在夏的开路之作后，我们不再需要亦步亦趋。过去二十年批评理论的蓬勃，犹如雨后春笋，使我们得以采取多种不同策略看待中国文学，这在夏的时代是难以企及的。也因此，夏所揭橥的"大传统"在在要引起我们的思辨。不论如何，我们如果只回过头去对夏当年的立论斤斤计较，而忽略他所处历史、文化环境的限制，未免有见树不见林之嫌。我倒觉得，在努力划清界限之余，有许多年轻的批评者其实与夏的关怀颇有契合之处，这才使两者间的对话显得更为曲折有趣，也为现代中国文学批评传统的变与不变写下新章。

在《中国现代小说史》出版五十年后的今天，我们处于一较以往任何一刻更为有利的位置，审视夏的洞见与不见；藉此我们也可了解美国汉学研究的特色与不足。我们要问：如果"现代"总已隐含跨文化、跨国界的知识及想象基础，夏在什么层次上既批判了中国追求现代的得失现象，也验证了自己就是这现象的一部分？我们如何分殊如下的吊诡：虽然夏被视为西方文学文化的拥护者，他对中国文学的"盲点"却往往滋生了他同侪所不及的"洞见"？夏尽管浸润在西方人文主义的传统中，如何显示了他与中国本土思维的渊源？最重要的，夏的国际观强调普遍性及真理价值，与流行的解构、性别、族群、文化生产等分殊主义的前提似乎格格不入。我们有可能在两者之间找到共同对话的场域吗？

二

首次阅读《中国现代小说史》的读者，印象最深的莫非夏志清的论断：比起西方传统，现代中国小说在行文运事、思想辩难，以及心理深度方面，均远有不逮。就算夏可称为现代小说评论的宗师，他这番议论也引来不少民族主义者或多元文化论者的侧目，谓其有自贬身价之虞。

在著名的《现代中国文学感时忧国的精神》一文中，夏写道："现代的中国作家，不像陀思妥耶夫斯基、康拉德、托尔斯泰和托马斯·曼一样，热切地去探索现代文明的病源，但他们非常关怀中国的问题，无情地刻画国内的黑暗和腐败。"

追根究底，夏的立论受到特里林的启发。对特里林而言，现代文学的特征之一在于"西方文化对文化本身的失望"，这一幻灭感促使作者对当代文明产生仇视，并划清界限。但夏注意到中国现代作家的不同之处。那就是，正因现代中国作家对家国的命运如此关切，他们反而不能，或不愿，深思中国人的命运与现代世界中"人"的命运间，道德与政治的关联性。夏认为中国作家在他们作品最好的时候，展现一种强烈的道德警醒，这在西方作家中是少见的。但另一方面，他也为这一"感时忧国"的精神付出代价："这种'姑息'的心理，慢慢变质，流为一种狭窄的爱国主义。他们目睹其他国家的富裕，养成了'月亮是外国的圆'的天真想法。"

夏依据西方典范，对现代中国文学的总体表现颇有保留，因此处处强调国际视野的必要。但我们不禁要问，夏本人是否也显出了一种"感时忧国"的心态？他和他所评介的作者其实分享了同样的焦虑：在"现代"文学的竞争上，中国作家已经落后许多，如何积极迎上前去，是刻不容缓的挑战。但夏与这些作者不同的是，一反后者专注家国一时一地的困境，他亟欲从西方先进的模式找寻刺激。中国作家视"感时忧国"为文学（及社会）革命的前提，夏却认为那是自我设限的藩篱。夏与他评介的作家间的争议，可以视为现代文学"是什么""能做什么"等问题的最佳例证之一，而这些问题今天依然是学界关注的焦点。

虽然夏认为"感时忧国"的精神，对现代中国小说的创作颇有局限，他还是看出有些作家能够展现个人风格及独特视野，因此出落得与众不同。在《中国现代小说史》的结论里，他列举张爱玲、张天翼、钱锺书、沈从文四人为其中佼佼者，因为他们的作品显现"特有的性格和对道德问题的热情，创造出一个与众不同的世界"。从这四位出列的作者，我们也不难明白何以在传统评者眼中，夏书是如此离经叛道。最受争议的当是夏独排众议，竟贬低鲁迅的地位。他承认鲁迅的抗议精神使后之来者深受启发，但却遗憾鲁迅的温情主义以及对"粗暴和非理性势力"的默认。由此类推，夏对新文学的名家如茅盾、巴金、丁玲等，也吝于给予过高评价。

夏所推荐的四位作家中，张爱玲与钱锺书在二十世纪五十年代的文学史里，皆是默默无闻之辈。张崛起于抗战时期的上海，原被视为通俗作家。但夏独排众议，盛赞张对人性弱点的细密临摹，以及她"苍凉"的历史及美学观。夏认为，张对人无常无奈的生存情境的感喟，与彼时主流作家的史诗视野大相径庭；他并推崇《金锁记》为"中国从古以来最伟大的中篇小说"。另一方面，夏也欣赏钱锺书的讽刺艺术，视其为《儒林外史》的吴敬梓以降最有力的讽刺小说家。职是，钱的《围城》"是中国近代文学中最有趣和最用心经营的小说，可能亦是最伟大的一部"。

我以为夏对三十年代两位作家张天翼及沈从文的解读，尤应引起注意。这两位作者的政治立场、个人特性，以及创作风格的差距，可谓南辕北辙。张是左翼作家，以辛辣讽刺的浮世绘取胜，沈则是和平主义者，以描述中国乡土的抒情境界见长。对夏而言，尽管两人颇有不同，他们却共享一强烈的道德热情，而且这一种道德热情并未限制他们对于艺术的琢磨。当沈从文在描写人性善良面，或张天翼揭露人性邪恶时，他们表现了相同的勇气与文采。两人都不愿让眼下的政治考虑减损他们对人性各层面——哪怕是最不受欢迎的层面——的探察。用夏的话来说，张天翼在"同期作家当中，很少有人像他那样，对于人性心理上的偏拗乖误，以及邪恶的倾向，有如此清楚冷静的掌握"。而沈从文显示"这世界，尽管怎样堕落，怎样丑恶，却是他写作取材的唯一的世界，除非我们坚持同情与悲悯之心，中国，或整个世界，终将越来越野蛮"。

由于夏的推荐，张爱玲及钱锺书的声名在六十年代急涨直上。过去四十年来张爱玲在台港地区及海外尤其大受欢迎，声劫之盛，直追新中国成立初期的鲁迅；而八十年代以来，"张爱玲热"席卷了中国文坛。但夏对沈从文及张天翼的诠释更耐人寻味。在沈被史家评者忽略、湮没的年月里，夏是少数记得他并赋予极高的评价的知音。

从传统眼光来看，夏所从事的是文学典律的重新定义。在我们这个多元论及边缘论大行其道的年代，夏重写文学的过去尽管颇有洞见，仍难免贻人口实。许多评者立志要摒除文本、种族、性别、政治的"中心"论，迫不及待地奔向"边缘"，以致今天边缘人满为患。夏的大传统既是以普遍的人性及不朽的杰作为立论基点，《中国现代小说史》似乎与时下理论背道而驰。然而夏书也许并不如此简单；在理论与实践间他总能另辟蹊径，一抒创见。话说从头，当年《中国现代小说史》的写作不正是要把边缘作家推向中心，并重新思考主流杰作的意义？果如此，我们今天能从此书学到什么？

再以夏所推崇的四位作者为例。夏发现，在表面的"感时忧国"之下，这些作家的写作之道错综交会，所以能为彼时盛行的写实主义创造无数可能。他将张爱玲的颓废都市风貌与沈从文的抒情原乡视景等量齐观。他注意张的悲观人生观照与她讽刺佻脱的呈现手法，颇呈拉锯；另一方面，他提醒我们，"除非我们留心（沈从文）用讽刺手法表露出来的愤怒，他对情感和心智轻佻不负责态度的憎恨，否则我们不会欣赏到小说牧歌性的一面"。虽然钱锺书与张天翼都以讽刺见长，钱的冷隽机智与张的嬉笑怒骂其实颇有不同。不仅此也，夏也提及张爱玲及钱锺书都以贵族的立场俯视人生琐碎，而沈从文及张天翼则能深入生命底层，多闻鄙事。张爱玲继承了《红楼梦》的传统，钱锺书则沿袭了《儒林外史》的精神。

面对《中国现代小说史》内其他作者的取材、风格及意识形态立场，夏也采取了同中求异的策略。他绝少附和现成观点。比如说，他赞美左派评家奉为经典的茅盾小说《农村三部曲》(《春蚕》《秋收》《残冬》)，但他的焦点不在茅盾左翼思想的微言大义，而在茅盾所不经意流露的人道关怀。对夏而言，这一关怀不能用党派立场来划分。夏对二十世纪三十年代写《激流三部曲》的巴金颇有保留，但巴金在中日战争后的作品如《寒夜》等，却颇赢得他的青睐。至于女性作家，凌叔华以她精妙的女性心理白描深获夏的好评；相对地，当时大为走红的冰心却因其感伤滥情，不能更上层楼。

在"感时忧国"论更深的一层，夏触及了当代批评论述重新炒热的话题，即，我们如何分殊个人才具与国族想象间的界限？如何定义国家文学及跨国文化政治的分野？夏认为中国作家深怀道德使命；在这样的前提下，"好"的作家应该既能深入挖掘中国社会病根，却又能同时体现艺术自制及永恒人生视野。夏的观点内含一个二律背反的现象，恰恰呼应了新批评对文本"张力""反讽"的要求。而实际操作上，夏更能随机应变，衍生种种诠释。

二十世纪八十年代以来，本尼迪克·安德森将国家视为一"想象群聚"的说法受到广泛重视。我们不妨重审夏的"感时忧国"说，视其为中国作家想象"现代中国"的一种表征。在革命与启蒙的感召下，中国作家急于重厘家国的命运，而文学成为一个有效的辩证管道。透过文学，诸种议题如从国民性到国家的未来，都得以付诸对话。这种将国家论述及文学论述相印证的风气其实可以溯至晚清。我们都还记得梁启超的名言，"欲新一国之民，不可不新一国之小说"。这一文学／国家论述在"五四"以后变本加厉，从文学革命到革命文学的一段历史，正可作如是观。

夏的"感时忧国"论还可以与詹明信的"国家寓言"论相提并论。乍看之下，这也许有点匪夷所思，因为两者的理念基础极不相同。对詹明信和他的从者而言，第三世界的文学由于历史情境的因素，倾向凸显叙述与国家间的"不自然"关系。此一关系在文学表达上引生一种寓言的向度，而与第一世界的文学遥遥相对。第一世界的文学标榜形式与意义相辅相成的象征关系。象征望似浑然天成，却总已暗藏霸权的底蕴。比起第一世界文学，"国族寓言"式的文学也许看来粗糙，但此一形式特征在在点出其久被压抑的政治、文化潜意识，公、私领域皆然。

詹明信的理论自谓基进，其实也泄露了再现论的迷思。比诸夏志清的"感时忧国"论，并未见有真正突破。更吊诡的，夏视之为"感时忧国"论的缺点——如笔锋粗糙、缺乏"象征"密度——很可成为詹明信"国族寓言"论歌之颂之的对象。两人对鲁迅作品如《狂人日记》《阿 Q 正传》等的解读，恰恰可见端倪。

夏应会同意中国现代小说含有一种"国族寓言式"冲动，此一冲动督促作者与读者发泄他们政治欲望与叙事力量。但夏也应会强调国家文学必须包容别具心思的作者——不仅是那些刻意与"国族寓言"式文学唱反调作者，更及于那些对各种明火执仗的政治议题漠然无视的作者。在操作实际批评时，夏显示没有任何一种文学理论可以总括（文学）历史的种种变量。以"寓言"来看待一个国家文学，不论定义如何，终难免画地自限之虞。国族的想象不必总与历史情境发生一目了然的连锁。夏的优势在于尽管他抱持（保守的）新批评与李维斯主义，他毕竟尊重文学实践过程里，"始"料未及、多元创造的可能。他显然相信一个不肯从众、拒为"寓言"的作者，有时反更能表达一个社会被压抑的政治潜意识。职是，张爱玲或沈从文，而非鲁迅或巴金，反而更能写出中国民族面对历史变荡时的希望与怅惘。

除此，一个现代的国家文学尽管致力于落实本土想象，若缺乏与其他文学对话的机会，仍不足以显现自身的特色。当夏提出"感时忧国"一说时，意在指出中国作家如果无视西方文学的成绩，就只能陷于狭隘的爱国主义。就如詹明信一样，他相信中西文学发展的轨迹迥然不同。但夏会认为我们一定能找出一条可以相互沟通、验证的门径。所以为了要"验证现代中国文学的形式"，夏认为我们必须借鉴西方传统，因为"现代中国文学从中取得风格与方向"。

夏书所透露的欧洲中心主义已迭遭异议，毋须在此重复。但如果我们转而注视他切切要将中国文学推向国际场域的用心，未尝不无可观，而这也正显示他自己"感时忧国"的意识之一端。

换个角度来看，如果创作永远都是取决于文本以外的多重因素，那么中国作家的潜能就不应受限于政治现状，更不提一厢情愿的风格、主题发展时间表了。中国作家一旦摆脱"感时忧国"论后，实在毋须臣服于"国族寓言"论的紧箍咒。毕竟两者都不能跳出第三世界"迟来的现代性"一说的窠臼。

在《中国现代小说史》里夏志清经常比较中西作家，也因此常使读者不以为然。比方说，沈从文的田园视景引申出与华兹华斯、福克纳、叶慈的比较，鲁迅的讽刺使夏联想到霍雷斯、班·强森及赫胥黎等的技巧。老舍《二马》中的马氏父子与乔伊斯的布鲁姆与戴德拉斯相互照应，张爱玲的作品则与陀思妥耶夫斯基形成对比。夏发展他自己的比较文学法则，所提及的西方大师恰好像要用来弥补中国作家的不足。他自不同西方的国家文学大量征引作者、作品、文类，招来"散漫无章"或"不够科学"之讥，却至少显示其人的博学多闻。与其说夏对西方文学情有独钟，倒不如说他更向往一种世故精致的文学大同世界。假如夏当年有机会读到川端康成或加西亚·马尔克斯的作品，我相信他会乐于扩展他的文学地图，以一样的热情拥抱这些作家。

夏的方法学因此促使我们重新思考文学跨国语境与个别特色间的张力。近年来多元文化论者，或出自政治正确性的使命感，或出自理论的自觉，致力于强调在地的、区域的文学。势力之大，一时沛然莫之能御。相较之下，夏追求世界文学的立场恰与此针锋相对。他的欧洲中心主义当然有其立论的弱点，但另一方面，他对回归"在地"文学呼声下的畛域倾向及招牌主义的弊病，应算有先见之明。夏的观点毕竟体现了我们追求文学现代性不应是独一封闭的表征，而必须涉及跨文化的范畴。托马斯·曼或乔伊斯出现在他的评论里，不仅因为他们是优秀西方作家，而更因为即使在欧洲境内的跨国、跨文化语境中，他们已经各自显现了文学现代性的新与变。夏明白期望这样的文学现代性竞争中，中国作家应占有一席之地。但纵观《中国现代小说史》全书，少有作家能入他的法眼。话虽如此，他的高标准并未成为一种借口，使他忽视一般作家的作品。现代评者中，很少有如夏般孜孜矻矻地涉猎千百优劣作品后才下笔为评，多数人只是就着几个台面上的名字，不断炒作而已。

由于夏志清当年的开创之功，我们今天或许不能，也不必，再写出像《中国现代小说史》如此规模的文学史论。过去数十年的史学及文学理论在在告诉我们，任何单一全权的叙述，总已埋藏自我设限及自我解构的因子。尤其因为如布赫迪厄及布鲁姆等的理论风行，我们对典律、典范等话题，重又产生兴趣。有关典律的辩论，一方面提醒我们"大传统"之下文化、象征资本的运用、周转，无时或已；另一方面也彰显名家、杰作、经典的武断及权威性，未必能被一两套理论所厘清。《中国现代小说史》之后，现代中国文学的研究日新又新，方法上也是五花八门。从鸳鸯蝴蝶到新感觉主义，从晚清"被压抑的现代性"到世纪末的"后现代性"，不一而足。二十一世纪，现代中国文学的研究也绿树成荫，较之以往任何一个时候都更成为一门显学。作为欧美中国现代文学掌门人的夏志清，大概终可以一秉他闻名友朋间的幽默感，开怀畅笑了吧?

中国现代小说的史与学

—— 向夏志清先生致敬

夏志清先生是中国文学研究界最重量级的学者之一。一九六一年，夏先生出版了英文专著《中国现代小说史》，为英语世界现代中国文学研究开下先河。一九六八年，夏先生再接再厉，出版《中国古典小说史论》，又带动古典文学界小说文本研究的风潮。以后多年夏先生著述不辍，其中精华在二〇〇四年汇编为《夏志清论中国文学》。欧美汉学界里，涉猎之广博，影响之深远，而又在批评方法上能自成一家之言者，夏志清先生可谓是第一人。

《中国现代小说史》自初版迄今已逾五十年。半个世纪以来，现代中国文学研究因为夏先生和其他前辈的开拓之功，已经成为显学。不仅学者、学生对晚清、"五四"以降的各项课题趋之若鹜，研究的方法也是五花八门。尽管论者对夏先生的专书根据不同理论、政治，甚至性别、区域立场，时有辩诘的声音。但迄今为止，仍然没有另外一部小说史出现相与抗衡，则是不争之实。

《中国现代小说史》的典范意义不仅在于夏先生开风气之先，凭个人对欧美人文主义和形式主义批评的信念，论断现代中国小说的流变和意义，也在于他提出问题的方式，他所坚持的比较文学眼光，还有他敢于与众不同的勇气，为后之来者预留太多对话空间。今天不论我们重估鲁迅、沈从文，讨论张爱玲、钱锺书，或谈中国作家文人的文学政治症候群、"感时忧国"情结，都必须从夏先生的观点出发。有些话题就算他未曾涉及，也每每要让我们想象如果有先生出手，将会做出何等示范。

《中国现代小说的史与学》希望在夏先生专著的基础下，呈现新世纪里现代中国小说研究的动向。这本论文集分为两辑。第一辑对《中国现代小说史》成书的时代氛围、研究方法和历史意义做出回顾，并且旁及夏先生的兄长夏济安教授对现代文学批评的贡献。夏氏昆仲不只学问杰出，他们的独特立场和风骨也一样值得敬重。济安先生英年早逝，是学界的重大损失。

《中国现代小说的史与学》第二辑则呈现中国现代小说研究在海内外的最新成绩。从鲁迅到张爱玲，从沈从文到钱锺书，几乎所有夏先生当年曾论及的大家都包括在内，而且呈现出不同的批评看法。夏先生当年因为种种原因未曾在《中国现代小说史》内探讨的作家，如萧红、白薇、端木蕻良等，或未曾触及的流派，如鸳鸯蝴蝶派小说，也都有了专章讨论。此外，夏先生也曾对晚清小说的研究开风气之先，影响所及，我们今天论现代文学的起源，皆不能不提"五四"之前二十年的风云变幻。夏先生对中国文学的关怀其来有自，本辑内也收入两篇论文，专论白先勇、朱天文等的成就。由是从世纪初到世纪末，夏先生心目中的二十世纪中国小说"大传统"更加完备。

各篇论文的撰写者有夏先生的门生友人、再传或私淑弟子，也有济安先生的学生和故旧，还有与夏先生时相往来的各地杰出学者。值得一提的是，半数以上的学者都毕业自哥伦比亚大学东亚系；哥大是夏先生曾经任教三十年的名校，也是夏先生的学术发扬光大的重镇。各篇论文的作者也许未必完全遵照夏先生的观点，但他们所念兹在兹的是文学的"史"与"学"之间的关系，以及文学所显现的人文精神脉络，仍与先生一脉相承。

目前西方学院里的现代中国文学研究仍然充斥伪科学化的话语；种种"后学""批判"的声音无非与西学主流唱和——尽管中国正在或已经崛起。而安享资本主义学院终身俸的学者们不时游走世界，指点海内外的方向，尤其令人嘿然以对。对此夏先生是过来人。他曾经在五十年前应用过当时西方最流行的批评话语，也曾经厕身六七十年代文学和政治。不同的是，他对文学作为自己治学的本业，从来怀抱虔敬之心。比起迫不及待地谈"越界"跨行、谈"干预"现实的同行，夏先生有所不为的立场反而历久弥新。不少他的批评者自命走在时代前端，对他的研究或政治理念呶呶不休，但又有多少真能像他那样择善固执，发出"真的恶声"？

《中国现代小说的史与学》的完成有赖所有论文撰写者的热

烈支持，他们是我最要感谢的对象。威斯理学院宋明炜教授不辞烦劳担任联络，并费心为夏先生编纂中英文书目，特别值得喝彩。苏州大学季进教授授权他和夏先生的访谈记录，马萨诸塞大学安姆斯特分校的张恩华教授在编辑过程中参与协助，在此一并致谢。

夏志清先生好谐谑、好朋友、好美食、好老电影，处处与人为善，常怀赤子之心，提携后辈尤其不遗余力。与先生相近者则知道他对学问的专注认真近乎严厉，对人情世故的看法洞若观火。他的生活其实有太多不足为外人道的波折，但他对生命的热切信念未尝稍息。夏师母王洞女士襄助夏先生数十年如一日，甘苦备尝，堪称是"夏志清的世界"中的灵魂人物。

"我已经永垂不朽！"

——怀念夏志清先生

二〇一三年十二月十日，我回到纽约哥伦比亚大学参加博士生论文答辩，更重要的任务是探望夏志清先生。晚上与夏师母会合来到医院。走进病房，看到夏先生在床上半躺半卧，正在咕哝着晚餐不好吃。原来心里老大的惦记顿时减轻不少：我们的夏先生虽然气色虚弱，但还是挺有精神，对任何事情绝不放弃评论，而且语出务必惊人。

一会儿驻院大夫进来。夏先生单刀直入，开口就是："我看我要不行了！大夫，我还能活多久？"大夫嗫嚅着："挺好的，没问题……"夏先生不耐烦了："不用瞒我的！我是很现代、很科学的人。不怕死的！你说，我还能活多久？"大夫无言以对。夏先生乘胜追击，苏州英语连珠炮般出来："死有什么关系！不怕的，你知道我是全世界最有名的中国文学批评家？我写了这么多伟大的书，我这么伟大，你们都爱我的！你看，我早就已经永垂不朽了！"

这真是夏先生的本色。一九八〇年在威斯康星做研究生时，夏先生来访讲晚清小说。只觉得先生的演讲好生复杂，《玉梨魂》的鸳鸯蝴蝶怎么会和好莱坞的马龙·白兰度扯上关系？中间还站了起来比画一次西部电影牛仔拔枪对决。先生的学问如此精准犀利，言谈却如此生猛惊人！未料十年之后，我竟然在夏先生催促之下，申请哥伦比亚大学现代中国文学教职，成了他的接班人。而知道他如何为了我的聘任独排众议，豁了出去，已经是几年以后的事了。

自从一九六一年《中国现代小说史》问世，夏志清先生不仅为现代中国文学研究树立典范，而且实实在在地为英美学院开创一个新的领域。之后他的治学方向延伸到古典文学，《中国古典小说》又是一部石破天惊的著作。先生以他英美新批评的训练以及西方人文主义精神，回看中国古今叙事传统。他批判"五四"知识分子作家一味"感时忧国"的倾向，力倡文学的世界主义。他不吝发掘"呐喊"和"彷徨"以外的创作风格，沈从文、张爱玲、钱锺书因此成为经典。据此他更进一步思考古典说部从《三国演义》《水浒传》到《金瓶梅》《红楼梦》的现代意义，不仅点出传统社会复杂的世路人情，尤其为受到压抑的女性作鸣不平。

我在哥伦比亚大学的十五年有幸追随夏先生左右，真是最难忘的岁月。几乎每周他都到我的办公室——也曾经是他的办公室——聊聊，更不谈无数的宴饮聚会。我虽不是先生的门生，但实在受益良多。私底下夏先生没有那么欢喜插科打诨，但是思维的跳跃、情绪的转换殊无二致。最让我印象深刻的是他点评文学、臧否人事，永远洞若观火，而且不假辞色。他对我最大的批评是"太容易说话"，"没有勇气"做真正的批评家。诚哉斯言。他治学上的"傲慢与偏见"让他成就一家之言，而日常生活上的出言无状却又机锋处处，让他活脱像是《世说新语》里跳出来的人物。

在公众场合的夏先生永远谈笑风生，欢喜成为大家注意的焦点。但喧哗之后，夏先生又是什么样子？一九九〇年我到哥大应聘时，夏先生携我到他当时在一一五街的公寓；坦白说，地方狭蹙，还真让我有点意外，因为觉得和先生的盛名似乎不符。那天谈着谈着，他突然有感而发地说，不要看他表面这样的口无遮拦，其实他是非常害羞紧张的人。当时只觉先生之言有点突兀，多年之后，更了解他的生活，他的为人，才明白此中有多少心事，不足为外人道。

夏先生那一辈的留美学者是非常不容易的。求学经验的艰难，政局变化后的抉择，还有感情生活的起伏，必定都在他的生命中留下层层阴影。而一九六五年夏济安先生猝逝，那痛失手足兼知己的创伤，恐怕他再也没有走出来。爱热闹的夏先生可曾是苦苦抗拒孤独与寂寞的？在他那些几乎从不恰当的喧嚷笑话后面，有一个我们并不知道，可能也永远不会知道的夏先生。

在哥大那些年和夏先生、师母王洞来往久了，真犹如家人一般。连我的学生也和夏先生、师母打成一片。夏师母的温暖大度永远烘托任何的聚会。我们举办了多少次会议演讲，夏先生总是第一排座上宾，也总有（奇怪的）话要说。他称赞王安忆、卫慧是平生仅见的上海美女，李锐留着小胡子看来真像鲁迅，张爱玲、朱天文都被胡兰成害惨了……结论总是"我太伟大了，太有趣了，每个人都爱我的"。

二〇〇四年我竟然有了见异思迁之举。哥伦比亚是伟大的大学，但纽约的生活我似乎总不习惯。在当时去留之间有许多考虑，但最重要的是夏先生的态度。我当然知道夏先生是不希望我离开的，因此迟迟不敢表态。一拖多月，直到最后还是决定请夏先生定夺，未料一开口，先生的响应却是"我祝福你。心里既然有决定，就照自己的决定去做罢"。此时的夏先生无比清楚，也无比轻松。作为晚辈，我反而愈发觉得无地自容了。

下一年，我重回哥伦比亚举办夏氏昆仲国际研讨会。夏先生终于等到机会。讨论结束之前，夏先生突然指着专程参加会议的哈佛大学韩南教授说，他自己好比三国的刘备，韩南就好比曹操。哥伦比亚的刘备好不容易找来个王德威，原来以为是个忠心耿耿的诸葛亮，没想到这个诸葛亮是个叛徒，半夜逃到曹操那里去了……

所幸纽约与波士顿毕竟不远。我和夏先生、师母还是常有机会见面。先生的健康在二〇〇九年出现警讯。那一年因为肺炎和心脏病他辗转医院长达半年之久。有一段时间情况并不乐观，我和夏师母几乎天天电话联络。我们许愿如果先生复原，就要为他庆九十大寿。夏先生也必定真想再热闹热闹，居然奇迹般地出院了，而我们也的确为他办了盛大寿筵。在宴会上，他为《夏语录》又添了一段名言："等王德威九十岁了，我再来庆祝一次！"

夏先生热爱生命，对所信仰的学问和事物，从意大利沙丁鱼到张爱玲到共和党，有近乎偏执的坚持，但在此之下却是一颗与人为善的心，一颗童心。近半个世纪来的批评家对他的挞伐何曾少过？而夏先生兵来将挡，一笑，不，大笑置之。看看这些年他的"敌人们"如何前倨后恭，或者如何摇身一变，我们这才理解"择善固执"这样的老话，真是知易行难。

夏先生的生命里不能没有夏师母。她以她的雍容和智慧照顾夏先生，更重要的，保护夏先生。他们四十五年的生活里经过许多风雨，而夏师母坚此百忍，不动如山。尤其她对先生最后十年的照顾如此无微不至，那是中国传统里最真实的亲情和恩义。夏师母敬重夏先生的学问和风骨，包容他的任性和奇行。就像过去敦煌守护佛龛的供养人一样，是她让"夏志清"成为一则传奇。

我最后一次和夏先生、师母共聚是在二〇一三年的三月中。那时我在重重压力下身心俱疲。很奇怪的，就是有一个意念想看看夏先生，终于专程到纽约去了一趟。见了面，只觉得先生老矣，很是不忍。但我们居然一块儿到一家高级法国餐厅吃了顿饭。夏先生此时出入早已必坐轮椅，而夏师母自己照顾，决不假手他人。那天的饭其实吃得不错，夏先生体力有限，却还是坚持谈笑风生，照例对女侍者做出匪夷所思的奉承。仿佛之间，一切恍如昨日。

晚餐结束了，没想到外面下起大雪。三月的雪来得又快又猛，纽约街头白茫茫一片，几乎没有行人了。等了又等，总算拦下一部出租车。我们和两位餐厅的服务人员合力将夏先生抬进车里，夏师母拎着大包小包这才和我上车。到了一一五街的公寓，我们又好不容易把夏先生抬下车。风雪更大了。夏师母坚持一切靠自己，夏先生依旧嘟嘟囔囔地批评这个那个。就这样，拥抱，挥手，我目送他们一点一点地进入公寓。

再往后，就到了十二月医院的探视。那天我必须搭乘午夜的飞机到台北去。离开医院，夏师母陪我到附近的小馆吃了点东西。夏师母是坚强的。几天以后，电话中她告诉我医生的预期并不乐观，但她觉得夏先生还是可以挺一阵的：他是那么想活下去，过了年，还是要回家的。但是二十九日傍晚，夏先生在睡梦中走了。夏先生一辈子爱热闹。在关键时刻，他却选择自己一个人，安安静静地"永垂不朽"了。

我怀念夏先生。在另一个世界里，他是不是还忙着和女士们热情拥抱，劝住在隔壁的鲁迅多刷牙，提醒张爱玲多运动、多吃维生素？而他对学术最高标准的坚持想必一如既往，对文学和生命之间的复杂关怀绝不让步。

比起行走江湖、大言夸夸的大说家们，夏先生独自在小说的世界里看到了一个世纪中国人的动荡与悲欢。是这种坚持"小说"

历史的勇气和洞见，让他成为现代中国文学最重要的批评家。仿佛之间，我们好像又听到他得意的苏州腔英语，又急又快："我知道，我知道。我这么伟大，你们都爱我的！你看，我早就已经永垂不朽了！"

乡关万里，尺素寸心

——《夏氏兄弟书信集》

夏济安与夏志清先生是中国现代文学批评界的两大巨擘。志清先生一九六一年凭《中国现代小说史》英文专著，一举开下英语世界研究中国现代文学的先河。之后的《中国古典小说》更将视野扩及中国古典叙事。他的批评方法一时海内外风行景从，谓之典范的树立，应非过誉。志清先生治学或论政都有择善固执的一面，也因此往往引起对立声音。但不论赞同或反对，我们都难以忽视他半个世纪以来巨大的影响。

与夏志清先生相比，夏济安先生的学术生涯似乎寂寞了些，争议性也较小。这或许与他的际遇以及英年早逝不无关系。他唯一的英文专著迟至身后三年方才出版。但任何阅读过此书的读者都会同意，济安先生的学问和洞见绝不亚于乃弟，而他文学评论的包容力甚至及于他所批判的对象。特别值得一提的是，夏济安二十世纪五十年代曾在台湾大学任教，不仅调教一批最优秀的学

97

生如刘绍铭、白先勇、李欧梵等，也创办《文学杂志》，为日后台湾现代主义运动奠定基础。

夏氏兄弟在学术界享有大名，但他们早期的生涯我们所知不多。他们生长在充满战乱的三四十年代，日后迁徙，种种经历我们仅能从有限资料如济安先生的日记、志清先生的回忆文章等获知。志清先生在二〇一三年底去世后，夏师母王洞女士整理先生文件，共得夏氏兄弟通信六百一十二封。这批信件在夏师母监督下，由苏州大学季进教授率领他的团队——打字编注，并得出版公司支持，从二〇一五年——夏济安先生逝世五十周年——开始陆续出版。

不论就内容或数量而言，这批信件的出版都是现代中国学术史料的重要事件。这六百一十二封信起自一九四七年秋夏志清赴美留学，终于夏济安一九六五年二月二十三日脑溢血过世前，时间横跨十八年，从未间断。尽管动如参商，他们通信不绝，而且相互珍藏对方来信。一九六五年夏济安骤逝，所有书信文稿由夏志清携回保存。五十年后，他们的信件重新按照原始发送日期编排出版，兄弟两人再次展开纸上对话，不由读者不为之感动。

这批信件的出版至少有三重意义。由于战乱关系，二十世纪中期的信件保存殊为不易。夏氏兄弟一九四七年以后各奔前程，但不论身在何处，总记得互通有无，而且妥为留存。此中深情，不言可喻。他们信件的内容往往极为细密详尽，家庭琐事、感情起伏、研究课题、娱乐新闻无不娓娓道来。在这些看似无足轻重的叙述之外，却是大历史"惘惘的威胁"。

首辑出版的一百二十一封信件自夏志清赴美起，至夏济安一九五〇年准备自港赴台止，这是夏氏兄弟离散经验的开始。一九四六年，夏志清追随兄长赴北大担任助教，一年以后获得李氏奖学金得以出国深造。夏志清赴美时，局势动荡。夏济安下一年离校回到上海另觅出路。之后夏济安不得已转赴香港担任商职，从此再也没有回到上海。

一九四七年的夏氏兄弟正值英年。夏济安在北大任教，课余醉心电影京剧，但让他最魂牵梦萦的确是一桩又一桩的爱情冒险。从他信里的自白我们看出尽管在学问上自视甚高，他在感情上却腼腆缺乏自信。他渴望爱情，却每每无功而返。他最迷恋的对象竟只有十三四岁——几乎是洛丽塔情结！而刚到美国的夏志清一方面求学若渴，一方面难掩人在异乡的寂寞。两人在信中言无不尽，甚至不避讳私密欲望。那样真切的互动不仅洋溢兄弟之情，也有男性之间的信任，应是书信集最珍贵的部分。

两人谈学问，谈刚看过的好莱坞电影，追求女友的手法，新定做的西装……夏济安即使到了香港，生活捉襟见肘，但对日常生活的形形色色仍然怀抱兴味。而滞留美国的夏志清在奋斗他的英国文学课程的同时，也不忘到纽约调剂精神。

这也带出了他们书信来往的第二层意义。或有识者要指出，夏氏兄弟出身洋场背景，无不与"时代"的召唤背道而驰。但这是历史的后见之明。夏氏兄弟所呈现的一代知识分子的生命切片，的确和我们所熟悉的主流"大叙事"有所不同。但唯其如此，他们信件的内容还原了二十世纪中期平常人感性生活的片断，忠实呈现驳杂的历史面貌。

从通信中我们得知四十年代末兄弟两人迁徙后，仍与上海家人保持联络。但我们也看出他们心境的改变。他们的信里没有惊天动地的怀抱，有的是与时俱增的不安。他们关心父亲的事业，家庭的经济，妹妹的教育；汇款回家成为不断出现的话题，何况他们自己的生活也十分拮据。政局是一回事，眼前的生计问题才更为恼人。到了一九五〇年，夏济安准备离开香港到台湾去，夏志清也有了在美国长居的打算。他们何尝知道，离散的经验这才刚刚开始。

夏氏兄弟的通信还有第三层意义，那就是在乱世里他们如何看待自己的志业。知识分子不是心存观望，就是一头栽进的风潮中。两人信中时常提到的钱学熙就是个例子。作为知识分子，他们的抉择也来自学术思想的浸润。

夏氏兄弟倾心西洋文学，并承袭了三十年代以来上海、北平英美现代主义和人文主义的传统。这一传统到了四十年代因为威廉·燕卜逊先后在西南联大和北大讲学而赓续不断。燕卜逊在革命前夕何去何从，也成为兄弟通信中一个重要的代号。夏志清出国以后，更有机会亲炙"新批评"的大师如布鲁克斯等。这样的传承使他们对任何煽情的事物，不论左派与右派，都有本能的保留。相对地，他们强调文学是文化与社会的精粹。经过语言形式的提炼，文学可以成为批评人生内容，改变社会气质的媒介。他们相信文化是改变中国的要项。

夏氏兄弟的通信风格多少反映了他们的文学信念。他们畅谈英美佳作大师之际，往往话锋一转，又跳到电影爱情家事国事；字里行间没有陈词高调，穿衣吃饭就是学问。文学形式的思考恰恰来自"作为方法"的现实生活。夏济安分析自己的情场得失犹如小说评论，夏志清对好莱坞电影认真的程度不亚于读书。这里有一种对生活本身的热切拥抱。唯其如此，日后夏济安在《黑暗的闸门》里，对左翼作家才会有如此心同此理的描述，而夏志清在《中国现代小说史》中发掘了张爱玲笔下日常生活的政治。

在滞留海外的岁月里，夏氏兄弟在薄薄的航空信纸上以蝇头小字写下生活点滴、欲望心事，还有种种文学课题。这对兄弟志同道合，也是难得的平生知己。我们不禁想到西晋的陆机、陆云兄弟俱有文才；陆机更以《文赋》首开中国文论典范。陆氏兄弟尝以书信谈文论艺，至今仍有陆云《与兄平原书》三十多封书信传世，成为研究二陆与晋康文化的重要资源。千百年后，在另一个历史时空里，夏氏兄弟以书信记录生命的吉光片羽，兼论文艺，竟然饶有魏晋风雅。我们的时代电邮与简讯泛滥，随起随灭。重读前人手札，天涯万里，尺素寸心，宁不令人发思古之幽情？

雷峰塔下的张爱玲

　　张爱玲研究是当代中国文学的显学。近年随着旧作不断出土，张的文名与时俱进，各种相关著作也层出不穷。但其中有一个面向仍然没有得到充分探讨，那就是张爱玲一生不断重写、删改旧作的倾向。她跨越不同文类，兼用中英双语，就特定的题材再三琢磨，几乎到了乐此不疲的地步，因此所呈现出一种重复、回旋、衍生的冲动，形成张爱玲创作的最大特色之一。

　　二〇〇九年，张爱玲的两部英文小说《雷峰塔》和《易经》重被发现，经过整理，在二〇一〇年问世。这两部小说皆写于张爱玲初抵美国的二十世纪五十年代中后期。两部小说都有浓厚的自传色彩，也为张爱玲反复改写与双语书写的美学提供最佳范例。张爱玲对自己生命故事的呈现无时或已；从散文到小说到图像，从自传式的喁喁私语到戏剧化的昭告天下，从中文到英文都多所尝试。正是在这两部新发现的英文小说中，我们得以一窥她种种书写（和重写）间的关联。两部小说的题目，一则指涉中国民间白娘子永镇雷峰塔的传奇，另一则取法中国古典玄奥晦涩的《易经》，似乎也暗示张爱玲有心要将她的创作融入更为宽广的历史想象和时间轮回。

通过对这两部小说及其他文本的比较阅读，本文将就以下三个方面做出进一步观察。

一、相对于写实／现实主义作为中国现代文学的主流形式，张爱玲反其道而行。她穿越修辞、文类以及语言的界限，以重复书写发展出一种特殊的美学。这一美学强调"衍生"而非"揭示"，突出"回旋"而非"革命"。

二、通过对自身故事的多重叙述，张爱玲以重复枝蔓的形式颠覆传统家族历史的大叙事。她的记忆不断节外生枝，瓦解了"过去"独一无二的假设。更重要的，通过书写，她化记忆为技艺，也重塑过往吉光片羽的存在与形式。

三、张爱玲创作中回旋、衍生的倾向也带出了一种独特的（文学）史观。这一方面她的前例是《海上花列传》与《红楼梦》。张的史观促使我们思考她后四十年的创作其实不只限于她以各种形式重写的自传故事，也同时包括另外两项计划：一是将吴语的《海上花列传》转为普通话，再翻译成英文；另外则是通过细读文本、文献考证以及传记研究的方式参详《红楼梦》。

二十世纪文学的典范以革命和启蒙是尚。严守这一典范的作家和批评家自然不会认同张爱玲的创作意念和实践。但我以为她的写作其实是以一种"否定的辩证"方式体现历史的复杂面，也为我们对中国文学现代性的考察，提出发人深省的观点。

一九三八年，上海的英文报纸 *Shanghai Evening Post* 上刊登了一篇题为 "What a Life! What a Girl's Life!" 的文章，作者是一位十八岁的中国女孩，名叫 Eileen Chang（张爱玲）。在这篇文章中，张爱玲描述自己在一个衰败的贵族之家成长的点滴，她与父亲和继母的紧张关系，以及曾被父亲禁闭在家中一个空屋里的经历。期间她患了伤寒，因为没有及时用药而几乎送命。最后她在奶妈的帮助下得以逃脱。

这篇文章是张爱玲初试啼声之作，也预告了二十世纪中国天才女作家的登场。历史的后见之明告诉我们，张爱玲未来写作生涯中挥之不去的主题已然在此出现：像颓靡的家族关系、充满创伤的童年记忆，以及对艳异风格的迷恋等。这篇英文文章同时也预示张爱玲穿梭于双语之间的写作习惯。"What a Life! What a Girl's Life!" 发表六年以后有了中文版本《私语》。同一时期的其他中文文章如《童言无忌》也有所印证。到了五十年代后期，这些文字统统化为了她的英文小说《易经》的素材。

《雷峰塔》原是《易经》的第一部分，后来却被张爱玲取出独立成书。在撰写英文《易经》的过程中，张已经开始构思写作它的中文版。这便是张一九七六年大致完成，却积延不发的《小团圆》。此书迟至二〇〇九年方才出版。

从散文到小说、从自传性的"流言"到戏剧化的告白，穿梭于中英文之间的张爱玲几乎用整个一生反复讲述 *What a Life!* 的故事。但就她重复书写与双语书写的美学而言，这远非唯一例证。（关于张爱玲双语写作与重复写作的更多讨论，见刘绍铭《轮回转生：张爱玲的中英互译》；张曼《文化在文本间穿行：论张爱玲的翻译观》，均收入陈子善编《重读张爱玲》。）

从《十八春》到《半生缘》，从英文的 *Stale Mates: A Short Story Set in the Time When Love Came to China* 到中文的《五四遗事》（据宋淇说法，张爱玲先创作了英文本），都是如此。我已在 *Introduction to The Rouge of the North* 讨论过张爱玲的英文小说 *The Rouge of the North* 的多个分身：一九四三年张创作了中篇小说《金锁记》，五十年代将其翻译为英文，并在一九五六年扩充为长篇小说 *Pink Tears*。*Pink Tears* 经过六十年代的多次重写，最后以 *The Rouge of the North* 的面貌问世。同时，她又将 *The Rouge of the North* 题为《怨女》，译回了中文。就这样，在二十四年的时间里，张爱玲用两种语言至少写了六遍《金锁记》。

我们可以将张爱玲的重写习惯归结为一种弗洛伊德式的冲动；借着一再回到童年创伤的现场，她试图克服创伤所带来的原初震撼。我们也可以将她故事的多个版本解读为她对"家庭罗曼史"的多重叙述；对过往琐事每一次的改写都是诠释学的实践。另一方面，张爱玲重复叠加的写作也不妨看作是种女性主义诉求，用以挑战父权社会主导的大叙事。张仿佛不再能相信她所置身的语境。通过对语言、文类的反复跨越，她消解了父权社会号称说一不二的话语。她将英文和中文视为同等传播媒介，因为理解她的生存环境既已疏离隔膜如此，在传达人我关系的（不）可能性时，异国语言未必亚于母语。这也使得她的双语书写更具有辩证性。

总而言之，对于张爱玲来说，重写既是祛魅的仪式，也是难以摆脱的诅咒。尽管写实／现实主义是中国现代文学的主流形式，张爱玲穿越修辞、文类以及语言界限的重复书写却孕育出一种特殊的创作观。她的写作不求"重现"而只是"揣摩"过往经验；它深入记忆的洞穴，每下一层甬道，就投下不一样的光亮。更重要的是，通过写作，记忆转化为技艺：藉由回忆，过往的吉光片羽有了重组的可能，并浮现种种耐人寻味的形式。书写与重写是探索性的艺术。追忆似水年华并非只是宣泄和耽溺，新的、创造性的欢愉（和痛苦）也随之而生。

张爱玲是抗日战争中上海沦陷时期最受欢迎的作家。在一个爱国文学和宣传口号大行其道的时代，她用小说和散文（包括中文和英文）描绘历史的偶然与人性的脆弱，并以此大受欢迎。她的离经叛道还体现在她与胡兰成的短暂婚姻上；胡是个新旧夹缝之间的文人，其时依附汪伪政权。张爱玲由于政治立场暧昧，写作风格特立独行，战后颇受到同行抵制。之后她更徘徊文坛边缘。

一九五二年，张爱玲赴港。在她滞留香港的三年间，她写作出了两本英文小说。一九五五年，张爱玲移居美国。为了持续写作事业以及生活需要，她决定以英文创作。一九五六年，她完成了 *Pink Tears*，一年后又开始了另一个计划。从张爱玲和老友宋氏夫妇——即宋淇和邝文美——的通信来看，这个新计划将以她的个人经历为蓝本，从孩提时期写到与胡兰成相恋（见一九五七年九月五日张爱玲致宋淇函）。

张爱玲在一九六一年提及了这一作品的名字：《易经》(*The Book of Change*)。之后她似嫌这部小说太长，希望分册出版。到了一九六三年，小说的前半部分被命名为《雷峰塔》(*The Fall of the Pagoda*)。

如上所述，张爱玲出版英文作品的经验颇为曲折。*Pink Tears* 经历了数次修改，直到以 *The Rough of the North* 为名方才出版。《易经》和《雷峰塔》的命运甚至较 *Pink Tears* 更不顺利。在一九六四年张爱玲给宋淇的信中，她谈到屡遭退稿，挫败的感觉与日俱增；与此同时，她也发现越来越难按最初的设想完成这部作品。依目前所见，《易经》的最终版本根本未触及张、胡之恋，它只讲述了张爱玲在香港的学生时代（一九三九——一九四二），以珍珠港事件、香港沦陷后张爱玲返回上海为结局。

一九六四年之后，张爱玲似乎全盘放弃了出版《易经》的希望，但显然对她未完成的计划念兹在兹。她继续写作，而这一次用了中文。十多年后，《小团圆》的初稿完成。张爱玲曾期待这部《易经》的中文（延伸）版面世，以交代前半生的一切，然而事与愿违，《易经》和《小团圆》都未能在张爱玲生前出版。

我们现在可以回到《雷峰塔》。我们要问，相对于它的前后分身，像"What a Life! What a Girl's Life!"、《私语》，以及《小团圆》等，这本小说的意义何在？小说中的主人翁名叫琵琶，也是张爱玲的自我投射。全书以她四岁那年目送母亲露与姑姑珊瑚出国赴欧为开端，讲述了她童年成长的各个阶段，一直到她与父亲和继母大吵一架后，被禁闭起来几乎送命。在保姆何干的帮助下，琵琶最后脱逃，寄居已经离婚的母亲处。最后她准备负笈海外，何干告老退休。小说在两人道别声中戛然而止。

对于熟悉张爱玲早期作品的读者来说，这些内容全都似曾相识。小说主要源自《私语》和张爱玲其他的描述童年及青少年时期的文字，在人物和情节方面的改动微乎其微。然而，《雷峰塔》毕竟不仅仅是张爱玲早期自传式散文的小说化。"What a Life! What a Girl's Life!"写于少女张爱玲劫后余生之际，不啻是对自己所遭受的家庭虐待的控诉。《私语》时期的张则已是战时上海文坛新星，笔下充满着将身世现身说法的表演冲动。到了写作《雷峰塔》的时候，她已远离家国、自我放逐。当年那些创伤已经过了二十年，自然拉开了时空和情感上的距离。当然，《雷峰塔》的写作也不乏其他动机。张的母亲在一九五七年去世，同年她开始了这部小说的写作；她的父亲则早在四年前故去。因此，《雷峰塔》不妨视作张爱玲在脱离父母荫翳，重获（小说创作）自由之后，开始讲述家族故事的第一步尝试。

就文学形式而言，《雷峰塔》从一个"风尚喜剧"逐渐演化为

"哥特式的惊悚小说"。琵琶的父亲榆溪与母亲露皆出身于名门望族，自小定亲却婚姻失和。榆溪的妹妹珊瑚倒成了露的密友；她们结伴游历欧洲，并在与榆溪决裂这件事上结成了同盟。琵琶的家族各房名为独立却又互相影响，衍生出盘根错节的关系网络。小说几乎是以人类学式的姿态描写这些关系，不免使人想起《金瓶梅》，以及张爱玲最为钟爱的《红楼梦》。

但张爱玲也敏锐地意识到，那烘托《金瓶梅》《红楼梦》的家族关系，使之成为传奇的时代早已一去不返。琵琶所面临的只有矛盾和畸变。在迷离的鸦片烟味中，这个家庭一方面沉浸在往日的风光里，另一方面却又勇于追求汽车电影这些洋玩意。无论如何，挥之不去的是荒凉和颓废。琵琶的父亲纵情声色，母亲则迫不及待地要成为新时代的娜拉。两人有志一同地挥霍祖产，孩子成为他们最后的纽带。小说所铺陈的时代其实充满历史动荡，十月革命、伪满洲国成立、抗日战争这些事件就发生在他们的周遭，但却不能激起任何涟漪；内部的腐朽已经让这个家庭麻木不仁了。

张爱玲以嘲弄却也不乏同情的眼光看待笔下人物，但对他们居然还扬扬自得的一面则极尽讽刺之能事。榆溪与其他家族男性成员的故步自封诚然可笑，露和珊瑚的立志成为新女性也显露着过犹不及的怪态。当张写到露拖着小脚英勇地游泳滑雪，或榆溪和琵琶的继母荣珠异想天开，在家中荒废的花园养鹅营生时，是要读者莞尔之余又不免唏嘘的。

琵琶的继母荣珠性格阴晴不定，从进门起就对琵琶怀有敌意。在继母的操弄下，琵琶发现父亲和弟弟都和她日益疏远；当她被迫穿着继母的旧衣服上学时，她感到前所未有的屈辱——这是她日后难以忘怀的创伤之一。露在战争爆发后回到上海，琵琶和母亲住了一阵，这又成为荣珠找碴儿的口实。接下来便是我们熟知的情节：琵琶被父亲暴打一顿后关了起来；她差点死于肺炎，终于侥幸脱逃。

读者会发现怪诞小说的基本要素在此几乎无一不备，像是鬼影幢幢的大宅与梦魇般的监禁，柔弱的女孩与邪恶的继母，等等。但即使在最危险的关头，张爱玲的叙述仍然保持了一层疏离感。这层疏离感既是她的英文行文风格使然，也得之于事过境迁多年后产生的情感距离。比起张的亲身经历，小说在情节上多了一层转折。琵琶逃离父亲的家后，她的弟弟陵成为下一个牺牲品，死于肺结核。这是《雷峰塔》与张爱玲其他中文自传性作品最显著的不同之处。无论如何，（虚构的）兄弟的死亡证明了张爱玲作为小说作者的权力，仿佛不看到琵琶（或张自己）的弟弟——也是家族最后一位男性传人——死去，不足以说明家庭创伤对她是如何的刻骨铭心。

在小说结尾，琵琶有了出国留学的机会。熟悉张爱玲早期作品的读者当然知道这是一个虚妄的希望，因为更多的考验将要降临到琵琶身上。战争爆发了，任何期待都注定落空，这也是张爱玲在《易经》中将要阐述的主题。因此，《雷峰塔》最后一章的开头充满了暗示："琵琶总是丢三落四的。"的确，这一聚焦于"失去"的场景不啻是整部小说的隐喻。琵琶的故事其实是一个关于"失去"的故事：失去天真，失去童年，失去父亲、家庭，尤其是失去母亲。小说以她与母亲告别开始，以与作为母亲替身的奶妈告别结束。张以此为一部中国女性"成长小说"写下令人心碎的句点。

"信"的伦理学

——《张爱玲给我的信件》

　　《张爱玲给我的信件》搜集了张爱玲与夏志清先生的通信一百一十八封，另有夏先生的回信十六封半（见夏序说明）。张爱玲给夏先生目前现存最早的一封信是一九六三年五月九日，最后一封信是一九九四年五月二日，距离她逝世的时间（一九九五年九月八日）约一年零四个月。诚如夏先生所说，早期的通信因为搬迁之故，必定还有佚失；夏先生回复张爱玲的信也多半没有保存。但这三十一年之间所留存的信件已经足以成为文学史"张学"研究的重要材料。

　　一九六一年初夏志清先生出版《中国现代小说史》，深入介绍张爱玲小说的成就，并肯定她的位置居于多数同期作家之上。夏先生对张的品题可谓出人意表，也足见他的洞识与勇气。以后的故事我们都耳熟能详：张爱玲从此进入现代中国文学史的经典，先在海外，然后在中国，成为炙手可热的作家。到了新世纪之交，

"张爱玲"甚至成为一种文化风尚，一种想象资源。

由这个观点来阅读张、夏两人的通信，才更让我们觉得弥足珍贵。张爱玲于二十世纪七十年代以后逐渐断绝外界联络，与读者对她的热情和好奇形成巨大反差，也因此，她所发表的作品每每带来文字以外的魅力。张过世之后，与她曾有来往者纷纷披露所持的信件，仿佛片言只字都散发出特殊荣宠。但比起夏先生所收到的上百封信件（或宋淇夫妇可能收到的信件），无疑都是小巫见大巫了。

就传统观念而言，夏先生对张爱玲有"知遇之恩"，没有夏的登高一呼，张爱玲神话不会有如此精彩的开始。张对夏的尊敬和信任，不难从她的信中看出。但张爱玲毕竟是张爱玲，她写信的姿态是矜持的，就算谈自己的作品和充满灾难的生活，也带有一种客观语调，并不轻易露出底线。在这一点上，她其实对所有的通信者一视同仁；任何想从张、夏通信中找出秘辛八卦的尝试可能并不容易。即便如此，细读这些信件，我们还是可以了解一九六三年以后张爱玲的行止，她的创作关怀，还有潜藏在字里行间的汩汩温情。

相比之下，夏先生给张爱玲的回信，还有他对张信所做的批注，让我们看到了一个全然不同的人格。夏先生的真性情多年来是学界传奇，他对于张爱玲的关怀溢于言表，也仍然不失赤子之心，如揣想张的体质羸弱来自童年生活的不幸，或建议张多做运动等。他更勇于发表自己生活的意见，从健康到养生，从文学到爱情，信笔写来，如话家常。我们可以想象张当年读夏信时或莞尔或感动的反应。两人之间的互动让书信集有了光彩。

我以为夏、张通信可以做进一步的解读。这些信件提供第一手资料，说明张爱玲在二十世纪六十年代以后创作事业的起伏。像是从一九六三年《金锁记》准备英译，到 *Pink Tears* 写作、出版不顺，辗转改为 *The Rouge of the North*（《怨女》）的原委；《十八春》改写为《惘然记》（《半生缘》）；与港台出版者如平鑫涛的合作等过程。我们虽然已从其他材料知其然，现在根据张爱玲的信件更知其所以然。另外如七十年代信中提及的自传创作，到了二〇〇九年《小团圆》出版，才算真相大白。早在一九六五年张已经对翻译《海上花列传》表示兴趣，此书成为她以后二十年最大的工程，遗憾的是身后才终于出版。六十年代末后张因为《怨女》而对《红楼梦》重生兴趣，并且一发不可收拾，写成《红楼梦魇》等作：

> 我本来不过是写《怨女》序提到红楼梦，因为兴趣关系，越写越长，喧宾夺主，结果只好光只写它，完全是个奢侈品，浪费无数的时间。

但这些翻译、考证的书写果真只是奢侈浪费，还是代表张爱玲晚期书写的一种方式？形成作家与早年创作的奇妙对话，颇有思考空间。

与此同时，张爱玲也与夏志清交换不少文学批评意见。她对自己的作品斟酌再三，似乎没有太大自信；胡适曾盛赞《秧歌》，她却认为未必是真心欣赏。她对女作家从"五四"的陈衡哲到二十世纪七十年代末崭露头角的蒋晓云显然都有话要说，却欲言又止；对以英文创作的同行像韩素音、张粲芳等东方采风录式风格则明白地不以为然。张期许自己的创作是，"对东方特别喜爱的人，他们所喜欢的往往正是我想拆穿的"。证诸她的英文作品，包括六十年代初已经完成，但迟至近年才出版的 The Fall of the Pagoda （《雷峰塔》）和 The Book of Change （《易经》），的确可见她创造并同时拆解有关中国家族、爱情神话的用心；她也为此付出不受欢迎的代价。当然，张的批评不乏神来之笔。她热爱张恨水的鸳蝴小说，但"除了济安没听见人说好"。因为张恨水，张爱玲、夏济安有缘成为志同道合的"粉丝"，也算另类文学佳话。

其次，张爱玲的信件不断传布一则又一则"病的隐喻"。从二十世纪六十年代起，她就向夏志清诉说各种大小病痛。她感冒、牙痛症状恒常不断，而长期精神状况不佳更让夏忧心忡忡。七十年代以后张的病变本加厉，类似精神官能症的症候出现。"接连跳蚤蟑螂蚂蚁，又不是住在非洲，实在可笑"。到了一九八四年以后，张将近三年未与夏志清联络，除了已有的病恙，甚至在路上被撞倒而受伤。以下的信最能道尽她病中滋味：

事实是我，enslaved by my various ailments，都是不致命

而要费时间精力在上面的，又精神不济，做点事歇半天。过着有一年多接连感冒卧病，荒废了这些日常功课，就都大坏。好了就只顾忙着补救，光是看牙齿就需要不断地去两年多。迄今还在紧急状态中，收到信只看账单与时限急迫的业务信。你的信与久未通音讯的炎樱的都没拆开收了起来。

张爱玲描写这些年她成了疾病的奴隶，甚至感冒也经年不愈。但是对有心读者而言，张爱玲以如此工笔白描病况，不禁要联想除了诸多身体状况之外，张爱玲的"病"也及于其他？（想想她的话："感冒原本是一种很伤感的病。"）一九五二年以后，种种考验纷至沓来，漂泊异乡，写作事业不振，经济匮乏，赖雅卧病逝世……她的信中都一一透露，然而却都不能像她描写自己的病那样细腻入微。

病是灾难，也是隐喻。病是张爱玲后三十年的克星，但又仿佛是盘桓不去、欲拒还迎的客人；是一种啮蚀身心的恐惧，但是否也是驱之不去的欲望？病的症状有时是发烧牙疼；有时是蚂蚁跳蚤蟑螂；有时是"精神太坏"，"浪费无数的时间"；有时是自己的作品都丢掉了；是每天都在"紧急状态"。

然而张爱玲的病根是否也可能来自文字、创作本身，可是"职业病"？看看张的自白：

> 我犯了眼高手低的毛病，作品让别人译实在 painful。我

个人的经验是太违心的事结果从来得不到任何好处。

看别人翻译自己的作品，实在痛苦。但自己"眼高手低"，总是写不出，也翻不出自己想要的东西。人生到了如此紧急的状态，只能头痛医头，脚痛医脚，只能把不该有的累赘抛弃再抛弃，逃难一样地迁移转进，重新开始——或重新逃脱。尤有过之，"越是怕丢的东西越是要丢，损失不起，实在不能再搬了"，只好坚壁清野，和世界断绝来往。从这个角度来看，张爱玲的"病"与病"态"几乎有了身体艺术意味。就像卡夫卡、芥川龙之介、贝克特这些现代主义的作家一样，在人与虫的抗战里，在地狱裂变的边缘上，在白茫茫一片真干净的恐怖或欢喜中，张爱玲书写着。她以肉身、以病、以生命为代价，来试炼一种最清贞酷烈的美学。

但更耐人寻味的是，我又以为张爱玲这些信件未尝不提供了一种救赎契机，哪怕多么微弱。原因无他，信是写来作为传递讯息、沟通人我的媒介物。尽管张爱玲的信有时写得过分言简意赅，犹如密码，或有时迟于回信以至时过境迁，或甚至不回信，以致让对方从盼望到失望。但"写信"作为一种行动毕竟不同于创作，它预设一个收信的——或更理想的、守信的——对象（甚至包括将自己作为对象）。信是一种人我社会接触，因此透露伦理向度。

而夏志清作为收信者，与张（并不可靠的发信者）对话三十余年不辍，何尝不更是一个守信者？也因为信任，张爱玲的信时不时也有了真情流露。一九六五年志清先生的兄长夏济安教授猝逝，张的信中写道：

> 我很早听见令兄的噩耗，非常震动，那天匆匆一面，如在目前，也记得你们俩同飞纽约的话。在他这年纪，实在使我觉得人生一切无定，从来还没有这样切实地感到。

伤逝让张爱玲写下"近来我特别感到时间消逝之快，寒丝丝的"，夏先生读了竟谓之张腔十足。到了一九九一年，夏志清自哥伦比亚大学退休，张爱玲来信祝福，却是这样写的："我在报上看到《桃李篇》，再圆满的结束也还是使人惆怅。"又是一句张腔！

相对于此，张也曾经向夏抱怨她对胡兰成《今生今世》的感受："胡兰成书中讲我的部分缠夹得奇怪，他也不至于老到这样。不知从哪里来的 quote 我姑姑的话，幸而她看不到，不然要气死了。后来来过许多信，我要是回信势必'出恶声'。"此时无声胜有声，一方面不屑对方死乞白赖，一方面也是徐图大举：张同时已经在酝酿《小团圆》了。

更让我们见识张爱玲温柔的一面的是她对志清先生一家的关怀。她的信中总是问候夏师母王洞以及女儿自珍。她写道："照片上看得出你跟王洞像一对玉人一样经久。"自珍从小智慧不开，她又写道，像自珍这样在自己的世界中自得其乐，"极可能是幸福的"。回顾自己所来之路，张爱玲应是有感而发。一九九四年五月二日她给夏的最后一封信是这样结束的：

无论如何这封信要寄出，不能再等了。你和王洞自珍都好？有没旅行？我以前信上也许说过在超级市场看见洋芋色拉就想起是自珍唯一爱吃的。你只爱吃西瓜，都是你文内提起过的。

　　"无论如何这封信要寄出，不能再等了。"比照五十年前张的名言，"时代是仓促的，已经在破坏中，还有更大的破坏要来"，这仿佛是接下去说的话。一九九四年的张爱玲"不能再等了"，她把"无论如何"要寄出的信，寄给了夏志清一家人。

　　认识夏先生的人看到张爱玲这封信应当会心一笑。两人不过数次见面，多半靠书信来往。但夏先生对生命的乐观执着，对每一天认真的生活，显然张爱玲已经默默体会到了。而在张爱玲逝世多年以后，夏先生决定将来往信件发表，这有可能违背了张的初衷，或者更有可能基于他与张的默契，因此以公开的方式做出对张身后友谊的招呼？

　　因为与夏先生的通信，张爱玲晚期的书写有了意想不到的出口。"来日大难，口燥唇干，今日相乐，皆当喜欢。"现世的家常人生，洋芋色拉与西瓜，张爱玲从来无缘享受；但她把她的祝福与希望寄托给夏家一家人。不论她的世界是华丽还是苍凉，张、夏之间的友谊有他们的通信为证，他们的通信也见证了"寒丝丝"的人间，毕竟还有互信的可能。这是我所谓"信"的伦理学了。

怀念张光直先生

一九八六年春天，我仍在台大任教。某日突然接到张光直教授的电话，约我见面。前此我虽久闻先生大名，但因所学不同，两地相隔又远，并无缘相识。记得那次是约在圆山饭店中餐厅。张先生个头不高，但精神健朗，目光炯炯。他开门见山地告诉我，哈佛东亚系现代中国文学一职，正考虑聘任我，而他趁来台会议之便，想要多了解我的背景。

尽管张先生有"任务"在身，而我又是他面试的对象，但那顿饭却是吃得轻松自在。我们聊现代文学的种种，而我也好奇地向张先生请教考古学界的趣事。直到席末，张先生才顺口提到，他是台湾人，父亲是鼎鼎大名的"五四"文学健将张我军。这就是张先生吧：亲切实在，风华内敛；对晚辈的担待提携，不遗余力。一个月后，我得到哈佛的聘书。

二十世纪八十年代中期，我就算向往哈佛的工作，也不大可能贸然离开教职，前往面谈。事后得知，张先生愿意藉出差的机会，移樽就教，在台北与我见面，是我得到教职的关键之一。套句老话，张先生于我，真是有知遇之恩。到了哈佛后，他仍然一派轻松本色，不时探问我的工作情况，也常约到小馆中一叙。尽管我们的辈分专业不同，有了台湾那段难得的会面经验，彼此都有份亲切的感觉。而这份感觉，更因为同在哈佛的地利之便，与时俱增。

张先生望之俨然，但只要一开口，立刻给人即之也温的感觉。记得有回哈佛中文组开春节餐会，张师母李卉老师主其事，号召大伙包饺子招待学生。那天学生来得特别踊跃，我们忙得不可开交。最后来"探班"的张先生索性脱了毛衣，卷起袖子，专门负责下饺子，一锅又一锅，不亦乐乎，中场还不忘得意地自我表扬，他捞饺子用的是考古技术，所以一个也不破……还有一回燕京图书馆的张凤女士请吃饭，张先生夫妇是主客，席间他透露不仅好吃，也会做菜，还能唱歌呢。大家起哄要他高歌一曲——好像当时仍读博士的汪跃进还志愿来段军歌作为暖场，但张先生到底不为所动。那晚宾主尽欢，大概到今天还有座上客如我者在猜想，张先生如果真的开了金口，又会如何呢？

一九九〇年我离开哈佛，转赴哥伦比亚任教。一九九六年春曾赴台湾研究院任"客座研究员"。当时张先生已应邀担任"学术副院长"一职。张先生回台工作，曾是台湾人文学界的一件大事，而他也不负众望，推动了不少新计划。可惜的是，他的健康状况已经大不如前，做起事来，想必常有事倍功半之叹。我最记得在活动中心吃饭，他仍坚持一切自理；走起路来，也是一步一步，不假他求。每每突然跌倒了，大家都看着不忍，上前要扶一把，他却摒挡我们的好意，一边喃喃地说，自己跌倒了，就要自己爬起来……

我常回想，这是简单的道理，但张先生一辈子在学问上，在生活上，一定是最坚实的奉行者。而表现在外的平常姿态，就更令人肃然起敬了。再过几年，我读到张先生自述早年在台大因"四六"事件所蒙受的种种迫害，时过境迁，写来毫不见火气；他的坚强与宽容，真是毕生的修为。

最后一次见到张先生，是一九九九年的春天。我们的同事张光诚先生去世，系中同仁为他举行追思仪式。光诚先生赴美前曾是名播音员，也正是光直先生的胞弟。他的去世，为家人带来极大悲伤。听说我们要举行追思仪式，张先生打了两次电话，殷殷询问筹备细节。他的语音含混，我必须藉李卉老师的转述才得明白。末了他决定自波士顿亲来纽约，参加追思仪式。以先生的健康状况，这是趟有风险的旅程，但我理解先生的心情。记得先生的座车开进哥大校园，颤颤巍巍地由家人搀扶着坐上轮椅，我和同事商伟都感到万分感慨。商伟也出身哈佛，也曾受到先生的照拂，而我们现在所能做的，真是太少了。追思仪式哀戚肃穆，先生和他的家人多次落泪不能自已。但他要送光诚先生最后一程的心愿，毕竟达成了。

在哥大的那个下午，看着先生衰弱的身形，有许多话到了嘴边，还是忍住不说了。他所需要的，不再是一二"多多保重"的泛泛之辞。没有人能取代他的辛苦。以先生的个性，他可能更需要的是有尊严的，而且是平常而有尊严的，走他自己的路。时间渐渐晚了，先生必须上车回去了。当我们把先生安顿到后座，他回过头来握着我的手，语焉不详地说着。他说了什么我到底也没弄清楚。我轻轻地拍着他的肩膀，告诉他下回到波士顿再去看他。

我当然再也没有机会见到先生了。最后的几年他过得辛苦，也许终于累了，要休息了。而作为一个学问与生命的强者，他依然不时来到许多晚辈的心影中。我怀念张先生，不只是因为他的学问及生活的纪律，而是在纪律（和压力）之余，他总能用另一种态度，找到解脱——哪怕是多么短暂的一刻。又想起在台湾那段日子，一天中午在餐厅吃完饭后回房间，他一个不稳又跌倒了，勉强站起来后，他竟向我挤挤眼，说房间里有人送来棒冰，一种红豆的，另一种花生的，要不要一起来吃个棒冰，聊一聊？……如果说我从先生学到什么，那这正是难忘的一课。

怀念韩南教授

　　韩南教授是明清小说史的权威，也是西方汉学界最重要的学者之一。从一九七三年中国短篇小说的源流考述，到李渔研究，再到清末民初小说综论，韩南教授治学横跨中国近世五百年的说部历史。他细腻的考证功夫，渊博的知识范畴，还有对传统小说兼容并蓄的研究态度，恐怕许多中国学者也难以望其项背。他代表了西方汉学二十世纪下半段最杰出的成就。他的逝世也因此象征一个世代学术典范的消失。

　　我不是韩南教授的弟子，专业也不是明清文学，未必有资格详述他教学以及研究方面的贡献。然而我有幸两度在哈佛大学与韩南教授结缘，亦师亦友的关系令我永远难忘。

　　一九八四年秋天，我已经在台湾大学任教。一日收到留美时期导师来信，内附一张简单的广告：哈佛大学东亚系开立现代中国文学项目，招聘助理教授。我在研究所的训练是比较文学，博士论文处理现代中国作家与西方写实主义的渊源，因此对于"五四"以后文学传统有所涉猎。哈佛的名声难以抗拒，何况又有业师的积极鼓励。我抱着姑且一试的心情申请，心中想的却是哈佛与台湾何其遥远，哪里高攀得上？

未料几个月后收到一封哈佛来信，便笺纸打字，短短几行，写道我的申请及论文虽然得到东亚系教授的好评，但基于校方财务原因，征聘作业必须暂缓。落款人是韩南教授。在我而言，这封信是礼貌的婉谢辞令，因此也不再做非分之想。

然而到了一九八五年的秋天，我又收到韩南教授来信，还是便笺纸打字，短短几行。他告诉我这次学校支持重开现代中国文学征聘，希望我同意将前一年的申请档案转为再次申请所用。既然不必再费周章，我接受了韩南教授的建议。何尝料到，一九八六年的秋天我竟然加入哈佛东亚系。

多少年后，每次想起与韩南教授的奇妙遭遇，仍然有一股暖流在心中涌现。我并非中文科班出身，与哈佛这类名校也毫无渊源，却何其有幸，得到他的青睐。套句俗话，韩南先生对我有知遇之恩。日后他告诉我，他对我的申请案有兴趣不只是因为论文，也因为一篇论晚明话本小说的文章。那篇文章我根据他的"拟话本"观念，将当时流行的结构主义方法套用在晚明话本的研究上。如今看来，我的论述当然天真得很，但惊奇的是韩南教授的大度与好奇心。他正宗的汉学研究方法与上世纪八十年代的结构、解构学派其实有相当距离，然而他居然不以为忤，愿意展开对话。

韩南先生问学的态度深深影响了我。日后我有了招收学生或征聘同事的机会，总是告诉自己绝对不要囿于门户之见，不只是学说的门户，也是学院的门户。更重要的是，为学的门径无他，唯勤而已矣。韩南先生办公室的大量古籍曾让许多造访者叹为观止，但他出入哈佛演讲图书馆的善本室、微卷室，孜孜不倦的身影才更令人动容。是什么样的力量，让一位出身新西兰的青年，远渡重洋，到英国，到中国，完成他的训练，矢志以一生的精力研读中国小说？又是什么样的眼光，让一位貌似传统的汉学学者不断推陈出新，打破约定俗成的意见，从而开拓中国小说研究的视野？

韩南先生身形魁梧，却是个地道的谦谦君子。在许多学生和同事眼中，他的内敛礼貌甚至到了害羞的程度。他的英语带有新西兰家乡和英国的口音，交谈总是流露诚挚而腼腆的眼神，有时说着说着自己就脸红起来。他最大的乐趣应该是独自一人漫游在明清小说的国度里吧。初到哈佛的一两年他对我照顾有加，但即使如此，也依然保持友善的距离。彼时哈佛东亚系刚刚成立现代文学专业，师生都在摸索阶段。现在想起来韩南教授对我的信任，不禁为自己也捏了一把冷汗。

一九九〇年，哥伦比亚大学夏志清教授希望我转到纽约任教。夏先生是英美现代中国文学研究的开山祖师，他的邀请让我受宠若惊。当时哈佛没有终身俸制度，年轻的教授自然缺少保障。因此当我决定放弃哈佛合约转往哥大时，韩南教授表示理解。而我们的关系一直维持不坠。尤其他的研究方向已转到晚清，与我正在完成的新书不谋而合，因此更多一层对话关系。在哥大任何有关明清文学的会议，第一位人选总是想到他；我甚至曾经邀请他到台北，到北京参加会议。最为难忘的是一九九九年台湾研究院文哲所召开的明清文学会议，会后全体来宾到花莲旅游。那天晚上，在天祥，大家发现酒店有间卡拉 OK 伴唱室，一向害羞寡言的韩南教授竟然在大伙的起哄下，引吭高歌，而且是和魏爱莲对唱。这真是破天荒的一刻！但之后的酒店例行的山地舞联欢晚会，不论我们如何怂恿，他再也不肯就范……

二〇〇四年因缘际会，我竟然重回哈佛，也又有亲炙韩南教授的机会。人生的缘分莫过于此。此时韩南教授已经退休，但工作勤奋，一如既往，连续出版了论晚清小说的文集，以及好几部晚清民初小说翻译。唯一的改变是上了年纪，他变得愈发和蔼可亲了。我们有了一个默契，每学期聚会至少一次，交换研究心得，逐渐也开始聊起私事。是在某一次的谈话里，我才知道他的夫人罹患帕金森病，他必须负责照顾。我不得不告诉他我的家人至亲也患有同样病症；我了解他的辛苦。仿佛之间，我们有了同舟共济的关系。

二〇一三年五月中，我正在柏林自由大学演讲途中，突然收到韩南教授的电邮。仍然是他惜字如金的风格，但透露不寻常的讯息：他要我在最短时间内来看他。回到哈佛次日我立刻到他的办公室。韩南教授端坐在办公桌旁，看来无恙，却静静地告诉我，他的左眼在一周以前突然失明，可能是一种特殊的中风，现在正抢救右眼。他希望见我，因为有两本译稿仍未完成或出版；如果病况恶化，他希望我代为完成。

那个上午的谈话，至今令我惆怅不已。以韩南教授矜持的风格，非到不得已的时候，他是不会求助于人的。而他对我的信任超乎了我的想象。我勉强说着一些鼓舞的场面话，心里知道不是那回事。不久以前，我自己才见证过生命最艰难的时刻。韩南教授就要一步一步走向那不可知、也不可遏的未来了。一时之间，相对无语，我不禁潸然泪下，我失态了。而韩南教授竟然眼眶也红了。

韩南教授最后一年是辛苦的。那个夏天，他因为肺炎还有其他病症住院疗养两个月，之后转往不同医疗中心做复健疗养。我每次去探望他，总觉得他大约是最整齐文雅的病人。我们还是谈研究的兴趣，他恼人的眼疾，还有其他不知名的问题让他康复如此缓慢。秋天他得以回家疗养，而韩南夫人已经住进老人赡养中心。有两个月我每周探望他一次，他的情形似乎好转，有时甚至颇有兴致，我们的话题也越发轻松。这是一位我从未发现过的韩南教授，仍然彬彬有礼，却能更自在地表达个人好恶。之后情况却不再乐观。病因为何，医生始终没有具体诊断出来。

韩南教授最后一次公开露面是在伊维德教授的退休会议。那天我陪他从所住的医护中心走到费正清中心会场。秋天的早上已经颇有寒意，陪着韩南教授一路走来，其实有点冒险，我们圆满达成任务，不觉都有些得意。回去的路上，远从台北来的胡晓真教授也加入我们。晓真是韩南的得意高足，她一路陪同，看得出让老师真开心了。但那是最后了。

二〇一四年四月，韩南教授走前的一个星期我去探望他。那天他气色其实不错，交代我搬离办公室后应该留意的事项。我仍然保留当时随手写下的摘要：图书馆待还的几本书，一幅武松打虎的剪纸，一个自己打造的旋转书架，一对中国小摆饰，还有尚未出版的《平妖传》译稿。这是他惦记着的事情。我们相约事情办完立刻回报，但韩南教授却决定先走了。

我与韩南教授相识三十年，多半时候云淡风轻。但正因为他君子之交的风格，反而让我特别珍惜。这是学院又一种尊德性而道问学的典范。我有幸在韩南教授最后那些年里认识他的另一面，更是感念他的谦虚和坚毅。韩南教授逝世以后，他所翻译的十九世纪世情小说《蜃楼志》方才出版。而另一本明末清初神魔小说《平妖传》的出版，将是我责无旁贷的任务。

记余国藩教授

余国藩教授二〇一五年五月十二日病逝芝加哥，消息传来，不免黯然。这一年半来，已有两位汉学大师，夏志清先生、韩南先生，相继辞世。余国藩先生的离去，更让我们惊觉一个世代的典范似乎逐渐消失中。

二十世纪八十年代初，我仍在威斯康星大学求学，中国文学部分的指导教授刘绍铭先生是广东人，与余先生谊属同乡，对先生的学问文章几乎以传奇视之。那时候他的《西游记》英译本正陆续出版中，博得学界一致好评。能将这本长达六十几万字的宗教神魔小说逐字翻成英文，已经不是易事，更何况细腻的宗教、神话考证，以及优美典雅而又时带诙谐的风格。

我与余先生结缘在九十年代。我任教哥伦比亚大学时，曾经有缘邀请先生演讲，讲题已经不复记得，只记得他儒雅的风采。同在哥大的前辈夏志清先生有魏晋名士的性格，一向自豪自己的学问，对同行每有批评，唯独余先生的中英学问造诣，让他佩服得五体投地。更令人莞尔的是，夏先生行事发言每每插科打诨，但在辈分其实较低的余先生面前，却一本正经起来。记得那天演讲之后，夏先生几近夸张地赞美先生的家世、求学经过、学术成就，以及优雅的风采、西装领结……自叹弗如。

的确，余先生出身抗日名将世家，得天独厚，得到最佳中西教育。他十八岁赴美，二十五岁进入芝加哥大学，一路获得博士学位。比起同辈学者的留学经验，堪称顺遂。好的机会让他得以专心问学，成为大家。余先生在芝加哥大学四十六年，专治比较神学与比较文学，是唯一获得神学院、东亚系、英语系、比较文学系、历史思想委员会合聘的教授。除此他能赋中国旧体诗歌，雅好西洋音乐艺术，一举一动，自然流露"贵族"气息。余先生望之俨然，其实即之也温，一旦熟识，相当平易近人。但他有相当择善固执之处。他对台湾研究院文哲所有极高的期望，但也不乏尖锐的批评。

过去二十九年，余先生和我在不同会议或是委员会场合见面，永远是谈吐得体，言之有物，不折不扣的绅士学者风度。虽然我的专业不是明清小说，他研究《红楼梦》的专书《阅读顽石：红楼梦欲望与虚构的生成》却让我深受启发。这本书谈情和欲的相互流转辩证，以及虚构暗示的叙事及启悟能量，有宗教的背景，但更有文学的洞见。

二〇〇五年，在一次海外咨询会议上，我终于鼓起勇气，邀请余先生为哥伦比亚大学的汉学大师系列，提供一本专著。当时他似乎正考虑退休，也希望有机会将历年发表的单篇论文结集成书。很快他将文稿转来，这就是日后的《比较的行旅：东西比较文学与宗教论集》。这本书的确令人大开眼界，从西方古典神学谈到当代的人权，从《失乐园》谈到《西游记》，从希腊悲剧谈到《荀子》《道德经》。余先生纵横古今，谈笑用兵，正是大家风范，而他强烈的人文关怀跃然纸上。也因为这本书，我有机会更接近他，更体认他率真的性格，以及一丝不苟的治学态度。

当代汉学研究分门别类，竞以方法理论是尚。像余先生这样博雅通达的学者，已经不复得见。所幸他的弟子李奭学博士承其衣钵，早在学界建立独特的治学方式。我们怀念余先生的学问文章，也更怀念他所代表的一代学者的人文精神。谨以此文，悼念一位大师的离去。

如此悲伤，如此愉悦，如此独特

——齐邦媛先生与《巨流河》

　　齐邦媛教授是台湾文学和教育界最受敬重的一位前辈，弟子门生多恭称为"齐先生"。邦媛先生的自传《巨流河》出版，既叫好又叫座，成为台湾地区文坛一桩盛事。在这本二十五万字的传记里，齐先生回顾她波折重重的大半生，从东北流亡到关内、西南，又到台湾。她个人的成长和家国的动荡如影随形，而她六十多年在台湾的经验则见证了一代人如何从漂流到落地生根的历程。

　　类似《巨流河》的回忆录近年并不少见，比齐先生的经历更传奇者也大有人在，但何以这本书如此受到瞩目？我以为《巨流河》之所以可读，是因为齐先生不仅写下一本自传而已。透过个人遭遇，她更触及了现代中国种种不得已的转折：东北与台湾——齐先生的两个故乡——剧烈的嬗变；知识分子的颠沛流离和他们无时或已的忧患意识；还有女性献身学术的挫折和勇气。

更重要的，作为一位文学播种者，齐先生不断叩问：在如此充满缺憾的历史里，为什么文学才是必要的坚持？

而《巨流河》本身不也可以是一本文学作品？不少读者深为书中的篇章所动容。齐先生笔下的人和事当然有其感人因素，但她的叙述风格可能也是关键所在。《巨流河》涵盖的那个时代，实在说来，真是"欢乐苦短，忧愁实多"，齐先生也不讳言她是在哭泣中长大的孩子。然而多少年后，她竟是以最内敛的方式处理那些原该催泪的材料。这里所蕴藏的深情和所显现的节制，不是过来人不能如此。《巨流河》从东北的巨流河写起，以台湾的哑口海结束，从波澜壮阔到波澜不惊，我们的前辈是以她大半生的历练体现了她的文学情怀。

东北与台湾

《巨流河》是一本惆怅的书。惆怅，与其说齐先生个人的感怀，更不如说她和她那个世代总体情绪的投射。以家世教育和成就而言，齐先生其实可以说是幸运的。然而表象之下，她写出一代人的追求与遗憾，希望与怅惘。齐先生出生于辽宁铁岭，六岁离开家乡，以后十七年辗转大江南北。一九四七年在极偶然的机会下，齐先生到台湾担任台大外文系助教，未料就此定居超过六十年。从东北到台湾，从六年到六十年，这两个地方一个是她魂牵梦萦的原籍，一个是她安身立命的所在，都是她的故乡。而这两个地方所产生的微妙互动和所蕴藉的巨大历史忧伤，我以为是《巨流河》全书力量的来源。

东北与台湾距离遥远，幅员地理大不相同，却在近现代中国史上经历类似命运，甚至形成互为倒影的关系。东北原为清朝龙兴之地，地广人稀，直到十九世纪七十年代才开放汉人屯垦定居。台湾也迟至十九世纪才有大宗闽南人入住。这两个地方在二十世纪之交都成为东西帝国主义势力觊觎的目标。一八九五年甲午战后，中日签订《马关条约》，台湾与辽东半岛同时被割让给日本。之后辽东半岛的归属引起帝俄、法国和德国的干涉，几经转圜，方才由中国以"赎辽费"换回。列强势力一旦介入，两地从此多事。以后五十年台湾成为日本殖民地，而东北历经日俄战争、"九一八"事变，终于由日本一手导演建立伪满洲国。

不论在文化或政治上，东北和台湾都有些草莽桀骜的气息。《巨流河》对东北和台湾的历史着墨不多，但读者如果不能领会作者对这两个地方的复杂情感，就难以理解字里行间的心声。而书中串联东北和台湾历史、政治的重要线索，是邦媛先生的父亲齐世英先生。齐世英是民初东北的精英分子。早年受到张作霖的提拔，曾经先后赴日本、德国留学。在东北当时闭塞的情况下，这是何等的资历。然而青年齐世英另有抱负。一九二五年他自德国回到沈阳，结识张作霖的部将、新军领袖郭松龄。郭愤于日俄侵犯东北而军阀犹自内战不已，策动倒戈反张，齐世英以一介文人身份慨然加入。但郭松龄没有天时地利人和，未几兵败巨流河，并以身殉。齐世英从此流亡。

"渡不过的巨流河"成为《巨流河》回顾忧患重重的东北和中国历史最重要的意象。假使郭松龄渡过巨流河，倒张成功，是否东北就能够及早现代化，也就避免"九一八"、西安事变的发生？但历史不是假设，更无从改写，齐世英的挑战才刚刚开始。他进入关内，加入国民党，负责东北党务，与此同时又创立中山中学，收容东北流亡学生。抗战结束，齐世英奉命整合东北人事，重建家乡，却发现国民党的接收大员贪腐无能。东北是首先被解放的地区，国民党从这里一败涂地，齐世英再度流亡。

齐世英晚年有口述历史问世，说明他与国民党的半生龃龉，但是语多含蓄，而他的回忆基本止于一九四九年（林忠胜、林泉、沈云龙，《齐世英先生访问纪录》）。《巨流河》的不同之处在于这是出于一个女儿对父亲的追忆，视角自然不同，下文另议。更值得注意的是，《巨流河》叙述了齐世英来到台湾以后的遭遇。一九五四年齐世英因为反对增加电费以筹措军饷的政策触怒蒋介石，竟被开除国民党党籍；一九六〇年更因筹组新党，几乎系狱。齐为台湾的民生和民主付出了他后半生的代价，但骨子里他的反蒋也出于东北人的憾恨。不论是东北，还是台湾，以前不过都是蒋政权的棋子罢了。

渡不过的巨流河——多少壮怀激烈都已付诸流水。晚年的齐世英在充满孤愤的日子里郁郁以终。但正如唐君毅先生在《中国文化之精神价值》论中国人文精神所谓，从"惊天动地"到"寂天寞地"，求仁得仁，又何憾之有？而这位东北"汉子"与台湾的因缘是要由他的女儿来承续。

齐邦媛应是一九四五年后最早来台的知识分子之一。彼时的台湾仍受日本战败影响，"二二八"事件刚过去不久，充满各种不确定的因素。就在这样的情况下，一位年轻的东北女子在台湾开始了人生的另一页。

齐先生对台湾一往情深。她是最早重视台湾文学的学者，也是台湾文学的推手。她所交往的作家文人有不少站在国民党的对立面，但不论政治风云如何变幻，他们的友情始终不渝。齐先生这样的包容仿佛来自一种奇妙的、同仇敌忾的义气：她"懂得"一辈台湾人的心中，何尝不也有一条过不去的巨流河？现代中国史上，台湾错过了太多。

巨流河那场战役早就灰飞烟灭，照片里当年那目光熠熠的热血青年历尽颠仆，已经安息。而他那六岁背井离乡的女儿因缘际会，成为白先勇口中台湾守护"文学的天使"。蓦然回首，邦媛先生感叹拥抱台湾之余，"她又何曾为自己生身的故乡和为她而战的人写过一篇血泪记录"？《巨流河》因此是本迟来的书。它是一场女儿与父亲跨越生命巨流的对话，也是邦媛先生为不能回归的东北、不再离开的台湾所做的告白。

四种"洁净"典型

《巨流河》见证了大半个世纪的中国史和中国台湾地方史，有十足可歌可泣的素材，但齐邦媛先生却选择了不同的回忆形式。她的叙述平白和缓，即使处理至痛时刻，也显示极大的谦抑和低回。不少读者指出这是此书的魅力所在，但我们更不妨思考这样的风格之下，蕴含了怎样一种看待历史的方法？又是什么样人和事促成了这样的风格？

在《巨流河》所述及的众多人物里，我以为有四位最足以决定邦媛先生的态度：齐世英、张大飞、朱光潜、钱穆。如上所述，齐世英先生的一生是此书的"潜文本"。政治上齐不折不扣地是个台面上的人物，来台之后却因为见罪当局，过早结束事业。齐邦媛眼中的父亲一身傲骨，从来不能跻身权力核心。但她认为父亲的特色不在于他的择善固执；更重要的，他是个"温和洁净"的性情中人。

正因如此，南京大屠杀后的齐世英在武汉与家人重逢，他"那一条洁白的手帕上都是灰黄的尘土……被眼泪湿得透透的。他说：'我们真是国破家亡了。'"重庆大轰炸后一夜大雨滂沱，"妈妈又在生病……全家挤在还有一半屋顶的屋内……他坐在床头，一手撑着一把大雨伞遮着他和妈妈的头，就这样等着天亮"……晚年的齐世英郁郁寡欢，每提东北沦陷始末，即泪流不能自已。这是失落愧疚的眼泪，也是洁身自爱的眼泪。

齐世英的一生大起大落，齐邦媛却谓从父亲学到"温和"与"洁净"，很是耐人寻味。乱世出英雄，但成败之外，又有几人终其一生能保有"温和"与"洁净"？这是《巨流河》反思历史与生命的基调。

怀抱着这样的标准，齐邦媛写下她和张大飞的因缘。张大飞是东北子弟，父亲在伪满洲国成立时任沈阳县"警察局长"，因为协助抗日，被日本人公开浇油漆烧死。张大飞逃入关内，进入中山中学而与齐家相识；"七七"事变他加入空军，胜利前夕在河南一场空战中殉国。张大飞的故事悲惨壮烈，他对少年齐邦媛的呵护成为两人最深刻的默契，当他宿命式地迎向死亡，他为生者留下永远的遗憾。

齐邦媛笔下的张大飞英姿飒飒，亲爱精诚，应该是《巨流河》里最令人难忘的人物。他雨中伫立在齐邦媛校园里的身影，他虔诚的宗教信仰，他幽幽的诀别信，无不充满青春加死亡的浪漫色彩。但这正是邦媛先生所要厘清的：他们之间的关系不容如此轻易归类，因为那是一种至诚的信托，最洁净的情操。我们今天的抗战想象早已被《色·戒》这类故事所垄断。当学者文人口沫横飞地分析又分析爱玲式的复杂情事，张大飞这样的生，这样的死，反而要让人无言以对。面对逝者，这岂不是一种更艰难的纪念？

二十世纪末，七十五岁的邦媛先生访问南京抗战阵亡将士纪念碑，在千百牺牲者中找到张大飞的名字。五十五年的谜底揭开，尘归尘，土归土，历史在这里的启示非关英雄，更无关男女。俱往矣——诚如邦媛先生所说，张大飞的一生短暂如昙花，"在最黑暗的夜里绽放，迅速阖上，落地"，如此而已，却是"那般无以言说的高贵"，"那般灿烂洁净"。

朱光潜先生是中国现代最知名的美学家，抗战时期在乐山武汉大学任教，因为赏识齐邦媛的才华，亲自促请她从哲学系转到外文系。一般对于朱光潜的认识止于他的《给青年的十二封信》或是《悲剧心理学》，事实上朱也是三十年代"京派"文学的关键人物，和沈从文等共同标举出一种敬谨真诚的写作观。一九三五年鲁迅为文批评朱对文学"静穆"的观点，一时沸沸扬扬。的确，在充满"呐喊"和"彷徨"的时代谈美、谈静穆，宁非不识时务？

齐邦媛对朱光潜抗战教学的描述揭露了朱较少被提及的一面。朱在战火中一字一句吟哦，教导雪莱、济慈的诗歌，与其说是与时代脱节，不如说开启了另一种响应现实的境界——正所谓"言不及己，若不堪忧"。某日朱在讲华兹华斯的长诗之际，突有所感而哽咽不能止，他"快步走出教室，留下满室愕然"。就此令人注意的不是朱光潜的眼泪，而是他的快步走出教室。这是种矜持的态度了。朱的美学其实有忧患为底色，他谈"静穆"哪里是无感于现实？那正是痛定思痛后的豁然与自尊，中国式的"悲剧"精神。然而朱光潜注定要被误解。五十年代当他的女弟子在台湾回味浪漫主义诗歌课时，他正一步一步走向美学大讨论。

钱穆先生与齐邦媛的忘年交是《巨流河》的另一高潮。两人初识时齐任职台湾"编译馆"，钱已隐居台北外双溪素书楼，为了一本新编《中国通史》是否亵渎武圣岳飞，一同卷入一场是非；国学大师竟被指为"动摇国本"的学术著作背书。但钱穆不为所动。此无他，经过多少风浪，他对传承文化的信念唯"诚明"而已。

此时的钱穆已经渐渐失去视力，心境反而益发澄澈。然而山雨欲来，"一生为故国招魂"的老人恐怕也有了时不我予的忧愁。有十六年，齐邦媛定时往访钱穆，谈人生、谈文人在乱世的生存之道。深秋时节的台湾四顾萧瑟，唯有先生居处阶前积满红叶，依然那样祥和灿烂。然后一九九〇年在陈水扁的鼓噪、李登辉的坐视下，钱被迫迁出素书楼，两个月之后去世。

钱穆的《国史大纲》开宗明义，谓"对其本国历史略有所知者，尤必附随一种对其本国以往历史之温情与敬意"。但国家机器所操作的历史何尝顾及于此？是在个人的记录里，出于对典型在宿昔的温情与敬意，历史的意义才浮现出来。无论如何，"世上仍有忘不了的人和事"，过去如此，未来也应如此。这正是邦媛先生受教于钱先生最深之处。

知识的天梯

由二十世纪三十年代到九十年代，齐邦媛厕身学校一甲子，或读书求学，或为人师表，在见证知识和知识以外因素的复杂互动。她尝谓一生仿佛"一直在一本一本的书叠起的石梯上，一字一句地往上攀登"。但到头来她发现这石梯其实是个天梯，而且她"初登阶段，天梯就撤掉了"。这知识的天梯之所以过早撤掉不仅和半个多世纪的历史动荡有关，尤其凸显了性别身份的局限。

"九一八"事变后，大批东北青年流亡关内。齐世英有感于他们的失学，多方奔走，在一九三四年成立中山中学，首批学生即达两千人。这是齐邦媛第一次目睹教育和国家命运的密切关联。中山中学的学生泰半无家可归，学校是他们唯一的托命所在，师生之间自然有了如亲人般的关系。"楚虽三户，亡秦必楚"成为他们共勉的目标。抗战爆发，这群半大的孩子由老师率领从南京到武汉，经湖南、广西再到四川。一路炮火威胁不断，死伤随时发生，但中山的学生犹能弦歌不辍，堪称抗战教育史的一页传奇。

中山中学因为战争而建立，齐邦媛所就读的南开中学、武汉大学则因战争而迁移。南开由张伯苓先生创立于一九〇四年，是中国现代教育的先驱，校友包括许多名人，如周恩来、钱思亮、吴大猷、曹禺、穆旦、端木蕻良等。武汉大学是华中学术重镇，前身是张之洞创办的自强学堂，一九二八年成为中国第一批国立大学。抗战爆发，南开迁到重庆沙坪坝，武大迁到乐山。

邦媛先生何其有幸，在战时仍然能够按部就班接受教育。即使在最不利的条件下，南开依然保持了一贯对教学的质的坚持。

南开六年赋予齐邦媛深切的自我期许，一如其校歌所谓，智勇纯真、文质彬彬。到了乐山武汉大学阶段，她更在名师指导下专心文学。战争中的物质生活是艰苦的，但不论是南开"激情孟夫子"孟志荪的中文课还是武大朱光潜的英美文学、吴宓的文学与人生、袁昌英的莎士比亚，都让学生如沐春风，一生受用不尽。在千百万人流离失所，中国文化基础伤痕累累的年月里，齐邦媛以亲身经验见证知识之重要，教育之重要。

然而战时的教育毕竟不能与历史和政治因素脱钩。齐邦媛记得在乐山如何兴冲冲地参加"读书会"，首次接触进步文学歌曲；她也曾目睹抗战胜利后的学潮，以及闻一多、张莘夫被暗杀后的大规模抗议活动。武汉大学复校之后，校园政治愈演愈烈；在"反内战、反饥饿"的口号中，国民党终于军队开进校园，逮捕左派师生，酿成"六一惨案"。

半个世纪后回顾当日校园运动，齐邦媛毋宁是抱着哀矜勿喜的心情。她曾经因为不够积极而被当众羞辱，但她明白理想和激进、天真和狂热的距离每每只有一线之隔，历史的后见之明难以做判断。她更感慨的是，许多进步同学为革命理想所做的奉献和他们日后所付出的代价，往往成为反比。

反讽的是，类似的教育与意识形态的拉锯也曾出现在台湾，而邦媛先生竟然身与其役。时间到了七十年代，齐先生任职台湾"编译馆"，有心重新修订中学语文教科书，未料引来排山倒海的攻击。齐所坚持的是编订六册不以政治挂帅，而能引起阅读兴趣、增进语义知识的教科书，但她的提议却被扣上"动摇国本"的大帽子。齐如何与反对者周旋可想而知，要紧的是她克服重重难关，完成了理想。

我们今天对照新旧两版教科书的内容，不能不惊讶当时惊天动地的争议焦点早已成为明日黄花。"政治正确"和"政治不正确"原来不过如此这般。日后台湾中学师生使用一本文学性和亲和力均强的语文教材时，可曾想象幕后的推手之所以如此热情，或许正因为自己的南开经验：一位好老师，一本好教材，即使在最晦暗的时刻也能启迪一颗颗敏感的心灵。

齐先生记录她求学或教学经验的底线是她作为女性的自觉。二十世纪三四十年代女性接受教育已经相当普遍，但毕业之后追求事业谈何容易。拿到武汉大学外文系学位后，齐邦媛就曾着实彷徨过。她曾经考虑继续深造，但战争的威胁将她送到了台湾，以后为人妻，为人母，从此开始另外一种生涯。

但齐先生从来没有放弃她追求学问的梦想。她回忆初到台大外文系担任助教，如何一进门就为办公室堆得老高的书所吸引；或在台中一中教书时，如何从"菜场、煤炉、奶瓶、尿布中偷得……几个小时，重谈自己珍爱的知识"的那种"幸福"的感觉。直到大学毕业二十年后，她才有了重拾书本的机会，其时她已近四十五岁。

一九六八年，齐邦媛入美国印第安纳大学研究所，把握每一分钟"偷来的"时间苦读，自认是一生"最劳累也最充实的一年"。然而就在硕士学位唾手可得之际，她必须为了家庭因素放弃一切，而劝她如此决定的包括她的父亲。

这，对于邦媛先生而言，是她生命中渡不过的"巨流河"吧？齐先生是惆怅的，因为知道自己有能力、也有机会渡到河的那一岸，却如何可望也不可即。值得我们思考的是，如果在齐世英先生那里巨流河有着史诗般的波涛汹涌，邦媛先生的"巨流河"可全不是那回事。

她的"河"里尽是贤妻良母的守则，是日复一日的家庭责任。但这样"家常"的生命考验，如此琐碎，如此漫长，艰难处未必亚于一次战役，一场政争。在知识的殿堂里，齐先生那一辈女性有太多事倍功半的无奈。直到多年以后，她才能够坦然面对。

千年之泪

《巨流河》回顾现代中国史洪流和浮沉其中的人与事，感慨不在话下；以最近流行的话语来说，这似乎也是本向"失败者"致敬的书。邦媛先生对此也许有不同看法。齐世英、张大飞、朱光潜、钱穆等人所受到的伤害和困塞只是二十世纪中期千万中国人中的抽样；如果向他们致敬的理由出自他们是"失败者"，似乎忽略了命运交错下个人意志升华的力量和发自其中的"潜德之幽光"。《圣经·提摩太后书》的箴言值得思考："那美好的仗我已经打过了，当跑的路我已经跑尽了，所信的道我已经守住了。"

而邦媛先生本人是在文学里找到了回应历史无常的方法。一般回忆录里我们很难看到像《巨流河》的许多篇章那样，将历史和文学做出如此绵密诚恳的交会。齐邦媛以书写自己的生命来见证文学无所不在的力量。她的文学启蒙始自南开，孟志荪老师的中国诗词课让她"如醉如痴地背诵，欣赏所有作品，至今仍清晰地留在心中"。武汉大学朱光潜教授的英诗课则让她进入浪漫主义以来那撼动英美文化的伟大诗魂。华兹华斯清幽的"露西"组诗，雪莱《云雀之歌》轻快不羁的意象，还有济慈《夜莺颂》对生死神秘递换的抒情，让一个二十岁不到的中国女学生不能自已。

环顾战争中的混乱和死亡，诗以铿锵有致的声音召唤齐邦媛维持生命的秩序和尊严。少年"多识"愁滋味，雪莱的《哀歌》"I die! I faint! I fail!"引起她无限共鸣。但"我所惦念的不仅是一个人的生死，而是感觉他的生死与世界、人生、日夜运转的时间都息息相关。我们这么年轻，却被卷入这么广大且似乎没有止境的战争里"。在张大飞殉国的噩耗传来的时刻，在战后晦暗的政局里，惠特曼的《啊，船长！我的船长！》沉淀她的痛苦和困惑。"O the bleeding drops of red, Where on the deck my Capitan lies, Fallen cold and dead.""那强而有力的诗句，隔着太平洋呼应对所有人的悲悼。"悲伤由此提升为悲悯。

多年以后，齐先生出版中文文学评论集《千年之泪》。书名源自《杜诗镜铨》引王嗣奭评杜甫《无家别》："目击成诗，遂下千年之泪。"生命、死亡、思念、爱、亲情交织成人生共同的主题，唯有诗人能以他们的素心慧眼，"目击"、铭刻这些经验，并使之成为回荡千百年的声音。齐先生有泪，不只是呼应千年以前杜甫的泪，也是从杜甫那里理解了她的孟志荪、朱光潜老师的泪，还有她父亲的泪。文学的魅力不在于大江大海般的情绪宣泄而已，更在于所蕴积的丰富思辨想象能量，永远伺机喷薄而出，令不同时空的读者也荡气回肠；而文学批评者恰恰是最专志敏锐的读者，触动作品字里行间的玄机，开拓出无限阅读诠释的可能。

杜甫、辛弃疾的诗歌诚然带给齐邦媛深刻的感怀，西方文学从希腊、罗马史诗到浪漫时代，维多利亚时代，甚至艾略特等现代派同样让她心有戚戚焉。齐先生曾提到西方远古文学里，她独钟罗马史诗《埃涅阿斯纪》。《埃涅阿斯纪》描述特洛伊战后，埃涅阿斯带着一群"遗民"渡海寻找新天地的始末。他们历尽考验，终在意大利建立了罗马帝国。但是埃涅阿斯自己并无缘看到他的努力带来的结果；他将英年早逝，留下未竟的事业。成功不必在我，历史胜败的定义如何能够局限在某一时一地的定点？

一九九五年，抗日战争胜利五十年，齐邦媛赴山东威海参加会议。站在渤海湾畔北望应是辽东半岛，再往北就通往她的故乡铁岭。然而齐以台湾地区学者的身份参加会议，不久就要回台。她不禁感慨："五十年在台湾，仍是个'外省人'，像那永远回不了家的船。"——"怅惘千秋一洒泪"，杜甫的泪化作齐邦媛的泪。与此同时，她又想到福斯特的《印度之旅》的结尾："全忘记创伤，'还不是此时，还不是此地'（not now，not here）。"这里中西文字的重重交涉，足以让我们理解当历史的发展来到眼前无路的时刻，是文学陡然开拓了另一种境界，从而兴发出生命又一层次的感喟。

也正是怀抱这样的文学眼界，齐邦媛先生在过去四十年致力台湾地区文学的推动。甲午战后，台湾在被割裂的创伤下被掷入现代性体验；一九四九年，将近两百万军民涌入岛上，更加深了台湾文学的忧患色彩。齐邦媛阅读台湾文学时，她看到一些作家如司马中原、姜贵笔下那"震撼山野的哀痛"，也指出吴浊流、郑清文的文字一样能激起千年之泪。

当年剑拔弩张的情况如今已经不复见，再过多少年，一八九五、一九四七这些年份都可能成为微不足道的历史泡沫。但或许台湾地区的文学还能够幸存，见证一个世纪的创伤？齐先生是抱持这样的悲愿的。她也应该相信，如果雪莱和济慈能够感动一个抗战期间的中国女学生，那么吴浊流、司马中原也未必不能感动另一个时空和语境里的西方读者。

《巨流河》最终是一位文学人对历史的见证。随着往事追忆，齐邦媛先生在她的书中一页一页地成长，终而有了风霜。但她的娓娓叙述却又让我们觉得时间流淌，人事升沉，却有一个声音不曾老去。那是一个"洁净"的声音，一个跨越历史、从千年之泪里淬炼出来的清明而有情的声音。

是在这个声音的引导下，我们乃能与齐先生一起回顾她的似水年华：那英挺有大志的父亲，牧草中哭泣的母亲，公而忘私的先生；那唱着《松花江上》的东北流亡子弟，初识文学滋味的南开少女，含泪朗诵雪莱和济慈的朱光潜；那盛开铁石芍药的故乡，那波涛滚滚的巨流河，那深邃无尽的哑口海，那暮色山风里、隘口边回头探望的少年张大飞……如此悲伤，如此愉悦，如此独特。

文学行旅，小说中华

文学行旅与世界想象

华语语系文学（Sinophone Literature）在海外汉学研究领域里是一个新兴观念。历来我们谈到现代中国或中文文学，多以 Modern Chinese Literature 称之。这个说法名正言顺，但在现当代语境里也衍生出如下的含义：国家想象的情结，正宗书写的崇拜，以及文学与历史大叙述的必然呼应。然而有鉴于二十世纪中以来海外华文文化的蓬勃发展，中国或中文一词已经不能涵盖这一时期文学生产的驳杂现象。尤其在全球化和后殖民观念的激荡下，我们对国家与文学间的对话关系，必须做出更灵活的思考。

Sinophone Literature 一词可以译为华文文学，但这样的译法对识者也就无足可观。长久以来，我们已经惯用华文文学指称广义的中文书写作品。此一用法基本指涉以中国为中心所辐射而出的中文文学的总称。由是延伸，乃有海外华文文学、世界华文文学、离散华文文学之说。相对于中国文学，中央与边缘，正统与延异的对比，成为不言自明的隐喻。

但是 Sinophone Literature 在英语语境里却有另外的脉络。这个词的对应面包括了 Anglophone（英语语系）、Francophone（法语语系）、Hispanophone（西语语系）、Lusophone（葡语语系）等文学，意谓在各语言宗主国之外，世界其他地区以宗主国语言写作的文学。如此，西印度群岛的英语文学，西非和魁北克的法语文学，巴西的葡语文学等，都是可以参考的例子。需要强调的是，这些语系文学带有强烈的殖民和后殖民辩证色彩，都反映了十九世纪以来帝国主义和资本主义力量占据某一海外地区后，所形成的语言霸权及后果。因为外来势力的强力介入，在地的文化必然产生绝大变动，而语言，以及语言的精粹表现——文学——的高下异位，往往是最明白的表征。多少年后，即使殖民势力撤退，这些地区所承受的宗主国语言影响已经根深蒂固，由此产生的文学成为帝国文化的遗蜕。这一文学可以铭刻在地作家失语的创伤，但同时也可以成为一种另类创造。异地的、似是而非的母语书写、异化的后殖民创作主体是如此驳杂含混，以致成为对原宗主国文学的嘲仿颠覆。上国精纯的语言必须遭到分化，再正宗的文学传统也有了鬼魅的海外回声。

回看华语语系文学，我们却发现相当不同的面向。十九世纪以来中国外患频仍，但并未出现传统定义的殖民现象。香港、台湾、上海等地区里，中文仍是日常生活的大宗，文学创作即使受到压抑扭曲，也依然不绝如缕，甚至有（像上海那样）特殊的表现。不仅如此，由于政治或经济因素使然，百年来大量华人移民海外，尤其是东南亚。他们建立各种社群，形成自觉的语言文化氛围。尽管家国离乱，分合不定，各个华族区域的子民总以中文书写作为文化——而未必是政权——传承的标记。最明白的例子是马来西亚华语文学。从国家立场而言，这是不折不扣的外国文学，但马华作家的精彩表现却在在显示域外华文的香火，仍然传递不辍。

引用唐君毅先生的名言，我们要说历经现代性的残酷考验，中华文化在海内外都面临花果飘零的困境，然而有心人凭借一瓣心香，依然创造了灵根自植的机会。这样一种对文明传承的呼应，恰是华语语系文学和其他语系文学的不同之处。

但我们毋须因此浪漫化中华文化博大精深、万流归宗式的说法。在同文同种的范畴内，主与从、内与外的分野从来存在，不安的力量往往一触即发。更何况在国族主义的大纛下，同声一气的愿景每每遮蔽了历史经验中断裂游移、众声喧哗的事实。以往的海外文学、华侨文学往往被视为中国文学的延伸或附庸。时至今日，有心人代之以世界华文文学的名称，以示尊重个别地区的创作自主性。相对于"原汁原味"的中国文学，彼此高下之分立刻显露无遗。别的不说，中国现当代文学界领衔人物行有余力，愿意对海外文学的成就做出细腻观察者，恐怕仍然寥寥可数。

但在一个号称全球化的时代，文化、知识讯息急剧流转，空间的位移，记忆的重组，族群的迁徙，以及网络世界的游荡，已经成为我们生活经验的重要面向。旅行——不论是具体的或是虚拟的，跨国的或是跨网络的旅行——成为常态。文学创作和出版的演变，何尝不是如此？王安忆、莫言、余华的作品在多地同步发行，王文华、李碧华的作品也快速流行，更不提金庸所造成海内外阅读口味的大团圆。华人社群的你来我往，微妙的政治互动，无不在文学表现上折射成复杂光谱。从事现当代中文文学研究者如果一味以故土或本土是尚，未免显得不如读者的兼容并蓄了。

　　Sinophone Literature 或华语语系文学研究的出现，正呼应了我们所面对的现当代文学的课题。顾名思义，这一研究希望在国家文学的界限外，另外开出理论和实践的方向。语言，不论称之为汉语、华语、华文，还是中文，成为相互对话的最大公约数。这里所谓的语言指的不必只是中州正韵语言，而必须是与时与地俱变，充满口语方言杂音的语言。用巴赫金的观念来说，这样的语言永远处在离心和向心力量的交会点上，也总是历史情境中，个人和群体，自我和他我不断对话的社会性表意行为。华语文学提供了不同华人区域互动对话的场域，而这一对话应该也存在于个别华人区域以内。例如，江南的苏童和西北的贾平凹，川藏的阿来都用中文写作，但是他们笔下的南腔北调，以及不同的文化、信仰、政治发声位置，才是丰富一个时代的文学的因素。

　　对熟悉当代文学理论者而言，如此的定义也许是老生常谈。但我的用意不在发明新的说法，而在将理论资源运用在历史情境内，探讨其作用的能量。因此，我们与其将华语语系文学视为又一整合中国与海外文学的名词，不如将其视为一个辩证的起点。而辩证必须落实到文学的创作和阅读的过程上。就像任何语言的交会一样，华语语系文学所呈现的是个变动的网络，充满对话也充满误解，可能彼此唱和也可能毫无交集。但无论如何，原来以国家文学为重点的文学史研究，应该因此产生重新思考的必要。

举例而言，由山东到北京的莫言以他瑰丽幻化的乡土小说享誉，但由马来西亚到中国台湾的张贵兴笔下的婆罗洲雨林不一样让人惊心动魄？王安忆、陈丹燕写尽了她们的上海，而香港的西西、董启章，台北的朱天心、李昂也构筑了他们心中精彩的"我城"。山西的李锐长于演义地区史和家族史，居住台湾的马来西亚华人作者黄锦树，还有曾驻香港、现居纽约的施叔青也同有傲人的成绩。谈到盛世的华丽与苍凉，李天葆、朱天文都是张爱玲的最佳传人。书写伦理和暴力的幽微转折，余华曾是一把好手，但黄碧云、黎紫书、骆以军已有后来居上之势。白先勇的作品已被誉为离散文学的翘楚，但久居纽约的夫妻档作家李渝、郭松棻的成就，依然有待更多知音的鉴赏。

华语语系文学因此不是以往海外华文文学的翻版。它的版图始自海外，却理应扩及中国文学，并由此形成对话。作为文学研究者，我们当然无从面面俱到，从事一网打尽式的研究：我们必须承认自己的局限。但这无碍我们对其他华文社会的文学文化生产的好奇，以及因此而生的尊重。一种同一语系内的比较文学工作，已经可以开始。

从实际观点而言，我甚至以为华语语系文学的理念，可以调和不同阵营的洞见和不见。中国至上论的学者有必要对这块领域展现企图心，因为不如此又怎能体现"大"中国主义的包容性？如果还一味以正统中国和海外华人／华侨文学做区分，不正重蹈殖民主义宗主国与领属地的想象方式？另一方面，以"离散"观点出发的学者必须跳脱顾影自怜的"孤儿"或"孽子"情结，或是自我膨胀的阿Q精神。只有在我们承认华语语系欲理还乱的谱系，以及中国文学播散蔓延的传统后，才能知彼知己。

基于这样的理念，哈佛大学东亚系在二○○六春天邀请了多位来自美国、中国、马来西亚的华文作者：聂华苓、李渝、施叔青、也斯、平路、骆以军、黎紫书、纪大伟，以及现居剑桥的作者张凤、李洁，还有在东亚系就读中国现代文学专业的博士生、硕士生与本科生，一起参与讨论华语语系文学的可能。除了创作之外，所触及的议题更包括了：

一、旅行的"中国性"：中国经验与中国想象如何在地域、族裔、社会、文化、性别等各种层面移动与转化；华语语系文学如何铭刻、再现这些经验与想象。

二、离散与迁移：随着华裔子民在海内或海外的迁徙、移民甚至殖民经验，华语语系文学如何体验它的语言、族裔、典律的跨越问题？

三、翻译与文化生产：翻译（从文学、电影、戏剧到各种的物质文化的转易）如何反映和再现华人社群与世界的对话经验？相关的文化生产又如何被体制化或边缘化？

四、世界想象：中文文学如何承载历史中本土、域外的书写或经验？多元跨国的现代经验如何在歧异的语言环境中想象中国——及华人——历史？

聂华苓是当代海外中文创作的"祖师奶奶"。从沦为租界的汉口到抗战时期的重庆，到战后的北平、南京，再到台北，再到美国。她生命和写作所经历的"三生三世"道尽了作家创作位置、视野的转移，怎能为一本护照所限制？同样的，生于广东、长于香港的也斯自谓"一出生就经历了迁徙"，他的作品反映的不只是岛和大陆的简单对应，也是"岛中有大陆，大陆中有岛"。纽约的施叔青更理解她生命中与岛的不解之缘：来自台湾，在香港度过盛年，终又定居纽约中心——曼哈顿岛。李渝生在四川，长在台北，前半生为了理想漂流拼搏，竟要在纸上发现永恒的梦土。"身份走失了，定义模糊了"，不变的是对中文书写的不悔的执着。而曾经定居美国的平路，回到中国（先在台湾，后又转驻香港）。一如她所言，"既然选择文字为居所，可一点也不在意本身(在别人定义里，在各种分类系统中)是离散的、歧义的、边陲的、异域的……因为文学本应该自矜自持，文学经验亦必然自珍自重"。

仍然就读哈佛大学的李洁生在上海，十一岁出国，却保留了对中文的敏锐感受。她的上海故事出手不同凡响，益发让我们理解母语的神奇召唤。

　　骆以军是生长在台湾的"外省"第二代作家，岛上的经验总也不能抹消他记忆父亲的故乡记忆。这成为他的忧郁书写的重要隐喻。父亲的故乡，是他不能书写、却又不能忘记书写的雾中风景，那永恒的远方诱惑与伤痛。而到了台湾出生，留学并任教美国的纪大伟笔下，种种原乡想象可曾留下性别的、酷儿的印记？来自马来西亚的黎紫书则告诉我们"这里的华语粗糙、简陋、杂乱又满布伤痕，它到处烙印着种族与历史的痕迹"，然而她和她的写作同业却化不可能为可能，让华语在南洋的土地上开出奇花异果。"因为接受了'芜杂'的现实并且以'芜杂'自喜，马华文学才得以开天辟地，探索出自己的路向和语境来。"

　　频繁的文学行旅，移动的边界想象。作家们有缘聚在哈佛，谈中文书写越界和回归的可能，也谈海外文学对中国的建构和解构。也就是在这样的对话声中，华语语系文学的探索开始展开。

跨世纪，小说台北

世纪末的症候与憧憬

千呼万唤，新世纪终于来临。在跨越纪元，迎向千禧的关口上，二十世纪末的喧哗迷离究竟为我们留下了什么文学痕迹？比起九十年代初的华丽张致，越近世纪结束的时刻，作家反而显得谨小慎微了。然而这毕竟是种外弛内张的现象吧？有一个幽灵徘徊左右，挑逗着蛊惑着作家神游物外，从事一场奇异的冒险。这幽灵是什么？是"历史的无意识"？是意识形态的新维度？还是情欲深处的"力比多"？该写的题材，该玩的花样，前两年不好像都出清了？怎么却仍似有股余意未尽的怅然，挥之不去。作家与世纪末的幽灵共舞，未必有什么大志，但手起笔落之间他们似乎藉此探勘一种离散的现象，一种跨越的方法。

离散与跨越

中国台湾，世纪末的症候与憧憬。时间分秒倒数声中，作家们见证社会人情的悸动彷徨。政党、主义、族群、阶级、性别、情欲……种种图腾或禁忌一一摊牌，再刺激的话题也不过是一晚媒体辩论演出，一段"八卦"风光卖点。在台北，这样能趋疲的效应尤为明显，"消耗"仿佛成了生活伦理的绝招。与此同时，离散的现象与心情也化许多不可能为可能。跨越时间与地理的藩篱，游走欲望与主体性的边缘，俨然已成为世纪末文学想象的最后逃避——或救赎。是在这个层次上，我们看到作家种种创新尝试。游徙旅行的主题蔚为风潮，不是偶然；台北成为旅人／作家的辐辏点，恰与台北作为一种耗场域，形成一体之两面。

但还有什么样的跨越经验比穿透死生，悠游梦幻与真实，来得更耐人寻味呢？这是我所谓世纪末幽灵出动的时刻了。不过一转眼，引人注意的作品都沾染了淡淡的奇诡艳异色彩。这并不是魔幻现实主义余波荡漾，以往那样大开大阖的怪异故事已不复得见；这也不是传统说部式的谈玄说鬼。作家其实有意化绚烂为平淡，回到生活本然的层面，却发现太多不能已于言者的缝隙，必须让他们重新定义真实。张爱玲的话居然有了奇异的回声："人们只是感觉日常的一切都有点儿不对，不对到恐怖的程度……人觉得自己是被抛弃了……于是他对于周围的现实发生了一种奇异的感觉……因而产生了郑重而轻微的骚动，认真而未有名目的斗

争。"(《自己的文章》)

对城市及城市幻魅想象

对城市及城市幻魅想象，其来有自。早期本雅明对资本主义城市亦幻亦真的描摹，或晚近鲍德里亚的"海市蜃楼"论，不过是最现成的例子。像台北这样的都会不能自外于国际象征资本的连锁循环，也必然炮制，也消费，有关离散的及跨越的末世神话或鬼话。生活于其间、写作于其间的作家们因此为我们述说了一则又一则或冷隽或凄迷的故事。比方说吧，张瀛太的《西藏爱人》怀想一位台北女子和一名西藏诗人/流浪汉间的爱情。狭仄的台北空间陡然出现了庞大的腹地。喜马拉雅山与雅鲁藏布江、日喀则与拉萨不再是遥远的背景，而成为台北女子邂逅神游的所在。来往于台北盆地与青藏高原间，女子与她的西藏爱人有了刻骨铭心的接触。然而这一切可是她的绮想，她的世纪末"中国梦"?

类似的例子可见诸李永平的《雨雪霏霏，四牡骓骓》。李原为马来西亚婆罗洲的华裔，定居中国台湾。他的七十万言巨作《海东青》写一个侨寓台北的中年学者，偶遇一个小女孩，两人结伴行走——游逛——台北街头的故事。李将情节压缩到极限，却在文字上唤发无限空间，而小女孩正是召唤他灵感的缪斯。徘徊台北街头，李想到的竟是纸上故乡。一切的一切，结晶成为方块字。

《雨雪霏霏》不妨看作是《海东青》迟来的序曲，在其中李永平更将他的故乡情结回溯到在马来西亚的一段纯情往事。唐山子民，海外飘零，却要由一个小女孩权充引渡人。李铺张想象、跨越地理的用心，由此可见一斑。

在朱天心的《梦一途》中，梦寐与现实，离散与归乡的执念，由作者迹近散文的笔触，娓娓道出。二十世纪九十年代的朱天心是台湾最受重视的作者之一。她对时事的强烈关怀，对写作的洁癖坚持，使她的作品独树一帜。近年朱将现世的观察与喟叹深化为一种纯粹美学命题。此一命题的核心是死亡。中国作家素来少写死亡，而朱天心冥想死亡的条件，经营死亡如漫游的类比，一方面有其私人动机，一方面也更代表她抗议台湾现况的升华姿态。她笔下的旅人"你"遨游世界、寻寻觅觅，无非寻求一己安顿（与安息）之地，却百不可得。去圣已邈，宝变为石。朱的落寞可以化为空间上的极度扩散；她的忧郁成为文字及身形不断驿动的起点。

以上三作都始于地理想象的重构，也都不再局限于写现／现实的标志。恰恰相反，作者行行复行行，已将她们的寄托，置于一广阔的生命空间里。分殊、辩证生死阴阳，反而成为次要的事。类似的例子也应包括平路的《微雨魂魄》及张大春的《本事》精华。《微雨魂魄》讲的是中年男女的苟且恋情。这是情场小说常见的题材，平路写来却别有心得。都会男女的幽幽情怀，剪不断、理还乱，恰如台北的淫雨，仿佛拖到地久天长。但孤男寡女并不孤独，大多前世今生同命相怜的魂魄可以为伴。徘徊在一则鬼故事或"活见鬼"的心灵感应神话间，平路写尽欲望极致处的炽烈与惨淡。张大春反其道而行，他将人世的情愫妥为包装，束诸高阁。他的"本事"是在无中生有，发明历史，制造学问。撷自小说集《本事》的数则故事，天马行空，令人拍案。张的故事不只跨文类、跨时空，原为系列信用卡促销文案而作，这些札记式短篇熔商业、新闻、文学与广告于一炉，正自显示张的本事。

都会男女感情的异变

我们又可自两位年轻的作家，翁文信的《蛹》及张蕙菁的《蛾》中，参看后现代式的变形记。两作都处理都会男女感情的异变及对情欲主体的追求。翁文信以蛹的意象点明爱情，尤其是"常理"以外的爱情的脆弱性："我们像是被遗弃的裹在密实的茧里的蛹，看似非常完满俱足地隐秘过着日子，但其实只需要轻轻地一揭就足以致命。"小说中的男女恍惚地黏着一起，背德的欢愉反增添情欲游戏的危险性及刺激性。全文穿插聊斋《画皮》式的情境，更使"作人"的问题有了鬼魅阴影。《蛹》化为《蛾》，身份的变异只有变本加厉。张蕙菁的作品写灵犀一点的心神感应，写时光错置的人间巧合，迷离扑朔，功力更在翁文信之上。蛾，"虫"与"我"，是虫化为我，还是我变为虫，身份的繁殖分裂，感官世界的以"蛾"传"蛾"，已兀自在文字上透露奇观。

伦理、情色的诡秘纠缠也同样是另几位作者李昂、黄国峻及林俊颖关注的焦点。李昂是台湾女性主义小说的前驱，三十年来不断翻新话题，碰触禁忌。八十年代的《杀夫》、九十年代的《迷园》，都是她的力作。在《戴贞操带的魔鬼》里，李昂再次质问女性参与政治所受的试炼与煎熬，何以千百倍于男性？而情欲的波涛汹涌，又岂是任何法理、意识形态所能定义或阻绝？就此李昂思考任何"革命加恋爱"的乌托邦冲动，并不断提醒我们政治的欲望与情色的欲望都难摆脱"魔鬼"的诱惑。但所谓的"魔鬼"究竟何所指呢？黄国峻的《私守》则游走病患、诱惑与乱伦的边缘。故事中的妹妹私守，也是厮守，形同行尸走肉的哥哥，天长地久，引人侧目，而内蕴的一种清贞决绝的心志又似凛然不可侵犯。相形之下，林俊颖的《夏夜微笑》更为复杂。乍看之下，这是个典型的三角恋爱故事，但林要说的是各种欲望的艰苦拔河竞争，更及于亲情的反复及人间思义的乖离。情欲的流转如水银泻地，不可捉摸之处，可以若是！林俊颖的风格苍凉华丽兼而有之，其细腻纠缠处，似正辉映了他故事本身的曲折婉转。有了《夏夜微笑》这样的作品出现，台湾或台北的情欲地图早不知经过了几次天翻地覆的震动。

对祖国大陆的想象和对此岸的重新定义

台北的作家对于祖国大陆的想象也在迷离中有了不同的认知。骆以军及郝誉翔同属"外省第二代"的年轻作者。他们生于台湾，却经由父亲那一辈对故土及故人的怀想，有了不能已于言者的乡愁冲动。骆以军的《医院》及郝誉翔的《饿》都经营了如梦似幻的场景。在骆的故事中当年同甘共苦的生死之交，面临老病垂死的困境；作为子侄辈，骆只在其中看到无奈及荒谬的凝结，而无奈与荒谬，岂不正是一代中国人命运的缩影？在郝的故事中，作者直接与父亲对话，遥想他当年的传奇遭遇。然而这场对话却发生在光怪陆离的臆想梦境里。所谓大时代的流亡史居然是饥饿觅食的路线行进图。郝的苦涩历史观照，照应父亲的"电视"现身说法，何者为真，何者为伪，早已不堪闻问。骆以军及郝誉翔都以身体的本然现象如衰老、疾病、饥饿来与国家、历史等"大叙述"对照。而他们出入梦魇，为乡愁沾染一层迷魅色彩。

陈映真在八十年代以"山路三部"(《山路》《铃珰花》《赵南栋》) 反思五十年代台湾左翼运动的始末，极获瞩目。九十年代末期再以《归乡》重出江湖。陈的政治信念依然坚定如昔。《归乡》里的台湾老兵多年后返台探亲，却赫然惊觉他的故乡今非昔比；资本主义早已席卷宝岛。陈映真反写八十年代末以来流行的台胞返大陆探亲的故事，他的用心不言而喻。值得深思的是，这位老兵早在台被登记为"死亡"，如今由死回生，魂兮归来，他到底能为家乡带来什么样的新憧憬呢？陈对革命信念一往情深，他所散播的天启示讯息，与他描写的鬼魅还魂的人物，已迹近宗教寓言。而我们知道，陈的宗教家庭背景（基督教），曾是当年他创作的原动力之一。

回到前述的世纪末台湾地区小说的主题，离散与跨越，我们可以看到作家穿梭在层层的生命界面间，企图重新定义这块他们安身立命之岛。赖香吟的作品《岛》，藉一个诡异的失踪故事，写作一个女子对所至爱之人——岛——的爱恋及怅惘。岛失踪了，他去了哪里，为什么不告而别，他会回来吗？简单的离奇故事，当代台湾地区作家的困境与超越，尽在不言之中。

于是我们来到袁琼琼笔下的"恐怖时代"。所谓的恐怖，不带来毛骨悚然的惊诧，而有着见怪不怪的怠懒与世故。一则则的黑色幽默速写，袁琼琼笔下的台北，真是什么事都可能发生；证诸前面所述的各个故事，二十世纪末台北的怪谈奇遇，可不正是家常便饭。而一座城市的世纪末风格，至此呼之欲出。

城市的物理、病理与伦理

——香港小说的世纪因缘

　　作为一种文化现象，香港现代文学的滥觞可以溯至一九〇七年。这一年有两份文艺期刊《小说世界》《新小说丛》分别出版，前者已经缈不可寻，后者就现存的内容来看，多以翻译取胜，而编辑的风格与晚清小说杂志颇为相似。一九二一年《双声》杂志创刊，主编之一黄天石发表《碎蕊》，写才子佳人好事多磨，一片愁云惨雾，俨然与民国鸳鸯蝴蝶派的《玉梨魂》《碎琴楼》等互通声气。与此同时，"五四"风潮已经吹向香港，再过几年，新文学终将在这里开出一片意外的天地。

　　香港文学之为现代中国文学史的意外收获，原因无他：位在南方之南，这块土地曾是殖民势力所在，政治的摆荡，文化的杂糅，难以形成稳定的文学生产场域，更何况从经济资本到文化资本的快速消费转换。然而在新世纪回顾香港一百年来的文学，不由我们不惊叹有心人毕竟凭着他们的心血，打造出一则又一则文字的传奇。

刘以鬯先生主编的《香港短篇小说百年精华》就为我们提供了一个近便的视角，反思香港百年文学的特色。这部选集搜集了二十世纪在香港写出的短篇小说六十七篇，从前述黄天石的哀情小说《碎蕊》到潘国灵充满世纪末惫懒情调《莫明其妙的失明故事》，在在使人眼界一开。短篇小说虽然只是文类的一种，但以其篇幅精简、形式多元，很可以烘托这座城市的"叙事"悸动多变的风格。刘以鬯先生是香港现代派文学创作的领衔人物，由局内人担任编选工作，尤其平添一层作者与作者对话的趣味。

合而观之，我以为"小说香港"的意义，在于对一座城市的物理、病理与伦理面向，做出寓言式的观察和解读。我所谓的"物理"是相对"天理"而来，指的是作为生命或无生命形式存在的客体世界，日常生活实践，历史可见或不可见的演化，以及因此形成的"事物的秩序"（福柯语）。二十世纪中国文学尽管充满反传统的喧嚣，主流作品对"天理"的召唤其实未尝或已。这"天理"由早期的革命、启蒙，一路演变成主义、国家，不论呐喊彷徨还是感时忧国，无不强调内烁信仰的涌现，以及真理真相的无尽诠释探索。相形之下，出现在香港的小说毋宁才是更"微物"的：是生活物质细节的记录；是方言官话外语的网络；是欲望形成或败坏的见证；是个人与政教机器间永无休止的龃龉和妥协；是无中生有，开物成务的创造力量。

试看左翼文学大师茅盾在香港时期写下的《一个理想碰了

170

壁》。两个有志青年立意改造一个下层社会女子，但事与愿违，这名女子选择随波逐流，让改造她的理想家碰了壁。摆在正宗"五四"传统里，这篇作品的道德教训再清楚不过，但唯其故事发生在战时的香港，反而使茅盾的立场发生矛盾。在乱世里安身立命不容易，没有了穿衣吃饭，哪里来的理想？香港常被讥物欲横流，但要在这样的环境里琢磨出一套"物理"的学问，艰险处恐怕更甚于"天理"的追求。在长洲玩命的船夫（《台风季》），在慧泉茶室打工的老妪（《慧泉茶室》），在银行上下其手的出纳（《一万元》），在庙街讨生活的算命师（《莫明其妙的失明故事》），在高升路上找出路的女佣（《来高升路的一个女人》），在跑马场消耗欲望的大亨与情妇（《胡马依北风》），各尽所能，各取所需。这些故事每以自然主义的姿态，白描香港各个层面人物的生存形式，如果说作者行文少了一分血泪温情，却突出了面对生命粗粝本质的坦然。

我们当然可以谈论横亘在小说下的历史因素：或是殖民政治的暧昧，或是战争和迁徙的创伤，或是贫富有无的差距，或是笑贫不笑娼的性别经济。但香港经验毋宁使作家更明白，他们写的不是大说，而是小说。摆脱了微言大义的论述，他们分解、记录人与人、人与物的基本关系，以至于对生命情境的细微差距有了心得。香港小说的现实主义因此需要仔细的观察。租借的时空，转手的历史，现实的无明状态让作家感同身受；现实可以细微琐碎到完全没有意义，但这种对生活底色的专注使他们发展出不同的视界。钟玲玲的《细节》，顾名思义，正是为香港的唯物和微物学做批注。小说在职场最平淡的人际关系上做文章，抽丝剥茧，看出人性最幽微的辛酸。另一方面黄劲辉反其道而行，告诉我们貌似繁复多姿的香港生活其实千篇一律，不过是重复的重复（《重复的城市》）。物的律动：时运不济的男人犹如抛锚的汽车（《抛锚》）；女人的价值不如一匹种马（《胡马依北风》）；一对中产阶级夫妇在要买房子还是要生孩子之间遭遇经济学难题（《买楼记》）；含着金汤匙出生的婴儿享受租来的母爱（《出卖母爱的人》）；时间到了，所有的人尘归尘，土归土（《在碑石和名字之间》）。

在这样的"物理"世界里，香港文人早早理解文字未必是通透现实的力量，而是一种晦涩多变的符号，有待持续拆解创造，也就可以思过半矣。刘以鬯和昆南早在五六十年代之交就形成独树一帜的香港现代主义，他们的作品像《酒徒》《地之门》今天读来仍然历久弥新。但他们不是高蹈的形式主义者，正如刘以鬯《副刊编辑的白日梦》的夫子自道，在一个特殊的文化生产的限制下，穷则变，变则通，居然造就了新的文字奇观。而昆南的《主角之再造》有言，"我便成无血无肉。我比计算机更为机械。七天之内上帝创造天地。一个早上到另一个早上，我再造了自己"。刘以鬯和昆南后继有人，董启章在九十年代崛起，《在碑石和名字之间》从坟场墓碑所铭刻的死者姓名、生卒时间和奉祀者的谱系，思考命、名和铭之间的浮动关系，死生的意义，只是初显身手。他的新书《天工开物，栩栩如真》赫然就是对香港城市"物理"——从恋物到造物，从物化到物种——的庞大见证。

香港小说有传奇都会背景，从来不乏光怪陆离的创作材料。浮世的悲欢，洋场的升沉，希望与绝望，诱惑和创伤，形成一则又一则的都市告白。早期的文人描述下层社会"被侮辱和被损害的人"，像是李育中的《祝福》，充满人道主义的情怀；日后的《来高升路的一个女人》《抛锚》《人棋》等则对不同时期的香港移民或居民做出同情观照。不论是对逃难者或淘金者，香港并不友善，而就算定居于此的市民，也必须时时警觉。诚如阮朗的《染》所暗示，这座城市是个染缸，厕身其中，人人都得自求多福。李辉英的《烂赌二》更毫不留情地写出一个赌鬼和烟鬼的绝望沉沦。偶尔发生的艳遇（《一件命案》），天外飞来的横财（《险过剃头》）总已包藏凶险。即使日常生活中最普通的活动——像是无数高楼大厦里的电梯起降——也能成为出其不意的陷阱，让人进退两难（《吾老吾幼》）。

然而小说不必只被动地针砭社会病态，更不必提出济世药方。小说香港存在的本身就不妨视为一种"症候"，一种城市病理的隐喻。透过文字所架构的城市，或是阴森怪异，或是艳异迷离，才更召唤出香港的魅惑力量。世纪初期的香港小说，像是黄天石的《碎蕊》和谢晨光的《加藤洋食店》，已经各自演绎强大的欲力冲击和挫折。《碎蕊》里阴郁绝望的爱情充满歇斯底里的、自虐也自怜的姿态，而《加藤洋食店》则是个双重异国情调故事。在日本洋食店里，爱欲和忏悔，偷窥和自恋交叉在男女之间，在在流露一股躁动不安、无所寄托的情绪。未收入选集中的张爱玲的《倾城之恋》更写尽了香港的浮世男女如何追逐爱情游戏，甚至解构了战争和历史。

二十世纪六十年代以后，香港作家在地主体性的认同感与日俱增，反而更激发出他们对香港爱恨交织的反应。前述刘以鬯和昆南各以实验笔法，割裂、穿刺生活肌理，所形成的错综复杂的城市大观，似真似幻。他们为一座城市打造了他的身世和病历。自此以后，文学心理、社会分析的种种名堂，从忧郁症到妄想狂，从都会奇观到海市蜃楼，从毛骨悚然的怪魅到似曾相识的诡谲，用在香港叙事上俨然都顺理成章。香港的文学形象是"不健康"的。尤其九十年代回归之前的系列小说，从《狂城》（心猿）到《失城》（黄碧云）。吊诡的是，就像卡夫卡的布拉格，乔伊斯的都柏林，甚至巴尔扎克的巴黎，作家越是对香港发生病理学般的兴趣，就越凸显了有关香港的神话，或鬼话。

香港到底是一种活色生香的诱惑，还是阴魂不散的蛊惑？西西的《像我这样的一个女子》从殡仪馆化妆师的自白写一个香港女子的成长和恋爱经验。夹缠在好生与爱死、恋尸与自闭的情结间，这位女子为香港的爱与死做了最耸人的表白。施叔青的《驱魔》描绘香港的惨绿男女飘荡一如鬼魅，浮世繁华到头像是一场空虚如无物的葬仪。身体的变形和疾病成为香港的隐喻。黄碧云写乖戾的人生际遇已成一绝，他的《呕吐》遥拟萨特同名小说，个中的荒凉和怪异有过之而无不及。

更有作家赋予香港拟人化的性格或身体，因而将城市怪诞美学推向极致。韩丽珠笔下香港的高楼大厦像是五官狰狞的怪兽，绵延其中的输水管线犹如盘根错节的猪肠（《输水管森林》），小市民出入这样的"森林"，演出一场又一场超写实戏码。陈慧的女子不断地藉迷路找寻出路（《迷路》），谢晓虹光天化日下的人生却怎么也摆脱拖不开咒怨阴阴的纠缠（《咒》）。谭福基的"老金的巴士"载着乘客开向疯狂（《老金的巴士》），也斯的李大婶凭着一只老掉牙的袋表在工厂发号施令，竟让人人时空错乱（《李大婶的袋表》），而黄劲辉的城市男女犹如行尸走肉，在"重复的城市"里演出乏味的生老病死（《重复的城市》）。即使潘国灵的社会学专家绝不相信怪力乱神，庙街的江湖相士的预言居然也似乎有灵验的时候（《莫明其妙的失明故事》）。香港无奇不有，不由得你不三思小说家所敷衍出的城市病理学。

然而在面对香港小说的"物理"和"病理"的同时，有心的作家更能扩大视野，叩问其中的"伦理"要义。他们所关怀的伦理没有深文奥义，也谈不上四维八德。所谓世路人情皆学问，这些作家理解不论生活有多么不可测，做人的道理还是不能不讲。他们的伦理所关乎的是人和我在都市丛林里所经历的考验，所做出的选择，以及这些选择所承担的结果。香港在大半个现代世纪里是个殖民与移民社会，人际关系的浇薄几乎是环境的使然。唯其如此，小说见证种种生存境况，从相濡以沫到疏离冷酷，从尔虞我诈到有所不为，才更明白人生的"常"与"变"间的辩证何其曲折，哪里是简单的忠孝节义就可以衡量的？

　　像是刘锦城的《人棋》写底层社会里一个女人和三个男人的故事。现实生活的艰难与诱惑打败了男人的尊严，但不能夺走他们骨子里找寻寄托的愿望。女人周旋在三个男人之间，先后成了他们的妻子，他们的寄托。这里有生活最大的无奈和妥协，也有当事者之间不可思议的恩情与包容。而女性惊人的生存力量不过犹其余事。与这篇小说类似的是徐訏的《来高升路的一个女人》，描写乱世里一个年轻女人和三个男人的友谊。女人最后凭着姿色成为主人的新宠，却不忘拉拔她的朋友一把。这样的情谊非关男女，而有了哥儿们般的义气。而在陈少华的《漂泊》中，一个男子掩护一个风尘女子的非法身份，他的举动固然出于同情，但既不带来人性的光明，也不更暴露人生的黑暗。萍水相逢，如此而已。

　　在所有伦理关系里，香港小说对家——社会基本的结构——的向往和批判尤其动人。识者一般强调香港文学的都会特征或（后）殖民地情调。我却以为香港政经背景的复杂性固然解构了传统家庭元素，也同时刺激作家想象家的种种可能。上述的三则故事都点出安家立业的渴望。世道苍茫，老套伦理早就派不上用场，但在作者貌似抽离的文字里，我们仍然感觉到一股对亲情、对家常关系的默默牵引。

　　四篇处理父子关系的作品可以为例。伍淑贤《父亲》里女儿眼中的父亲病弱无能，父亲却竟然能藉病装病，用小小诈骗为原本暗淡的生活带来非分——却也无伤大雅——的片刻解脱。许荣辉的故事里，父亲为了谋生总也不在家，但有一天父亲永远不再回来，永恒的缺席还是留给儿子最深的创伤（《父亲遗下的创伤》）。一九二四年邓杰超《父亲之赐》里的儿子因为父亲卖国深以为耻，引刀自杀，"一死自了，代我父亲……谢罪"。到了一九八八年颜纯钩笔下，父与子的家常对话成为父与子无法对话的写照，最微小的事物都能引爆代沟的导火线（《关于一场与晚饭同时进行的足球赛……》）。但颜笔下的父子再没有六十年以前邓杰超式的诛死冲动；父亲明白父子的难题无解，但走出家门，还有更多的人生问题等着他们。

家的另一种意义系于名分问题。五十年代的秦牧就写过赴港谋生的丈夫和在家乡的妻子渐行渐远，但妻子仍然一厢情愿地守候家门（《情书》）。平可的《第三任太太》还有皇甫光的《模糊的背影》各以夫妻间的猜忌写出家庭关系的脆弱，是在这些情节里，香港作家展现了他们世故的一面。

名分之外，经营一个家毕竟还得落实在物质的所在。香港居，大不易，白洛的《买楼记》突出了胼手胝足建立家庭的小夫妻，必须在买一个居住单位或是生一个孩子之间，做出抉择。而罗贵祥的《两夫妇和房子》则描写在局促的居住空间里，一对夫妇如何上演千万人家其实平淡无奇的家庭生活。"然而两夫妇的叙事将会世世代代地持续下去，像那些宏伟的家族史诗般，只要他们停止服食避孕药丸。"

从家的局限辐射而出，香港小说在更广义的空间探勘感情——不论是亲情或爱情——的界限。金依《吾老吾幼》的庞大屋邨里，一个老妇和一个小孩陷在故障的电梯里，求救无门。他们的孤绝状态未尝不是他们日常生活的戏剧化，而一老一小竟然因此产生意外的亲情。但危机一旦解除，人间疏离的关系立刻"恢复正常"。夏易《出卖母爱的人》处理一位照顾婴儿的保姆过分尽忠职守，她的母爱引起了正牌母亲的妒忌。小说看似社会花边扫描，却触及"母爱"是天职，是移情的对象，或仅只是市场交易项目的价值冲突。也因此，辛其氏的《索骥》记述一位作家寻找她多年以前照顾她的保姆，不计一切代价追踪到底的故事，就更令人深思。小说以呼唤保姆的名字始，以凭吊保姆的遗物止，不再只是简单的寻人故事，而是一个寻找流逝的、"代理的"母爱的故事。而香港人为何迫切地找寻失落的亲情记忆，里面就更有文章。

香港小说的伦理叙事最后还是得反求诸己，展开个人自我的省思。这未必是自传或忏悔叙事，而可见诸作者声东击西的刻画。舒巷城的《鲤鱼门的雾》藉一个"蜑家老"的漂流经验，体悟香港的沧桑改变，有如一页一页写在水上的历史；西西《像我这样的一个女子》则敷衍预知失恋／尸恋纪事，道尽香港女人作为一个情爱主体患得患失的心情。最耐人寻味的是吴煦斌的《晕倒在水池旁边的一个印第安人》，侧写一个留美学生在校园里与一个印第安人的短暂邂逅，乍看与香港毫无瓜葛，但在作者不动声色的叙述中，种族、殖民、语言、文化、离散的问题缓缓托出，终于产生了物伤其类的感伤：在后现代的（香港）社会里，谁的心头没有一个孤单的印第安人？

　　一部选集也许不能让我们对香港文学做出全面观察，但不失为一个有效起点，督促我们省思香港叙事里"物理""病理"和"伦理"的错综层面。现有的香港文学研究，尤其是香港以外对香港的研究，往往强调"物理""病理"层面，而香港作家们也有意无意地相与呼应。但我以为除非我们对香港叙事的伦理层面多做思考，否则便不足以理解香港叙事的物理和病理意涵，也就不足以看出香港文学有别于其他华语文学的特色。香港本身从无到有，原就是一页传奇，而由小说物理、病理和伦理看香港，出虚入实，以小博大，竟也成就另类的香港历史。

来自热带的行旅者

近三十年的台湾地区文坛上，马来西亚华裔作家及学者的成就可谓独树一帜。李永平、商晚筠等的小说创作早在二十世纪七十年代中期，已经受到重视。温瑞安、方娥真、黄昏星等以"神州诗社"为基地，赋诗之外并能论剑。而李有成、张锦忠、林建国等在文学评论上的努力，则已自成脉络。一九九五年时报短篇小说奖及一九九六年《幼狮文艺》的成长小说奖，皆由年轻的黄锦树囊获。马华人才，果然是精英辈出。

马来西亚地处南洋，百年以来是唐山移民重要的落脚点。除了垦殖营生外，华裔居民竟能延续一脉文风，至今不辍，而有才情的马华青年渡海来台，创作问学，更成为台湾现代文化一景。从大中国的观点来看，这些作者不远千里而来，寻根探源，十足表现华裔心向祖国的深情。所谓的华侨文学，多少点出中国文学史在定位时的自矜心态。

但随着历史、政治情境的转变，马华文学的范畴与定义必须重新思考。落籍大马的华侨早成彼邦子民。他们的创作尽管使用华文，却不必附会为中土文化的海外翻版。以华文书写无非凸显了（马来西亚）不同族群经验的特色；而在当地多元的语境中，这一华裔族群经验也应可用巫文甚或英文表达。至于旅居或定居在台湾的马华作家，问题则更为有趣。既选择来台，他们对台湾在中国文化及政治上的象征意义，自然有所认同。

而对照方兴未艾的本土意识及后殖民论述，年轻一辈在台马华作者、评者（如张锦忠、张贵兴、黄锦树）的立场，才更值得重视。他们珍惜中华文化传承的关系，却绝不轻言放弃马华经验的独特性。从南洋到宝岛，从华侨到台胞，他们对近年学界的流徙论及行旅说，想必有更深刻的感受。他们在台湾用华文创作，与其说丰富了当代中国文学的面貌，更不如说拆解了大中国文学的迷思。他们作品透露蕉风椰雨的异国情调，固然不在话下。最大的吊诡是，他们熟练地使用、实验华文，挪为己用，从而见证了语言与血缘、文体与国体间若即若离的张力。对一心一意要创作闽南语文学的作家，这些马华作者游离的书写策略，或许提供又一种省思角度。

潘雨桐

过去曾在台湾出版专书而受到注意的马华小说家，至少有潘雨桐、李永平、商晚筠、张贵兴及黄锦树等。潘雨桐辈分稍早，在台有《因风飞过蔷薇》《昨夜星辰》等作问世。他以写实技法，白描马华人物的种种面貌，显现深切人道关怀。但彼时他受到注意的原因，毋宁更得自文字的精雕细琢。但看他的书名及《烟锁重楼》《何日君再来》等篇名，即可思过半矣。潘的文字训练，当然显示他对传统中国文学的爱好，发为文章，更形成一种乡愁甚或闺怨的姿态。但在他塑造的精致氛围与他要处理的地方素材间，往往有难以化解的矛盾。这样的矛盾其实可以是他大加发挥的地方。但潘似乎缺乏此一自觉，而常使作品流于说教式的耽溺。

李永平

李永平早期以《拉子妇》一鸣惊人，到了八十年代中期，更以《吉陵春秋》一书成为文坛重要声音。在《拉子妇》中，他经营东马潮湿郁结的热带环境，混杂也混血的人际关系，很能符合读者对南洋写作的想象——虽然李永平的笔下功夫绝不仅止于此。《吉陵春秋》则显现极不同的视景。李以一遥远小镇中一场强奸命案为背景，铺陈了十二篇既独立又相属的故事。贞淫、生死、正邪等主题辗转生克，配合凄迷的乡土色彩、神秘的宗教气氛，引来余光中"十二瓣观音莲"的赞美。而小说最大的贡献，在于创造了个宜古宜今、既中国又南洋的吉陵镇。李将一腔乡愁想象，倾注于斯，而文字是遥通文化中国的重要灵媒。

一九九二年李永平推出五十万字的《海东青》上卷，引来一阵哗然。此书必须视为他美学观照的一部分。复兴中国必先以复兴中国文字为先导；李对华文语汇修辞的爱恋摩挲，真是前所仅见。这样的做法必然招来文胜于质的讥评。但李致力建筑精致的语言城堡，修整汉家遗文佚字，务求以形式反证内容。患有"字障"的当代读者频呼消受不起，其实已隐含一场国族、历史意识消长的斗争。小说要写的中年男子恋童情结，犹其余事，从《拉子妇》到《海东青》，李永平的中国并发症一发不可收拾。南洋于他反似成了遥远的记忆。

商晚筠

女作家商晚筠七十年代负笈台湾，以《痴女阿莲》等作崭露头角。商早期作品多以故乡北马吉打州华玲镇为地标，叙述那里的风土人物，中规中矩。三十年代中国写实作品对她的影响，显然有迹可循，比起当代台湾地区作家的抗议或实验精神，则未免保守。商晚筠学成后返回马来西亚，一九八八年在台又推出了《七色花水》，应是重要创作转捩点。所收九篇故事皆以女性情谊或龃龉为重心，婚姻的挫折、事业的起伏、情欲的憧憬，一一来到我们眼前，识者或要说，这样的题材何处女作家不得以为之？但能想象或经历斗蛇猎虎、丛林冒险的作家毕竟不多。除了渲染地缘色彩外，商致力探触女性间复杂曲折的心事、抑郁惆怅，颇有动人时刻。女性主义论者总是炒作台面上的几位作家。其实像商晚筠这样的书写位置及方式，才更值得一作文章。可惜商盛年猝逝，诚是马华文学的损失。

张贵兴

另一位作家张贵兴来自沙捞越州。八十年代初期已以《伏虎》引起注意，但直到《柯珊的儿女》获得一九八八年时报小说奖，才算扬眉吐气。张贵兴的小说贵在嘲弄。他以冷眼看世情，不管是豪门丑闻《柯珊的儿女》，或是棋盘风云《围城の进出》，都能以讽刺戏谑的笔触来经营。在《柯珊的儿女》中，他拆解伦理及感情的价值，甚至暴露所谓人性至善面的黑洞，却能不流于犬儒。《围城の进出》以游戏喻历史，文辞张致华丽，小题大做，尤见匠心。《弯刀·兰花·左轮枪》是张早期以马华侨生困境为题的作品，写一场荒唐的劫车掳人事件，依然不脱泪中有笑的特色。

张贵兴的兴趣广泛，最近数年的作品包括青少年成长小说《赛莲之歌》，艺术、医术与色欲试炼的寓言故事《薛理阳大夫》，以及华侨移民大马的童话式（？）历史《顽皮家族》等。这些创作以《赛莲之歌》最为可观。赛莲者，希腊神话女妖（又译塞壬）也。张贵兴自述懵懂年少时的初恋经验，悸动不安却又夹杂笑谑，很能讨好。几段情欲描写充分利用文字意象绘景形声的魅力，比起目前一味卖弄器官名称的情欲作者，有看头得多。《薛理阳大夫》讲的是人与魔鬼打交道的故事，以古讽今，多所创意，唯病在教训过于浅白。而《顽皮家族》虽摆明要以嬉笑怒骂方式写华族血泪，却未能在两者间找到调适的风格，读来但觉突兀。

黄锦树

更年轻一辈的马华小说家以黄锦树最为看好。他早期创作多已收入《梦与猪与黎明》一书中，而评论马华文学史的文字也已结集出版，堪称理论与实践双管齐下。看黄的"少作"，也许仍见生涩痕迹；但他对中华及马华现代写作传统的自觉，以及糅合历史与想象的实验，一再显出他是个有心人。像《死在南方》重为郁达夫之死作翻案文章，后设技巧玩得不亦乐乎，却同时又投射找寻（或否定）马华文学宗师的焦虑。《伤逝》替鲁迅同名小说节外生枝，亦有异曲同工之妙，至于《落雨的小镇》影射东年、龙瑛宗等人的题意，似乎向台湾文学传统致意；而《少女病》又有川端康成及田山花袋的影子。后设小说高来高去，我们看得多了。像黄锦树这样有强烈的"影响的焦虑"及欢喜的作品，还是少见。"五四"的小说传统，台湾早有断层，而黄却能出入其中并及于其他，不免使人有礼失求诸"野"的感慨。

截至目前，黄锦树最佳表现当属一九九五年获奖的《鱼骸》。小说探讨异乡情怀和本土执念间的种种落差。马来西亚、中国大陆、中国台湾地区，哪里是异乡？哪里是本土？一垄鱼骸、一副龟甲，幽幽冤鬼，魂兮归来，藉着回忆的仪式，黄锦树希望为马华文化、历史想象重启头绪。作为第三代的马来西亚华裔子弟，他未来的创作动向，令我们无限期许。

马华文学过去半个世纪的兴起与发展，是任何治现代中文文学史不可忽视的题目。居住台湾的马华作家在身份认同、国族想象及修辞策略上的取舍，也应该是台湾文学的重要一环。以近况来看，张贵兴的《群象》《猴杯》均极精彩。而黄锦树的评论功力，已俨然自成一家。

婆罗洲的"魔山"

——李永平《大河尽头》

　　《大河尽头》上下两卷《溯流》和《山》合璧出版，是二十一世纪华语文学第一个十年的大事。我们很久没有看到像《大河尽头》这样好看又耐看的小说了。好看，因为李永平沿袭传统说故事的技艺，让读者忍不住想知道下回如何分解，而他笔下的大河冒险如此绘影形声，更饶有古典写实主义的风格。耐看，因为李永平不甘于讲述一个传统的少年启蒙故事而已。他对文字意象的刻意雕琢，对记忆和欲望的上下求索，又颠覆了写实主义的反映论，让写作本身成为一场最华丽的探险。

　　《大河尽头》的故事发生在一九六二年盛夏的婆罗洲。上卷《溯流》里，十五岁的少年永被父亲送到西婆罗洲克莉丝婷·房龙小姐的橡胶园农庄作客；房龙小姐是荷兰殖民者的后裔，和永的父亲关系暧昧。在房龙"姑妈"的安排下，永加入了一群白人组成的大河探险团。他们打算溯婆罗洲第一大河卡布雅斯河而上，闯入峇都帝坂圣山。

探险队选在中国农历鬼月出发。沉郁神秘的雨林，黄流滚滚的河水，颓靡诡异的城镇，如魅如魑的邂逅，诱惑也拒斥着他们。小说高潮，探险队来到大河最后一个城镇——新唐。克莉丝婷陪着永追踪一个神秘姑娘，鬼使神差，来到第二次世界大战期间她被迫成为慰安妇的所在。她顿时崩溃。姑侄两人连夜逃出新唐，这天恰好是农历的七月初七。

《大河尽头》的下卷《山》就由此开始。永和克莉丝婷甩开了探险队其他成员，展开了另一段旅程。他们来到世外桃源般的肯尼亚族村庄——浪·阿尔卡迪亚，之后又在普劳·普劳村歇脚。在航向圣山的过程中，他们有不可思议的奇遇，也见识到自然狂暴的力量。他们到达山脚的"血湖"，传说中幽冥交界的地方，进入登由·拉鹿秘境，那里的奇观才真让人瞠目结舌。七月十五月圆之夜，永和克莉丝婷登上了圣山，然后……

细心的读者不难发现《大河尽头》上下卷在格局上的对应。《溯流》写船上与岸上的接触，充满人与事的喧哗。卡布雅斯河中下游的三座城镇——坤甸、桑高、新唐——各自散发艳异堕落的风情，极尽挑逗眩惑之能事。探险队员还没有深入雨林，已经陷入其中而不能自拔。这些喧哗到了《山》陡然散去，大河成了真正主角。

幽暗的河，敞开的河。卡布雅斯大河承诺了蓬勃狂野的生机，也蕴积了摧枯拉朽的能量。沿河而上，永看到灿烂的草木鸟兽，奇特的族群聚落，甚至记起当年巧遇的扛着粉红色梳妆台回乡的猎人。暴雨之后，河水冲刷下种种东西：野兽的尸体、成串的髑髅、坟场的棺材、祭奠的神猪、家族相簿、席梦思床，甚至一座可疑的"水上后宫"。而在夜半时分，千百艘无人乘坐的长舟幽幽溯流而上，那是生灵和幽魂回家的队伍。与此同时，这对异国姑侄间的情愫愈加暧昧。

每当永和克莉丝婷靠岸的时候，往事如影随形般地搅扰他们。永在浪·阿尔卡迪亚村落中遇到十二岁的女孩马里亚·安娘。马里亚怀抱着芭比娃娃，看来清秀可掬，她却告诉永一个骇人听闻的秘密：她已经怀孕，播种的不是别人，就是雨林中最受敬爱的老神父峇爸·皮德罗。马里亚的遭遇让我们想起《溯流》中的小可怜伊曼，还有那个从民答那娥漂流而来的女孩，她们都是（殖民的？男性的？）肉欲洪流中的牺牲品。另一方面，在暴雨中，普劳·普劳村的日式旅店里，永像是魔咒附身，几乎强暴了中年的日本女侍。这一色欲场面充满政治隐喻，最终驱使永面对克莉丝婷。当后者裸裎以对，展露下腹子宫被切除的疤痕时，两人纠缠的关系到了摊牌阶段。

只有回到河上，才能洗涤这些伤痛和羞辱吧。或又不然？滔滔的河水激起欲望更炽烈的漩涡，将一切带向不可言说的高潮——或深渊。时间逐渐逼近七月十五月圆之夜，这是克莉丝婷承诺永的朝山之日。大河尽头，就是他们俩的前世与今生，欲望与禁忌，缘与孽的交会点。

李永平的欲望叙事莫此为甚。四十多年来他的写作创造出许多令人难忘的女性人物，像是《拉子妇》里的母亲、《围城的母亲》的母亲、《吉陵春秋》里的少妇长笙、《海东青》里的小女孩朱鸰，还有《归乡》里的妓女等。从女孩到妇人、从母亲到妓女，李永平的女性辐射出复杂的情／欲形象，也是他创作最重要的动力。《大河尽头》里的克莉丝婷将这些形象又做了逆转。她是个殖民者的女儿，也是被殖民者的情妇；是风情万种的尤物，也是生不出孩子的母亲；是被侮辱和损害的女性，也是"观音菩萨、妈祖娘娘或圣母玛利亚"。是在和这样一个女人的周旋过程里，永从一个少年变成一个男子——更重要的，一个作家。

李永平耽溺在相互纠缠的文字和欲望中，只能以色授魂与来形容。曲折深邃的河道充满女性荫翳的隐喻；航入大河深处的达雅克人独木舟甚至毫不避讳地以阳具为名。克莉丝婷和永一路眉目传情，难以自持。但最难的一关是伦理的防线。尽管克莉丝婷对情夫的儿子无所顾忌，永却在夜半溯河的船队中仿佛看到母亲的身影。然而李永平的笔锋一转，又告诉我们永是个生不逢时的早产儿，以至情到浓处的荷兰姑妈声言他是她"前世的儿子"，要把他再"生出来"。永也似乎乐得重新回到生命的源头再来一次。这样的回旋曲折的关系固然干犯世俗礼法，但我们的主角既然已经来到莽林深处，大河尽头，一切的顾忌似乎都有了解放的可能。

"生命的源头，永，不就是一堆石头，交媾和死亡？"探险家安德鲁·辛蒲森爵士对永的忠告似乎言犹在耳。但永和他的克莉丝婷姑妈却要以他们丰饶的爱欲来证明，生命的源头除了矿物质般的冥顽，或生物性的交媾和死亡的轮回外，还有一些别的。

这些"别的"无以名之，只能说是精诚所至的创造力。或从李永平书写的角度看，就是创作力。起死回生，化不可能为可能，古老的创始神话离我们远矣，只有文字创作差堪比拟。书写是迟来的、铭刻生命记忆的仪式，也是肇生想象世界一次又一次的尝试。让无从捉摸的一切有了"着墨"的可能吧，让顽石点头，展开它的"石头记"吧。永因为大河之旅而情窦初开，也滋生了不能自己的叙事欲望。这才是克莉丝婷姑妈，那流徙婆罗洲的荷兰女孩／女人／母亲／圣母，对永最珍贵也最危险的馈赠。

在这个层次上，《大河尽头》不再是传统写实主义小说。它是李永平个人创作的终极寓言。他所泅泳的大河是一条奔流想象的长河，是"月光河"，是"银河"；浮沉在河里的可以是千万物种，也可能是千万繁星，更可能是千万方块字。

我们于是来到《山》的高潮。峇都帝坂虽然是圣山，其实却是顽石遍地的不毛之地，然而在永的眼中——和李永平的笔下——却投射出完全不同的景象。七月十三日月圆前夕，永和克莉丝婷来到卡布雅斯河的源头，大河尽头矗立的"山巅反射出最后一道霞光——那沿着光秃秃的山壁，花雨般淅沥而下的蕊蕊落红——静悄悄洒在少年头上，化成一条巨大的、弥漫着浓浓橄榄油香的粉红纱笼，将他整个人，密密匝匝地、有如母亲怀抱般地，从头到脚包起来"。

这只是开始。随行的老向导在告别前，又讲述了山脚五个供往生者居住的大湖：善终的在阿波拉甘湖，征战阵亡的、死于难产的漂向巴望达哈或血水之湖，溺水而亡的进入巴里玛迭伊湖，自杀者的幽灵被禁锢在巴望·玛迭伊布翁湖，而夭折的婴灵聚居在登由·拉鹿湖。这些湖泊神秘莫测，却让永悠然神往。他期望到血水之湖寻找民答那娥来的孤女，但他更被登由·拉鹿湖畔的小儿国吸引。那里一汪湖水清碧，成百上千的孩童，三四岁到八九岁，全都光着屁股：

精赤条条的，啸聚在这午夜时分一穹隆墨蓝天空下，好似满湖嬉戏的小水妖，蹦蹦溅溅，喊喊喳喳，鼓噪着，互相追逐打闹泼水，以各种各样天真浪漫的方式和动作，率性地，无拘无束地，戏耍在婆罗洲心脏深山里，一座天池也似碧粼粼荡漾在明月下，梦境般，闪烁着一蕊蕊星光和波光的原始礁湖中。（月圆前夕，登由·拉鹿秘境）

经过了十天惊心动魄的航行，看过了那么多人欲横流的场面，我们随着永到了仙境也似的小儿国，刹那间时间归零，童真弥漫，说不尽的天然风景。这，我以为是李永平全书抒情想象的核心。

然而我们知道登由·拉鹿湖是婴灵的故乡，那些天真烂漫的儿童都是因为种种原因而早夭的亡魂。接引永的正是那个十二岁就被神父强暴、怀孕投水的马里亚·安娘。月光下的登由·拉鹿秘境如此欢乐，却有一股说不出的伤恸萦绕其间。李永平这样的生命基调我们是熟悉的。他二十世纪九十年代的两部大书《海东青》《朱鸰漫游仙境》写的都是小女孩长大前堕落的必然，摧折的必然。

由此我们看到李永平叙事美学的二律背反。如前所论，书写或——再创造——是一种弥补缺憾、救赎创伤的象征行动。但书写既然总是已经迟来的"诗学正义"，是始原（生命、爱情、想象）被伤害以后的救济措施，我们是不是能说，书写总是只写出书写的不得已，重新开始的不可能？李永平叙事的长河一方面指向意义的源头，也同时指向意义的尽头。如此《山》的结尾就更充满暧昧的歧义。我们要问，当少年永走向他的姑妈的那一刻，这是他生命故事的缘起，还是溃散的开始？

我以为多年来李永平的写作就在这二律背反的叙事美学间展开，而以《大河尽头》为最。写作原来只是徒托空言，但所写作形成的文字诱惑竟使作家魂牵梦萦，不能自己。《吉陵春秋》的吉陵、《海东青》的海东、《大河尽头》的卡布雅斯河其实都只权充他的背景，与文字妖精打架才是他心向往之的目标。李永平风格上的缠绵繁复因此有了欲念上不得不然的因素。

我们也不能忽略《大河尽头》叙事结构上的安排。这本小说是自谓老浪子的作者（叙事者）李永平说给朱鸰听的故事。朱鸰何许人也？《海东青》《朱鸰漫游仙境》里那个七八岁就懂得离家在海东市红灯区游荡的小妖精。在李永平的呵护下，朱鸰漫游她的仙境／陷阱以后，总也不长大；她是日后李永平所有作品的缪斯，或是"宁芙"。

诚如李永平在序言所述，他祈求朱鸰再听一次他的故事，"用你小母姐般的宽容体恤和冰雪聪明，再替我涤清一场孽业"。因为朱鸰，老浪子的童年往事有了着落。这恰好和《大河尽头》里的人物关系形成微妙对应，因为故事里的少年是在中年的荷兰姑妈的启蒙下，展开了他的生命成长之旅。

朱鸰和克莉丝婷，海东和婆罗洲，淡水河和卡布雅斯河，叙事结构的循环对应再一次提醒我们李永平来往欲望空间、编织记忆的方法。诚如李永平的夫子自道，"丫头，台湾，婆罗洲"是他创作的三大执念。《大河尽头》也许是李永平的原（侨）乡之作，但是台湾——海东——的光影从来没有远离。在从台北经过宜兰到花莲的火车旅行中，卡布雅斯河的航程一点一滴的浮现；在朱鸰的一颦一笑中，那些南洋小"宁芙"的身世变得无比亲切。登由·拉鹿湖的小儿国如果出现了小朱鸰的身影，我们不会觉得惊讶。李永平不已经暗示，有朝一日，他想出写一本《朱鸰在婆罗洲》吗？

一九六二年的那个夏天，英属婆罗洲仍然是殖民地，东南亚的局势混乱，战火一触即发。一个来自古晋的华裔少年穿着一身不合身的白西装，来到了婆罗洲西部坤甸。燠热的夏天，没有名目的情欲，奄奄一息的殖民地风情，一切如此懵懂混沌。哪里想到，一场大河之旅竟开启了这个少年生命的知识。而大河归来，恍若隔世，少年后半生的漂流由此开始——他一切的故事也由此开始。沈从文的话：

> 我老不安定，因为我常常需记起那些过去的事情……有些过去的事情永远咬着我的心，我说出来，你们却以为是个故事。没有人能够了解一个人生活里被这种上百个故事压住时，他用的是一种如何心情过日子。(《三个男人和一个女人》)

多少年后，漂泊在台湾的"南洋老浪子"切切要为少年写出一个故事，因为故事里有他自己——还有所有文学的浪子——的心路历程。也只有在叙述的过程里，浪子蓦然回首，找到意义的坐标，并且因此"离去了猥亵转成神奇"(《三个男人和一个女人》)。

异化的国族，错位的寓言

——黎紫书《野菩萨》

黎紫书的创作一般被归类为马华文学。顾名思义，马华文学泛指马来西亚华人社群创作的结晶。长久以来，以大陆为中心的文学史多半将马华文学视为海外华文创作的边缘。这样的文学史观在近年有了大幅修正。随着中国的日益开放，越来越多的读者和评者开始理解，相对于中国文学所代表的正统，海外华语社会其实早已发展出各具特色的传统。这样众声喧哗的现象其实更丰富了我们对当代中文/华语文学的认识，而阅读黎紫书恰恰就是一个最好的例证。

黎紫书所来自的国度马来西亚有复杂的种族、文化背景，也曾经历相当颠簸的历史政治经验。马来西亚从十九世纪初年以来就是英国的殖民地，一直到一九五七年才宣告独立。华人移民马来半岛的历史早在十八世纪或更早就已经开始，到了马来西亚独立前后，华人人口超过四百万，早已形成不可忽视的文化、经济、政治势力。马来人、华人还有少数民族等不同族裔之间的关系在殖民时期就十分微妙，因为独立建国，各族裔之间的角力浮上台面，而首当其冲的是华裔。二十世纪六十年代的马来西亚的政局躁动不安，终于导致一九六九年的"五一三"事件。事件之后，华人地位大受打击，华社、华校、华语都沦为被压抑的对象。这是一代马来西亚华人心中永远的痛。

黎紫书其生也晚（一九七一），在她成长的经验里，六十年代或更早华人所遭遇的种种都已经逐渐化为不堪回首的往事或无从提起的禁忌。但这一段父辈奋斗、漂流和挫败的"史前史"却要成为黎紫书和她同代作家的负担。他们并不曾在现场目击父辈的遭遇，时过境迁以后，他们试图想象、拼凑那个风云变色的时代：殖民政权的瓦解、左翼的斗争、国家霸权的压抑、丛林中的反抗、庶民生活的悲欢……在此之上的，更是华裔子民挥之不去的离散情结。而在没有天时地利的情况下从事华文创作，其艰难处，本身就已经是创伤的表白。

黎紫书早期的作品如《山瘟》，最近的作品如《告别的年代》，都触及这些历史经验。而她所运用的风格，不论魔幻写实或是后设解构，与其说是形式技巧的实验，更不如说是她介入、想象历史的方法。这些作品都成为记录马华族群心路历程的印记。然而在《野菩萨》里，黎紫书所选择收入的作品却多半没有明确的历史关联性。她的人物或者漂泊在天涯海角，进行卡夫卡式的荒谬追寻（《国北边陲》）；或者陷入虚无缥缈的网络世界，在真实和虚构之间难以自拔（《我们一起看饭岛爱》）；或者根本就是过着寻常匹夫匹妇的日子，在爱怨痴嗔的旋涡里打转（《野菩萨》）。

黎紫书这样的安排耐人寻味。我们当然可以说《野菩萨》的作品多半是她最近十年的新作，借此她有意呈现写作的现况。但我更以为这也代表了黎紫书与家乡的人事、历史对话方式的改变。《野菩萨》中的作品呈现奇妙的两极拉锯。一方面是怪诞化的倾向：行行复行行的神秘浪子（《无雨的乡镇，独脚戏》），恐怖的食史怪兽（《七日食遗》），无所不在的病与死亡的诱惑（《疾》）；另一方面是细腻的写实风格：中年妇女的往事回忆（《野菩萨》），少年女作家的成长画像（《卢雅的意志世界》），春梦了无痕的异乡情缘（《烟花季节》）。借着这两类作品，黎紫书似乎有意拉开她与国族书写的距离，试图重新为马华主体性做出更复杂的描述。

谈到国族与书写，我们免不了想到詹明信有关"国族寓言"的说法。詹氏认为第三世界作家因为第一世界政经霸权的压迫，以及社会内部一触即发的张力，让他们的作品每每带有寓言色彩。他们不像第一世界作家那样耽溺在个人化的象征书写游戏，而必须成为国族命运的代言者。这样的理论仿佛言之成理，其实暴露了一个来自第一世界批评者一厢情愿的想象，更何况潜在其下的以偏概全的世界观。黎紫书的书写境遇对此提供了有力的辩证。

马来西亚华人的祖辈也许来自中国，一旦在马来半岛落地生根，自然发展出在地的传统。这个传统带有丰富的移民色彩，杂糅了移居地的风土民情；也带有强烈的殖民色彩，无论是英国人在半岛上的统治，或是华人的抗争，都为原来的人文生态带来改变。但如我在《后遗民写作》所论，这个传统更带有遗民色彩，一种在错置的时空中对中原文化的遥想，对原本就十分模糊的"正朔"莫名所以的乡愁。时间流洗，当移民、殖民、遗民的时代转化成为后移民、后殖民、后遗民的时代，华人所面临的情境反而较此前更为复杂。

面向马来西亚国内，华人是少数族裔中的多数，与马来文化的磨合仍在匍匐进行面对中国，他们不能不自觉自己早已经是外人，甚至是外国人。曾有许多年，一波波年轻的马来西亚华裔作家到台湾地区去，企图在那里找寻国族认同的方法。李永平、温瑞安、张贵兴都是其中佼佼者，却发现成为（想象的）原乡里的异乡人。

所谓的"国族寓言"因此不能轻易地运用在马华文学的书写上，因为马华作家所面对的问题远较此纠结。我们是否可说，像黎紫书这样的作者处理她的国族身份时，不论是作为国家认同的马来西亚，或是文化认同的广义的"中国"，她总是惊觉那是已经异化的国族？而就算她写作含有寓言意图，那也是关于不可闻问的、自我抵触的寓言——错位的寓言？

异化的国族，错位的寓言。黎紫书安排她的人物游走流浪，迎向黑洞般的宿命，或大量使用自我嘲讽、解构的叙事方法，其实都可以视为她的创作症候群。在像《野菩萨》这样的创作选集里，我们看到黎紫书更将她的症候群内化，使之成为书写的动机。换句话说，她甚至不在文字表面经营历史或国族寓言或反寓言；她将她的题材下放到日常生活的层面，或者是极其个人化的潜意识阈域。

国族大义那类问题早就在穿衣吃饭、七情六欲之间消磨殆尽，或者成为晦涩的、凶险而怪异的东西，最好不要轻易接触。与选集同名的《野菩萨》是个平常不过的旷男怨女、时移事往的故事，但细心的读者会发现华人社会以内的世路人情再千回百转，其实是内耗的困局，华人社会以外的"国家"仿佛不在，却又无所不在。《烟花季节》处理了马来西亚不同种族之间的男女情缘。这样的情节当然并不新鲜，但越是如此，越凸显黎紫书对"同胞"之爱何所来、何所去的困惑。另一方面，《国北边陲》里父系家族的诅咒成为原罪，血亲的存亡绝续是与生俱来的宿命，却又是荒谬无比的蛊惑。而在《七日食遗》里，历史不折不扣地成为怪兽，吞噬一切，消灭一切。

是在这最平常和最反常的文字之间，黎紫书实验她的叙事策略，而且每每有出其不意之笔。《我们一起看饭岛爱》里百无聊赖的情色女作家网上调情的对象，有可能是她的儿子；《无雨的乡镇，独脚戏》里我们所依赖的叙事声音，也许就是我们最该怀疑的杀人犯。而有什么比《生活的全盘方式里》的那个年轻女子，在一趟最简单不过的采买里，竟然……这些诡谲甚至惊悚的场面如此突兀地发生，以致让读者有了无言以对之感。无言以对，因为生命中有太多的爆发点，无论我们称之为巧合，称之为意外，就是拒绝起承转合的编织，成为意义以外的、无从归属的裂痕——乃至伤痕。我以为这正是黎紫书的用心所在，也是黎紫书小说本身作为一种创伤见证的原因。

我对《野菩萨》还有一层体会：黎紫书更是以一个女性马华作者的立场来处理她的故事与历史。马华小说创作多年来以男作家挂帅，从潘雨桐、李永平、张贵兴、黄锦树、梁放、小黑、李天葆到年轻一辈的陈志鸿都是好手。女性作者中商晚筠早逝，李忆君未成气候，黎紫书的坚持创作因此特别难能可贵。但我不认为黎是普通定义的女性主义者。虽然她对父系权威的挞伐，对两性不平等关系的讽刺，对女性成长经验的同情用力极深，但她对男性世界毋宁同样充满好奇，甚至同情。毕竟在那个世界里，她的父兄辈所经历的虚荣与羞辱、奋斗与溃败早已成为华族共通的创伤记忆。

不仅如此，黎紫书借题发挥，从女性的角度看男性，甚至从男性的角度看男性，又形成另外一种性别错位的寓言。《国北边陲》《无雨的乡镇，独脚戏》都是很好的例子。由此形成的"感觉结构"（见雷蒙·威廉斯，《马克思主义与文学》），让国家的、伦理的、阶级的、性别的关系隐隐地都"不对劲"起来，这是黎紫书对"马华"作为一种异化的国族及个人经验的独到之处。

究其极，黎紫书叙事基调是阴郁的。徘徊在写实和荒谬风格之间，在百无聊赖的日常生活和奇诡的想象探险间，在愤怒和伤痛间，黎紫书似乎仍然在找寻一种风格，让她得以挥洒。她不畏惧临近创伤深渊，愿意一再尝试探触深渊底部的风险。她这样的尝试并不孤单。黄碧云、陈雪，还有残雪，都以不同的方式写出她们的温柔与暴烈。

　　相对于中国的小说，黎紫书的马华书写无疑属于"小文学"：大宗、正统的中文文学以外的华语书写传统。但黎紫书笔锋起落却饶有大将之风。她对马来西亚家乡的关怀与批判，对华语写作的实验与坚持，都让我们惊奇她的能量。我愿意推荐黎紫书，希望她的作品能够引起共鸣，也期盼她其他的小说——以及更多马华作家的作品——能在华文文学界占有一席之地。

原乡人里的异乡人

—— 舞鹤的小说

二十世纪八十年代以来，台湾地区不论是政治权力的变动，还是文化资源的消长，无不以呼唤原乡、寻回主体为命题。历经四百年的浮沉，这座岛屿仿佛蓄积了太多的义愤与悲情，迫不及待要向历史讨回公道。一时之间，文学界也如斯响应。千言万语，成为世纪末大观。

然而跨过了千禧门槛，回顾过去十几年台湾论述及台湾想象的转折，我们不得不警觉它的局限。岛上的激情与喧嚣如今仍然方兴未艾。

静下心来读读舞鹤吧。眼前关心台湾历史、社会、文化的正是大有人在，但读过或听过舞鹤的又有多少？这位作家出身府城台南，过去二十六年来漂流南北。他身无长项，唯一的寄托就是写作，但其间有十三年之久他却隐居起来，未曾发表一字。写或不写，还有写什么，怎么写，于他必定是艰难的考验。舞鹤笔下充斥被国家、政治机器斫伤的生命，没有前途的惨绿少年，沉迷异色恋情的男女，黯然偷生的少数民族，还有忧伤的、躁郁的寻常百姓。这些人物多半来自中下阶层，他们的痴心妄想，喜怒哀乐，构成台湾社会的异样切片。

这样的人物及其衍生的故事，其实也曾出现于乡土文学中。不同的是，舞鹤从头就拒绝简化他的立场；他既不对"被侮辱与被损害者"广施同情，更不承认苦难就必须等同于美德。他引导我们进入一个复杂的台湾视野，在在引人思辨。我在他处（《余生序论》）曾借舞鹤的作品《拾骨》加以发挥，称他为"拾骨者"。舞鹤探究历史创痕，剖析人性纠结，寻寻觅觅，俨然是在时间与空间的死角里，发掘残骸断片，并企图与之对话。经由他另类的"知识考掘学"，已被忘记的与不该记得的，悲壮的与龌龊的，公开的与私密的，性感的与荒凉的，种种人事，幽然浮上台面。这是舞鹤叙事的魅力，但也更应该是台湾桀骜的生存本质。

舞鹤是台湾原乡人里的异乡人。他是原乡人，因为他念兹在兹的总是这块土地上的形形色色。他又是异乡人，因为他太明白最熟悉的环境，往往存在着异化或物化的最大陷阱。我使用"异乡人"一词，联想到的是加缪半个多世纪前的名作《异乡人》（又译《局外人》）。舞鹤特立独行，择荒谬而固执，何尝不是你我眼中的头痛人物。但他显然有意以他的生活方式及文学写作，嘲弄、批判我们居之不疑的信念及堕性——他强迫我们与他一起"拾骨"。

舞鹤早在二十世纪七十年代中就开始创作,而且一鸣惊人。《牡丹秋》处理一段春梦了无痕的恋情,原是通俗的题材,舞鹤写来,却平添了一种存在主义寓言色彩。他描述孤绝的生存环境,昙花一现的人间情义,舍此无有退路的意义追求,也透露他私淑现代主义的痕迹。另一方面,《微细的一线香》白描一个家族颓败的必然,臆想伦理传统的绝境,则彰显舞鹤挥之不去的乡愁。爱恨交加,若断若续,由此而来的一股忧郁颓废风格,反而犹其余事。现代主义与乡土写实主义在他的创作里并行不悖,已经在他早期作品中可以得见。

八十年代的台湾,各种运动风起云涌。舞鹤反而隐居起来,不事生产。逆向操作,似乎一向是他的特色。十三年后,他再度出马,一连串的小说如《逃兵二哥》《调查:叙述》《拾骨》《悲伤》,都广受好评。之后他再接再厉,并两度进驻少数民族社群,写出《思索阿邦·卡露斯》及《余生》两作。前者见证鲁凯族屡经迁徙所产生的传统绝续危机,后者探勘泰雅族涉入的"雾社事件",及其历史、记忆的纷乱线索。就事论事,诚恳实在,读来反更令人触目惊心。

舞鹤也写了其他小说,如《十七岁之海》《鬼儿与阿妖》等。触角及于情色生活揭秘,还有它的伦理辩证。舞鹤有意根据他的"田野调查",重划欲望乌托邦(或无托邦)的界限。他未必有惊世骇俗的意图,却毕竟因为立论的特异,达到惊世骇俗的结果。如此看来,舞鹤是偏执的,也是世故的;是天真的,也是忧伤的。

初读舞鹤的读者，最好的起始点正是小说集《悲伤》。这本小说集包括了前述舞鹤早期的两篇作品，以及二十世纪九十年代的《悲伤》《拾骨》《逃兵二哥》《调查：叙述》等。顾名思义，这不是本快乐的书。然而舞鹤既然从不按牌理出牌，他的部分作品即使在描写生命最惨淡的时刻，也能让我们睁大眼睛，有了纷然骇笑的冲动。《拾骨》中的叙事者多年为精神官能症所苦，萎靡不振；忽一日亡母托梦，他于是发动家人为逝者捡骨。由此舞鹤写出台湾殡丧事业的光怪陆离，令人哭笑不得。故事的高潮是叙事者悼念亡母之际，突然有了性冲动，因而脱队寻欢去也。爱欲与死亡双效合一，这位叙事者终于在一个妓女的大腿间，完成了他孝子悼念亡灵的仪式。

我仍然记得初读此作的震撼。舞鹤不只对台湾俚俗众生有深刻的观察，也更勇于指出生命太多不可思议的矛盾及荒唐。我们怎样面对悲伤，如何在记忆的残骸中拾骨，总是舞鹤的关怀所在。但相对一般涕泪飘零的公式，他的立场是：至恸无言，可也无所不能言吧。像《拾骨》这样的小说，其实提供我们一个诠释、治疗创伤的诡异出口。

其他的作品中，《悲伤》写精神病患者的异想世界，如此狂野不羁，却又如此委屈、招人误解。《逃兵二哥》写国家机器——军队——如影随形的控制，使任何逃兵都无所遁逃。《调查：叙述》写"二二八"事件为受难者家属所带来的无尽压力。"调查"

与"叙述"不只是情报和治安单位的监视民心的方式，也是事件幸存者向自己余生做交代的必然宿命。每一篇作品都处理了台湾历史或政治的不义层面，但每一篇作品都有令人意外的曲折，于是《悲伤》有了死亡嘉年华式的欢乐，《逃兵二哥》发展出卡夫卡式的"家常化"恐怖感，而《调查：叙述》中的调查者与报告者竟一起发明过去，遥拟悲怆，合作无间。

舞鹤曾经写道：每一篇小说好像是一段时间的小小纪念碑。《牡丹秋》是二十世纪六十年代大学时期的纪念碑。《微细的一线香》是府城台南的变迁之于年少生命成长的纪念碑。《逃兵二哥》是当兵两年的纪念碑。《调查：叙述》是"二二八"事件之于个人的纪念碑。《拾骨》是丧母十九年后立的纪念碑。《悲伤》是自闭淡水十年的纪念碑。

写作是为过去立下纪念碑的方法，但诚如舞鹤在《余生》中一再强调的，他的碑失去了史诗的、英雄的意义，充其量是"余生"纪念碑。舞鹤的写作实验性强烈，未必篇篇都能成功。我却仍然要说，他面对台湾及他自己所显现的诚实与谦卑，他处理题材与形式的兼容并蓄、百无禁忌，最令人动容。论二十一世纪台湾文学，必须以舞鹤始。

信仰与爱的辩证

——阮庆岳的小说

　　除了少数例外，最近几年的台湾小说基本乏善可陈。跨世纪的喧哗热闹一阵以后，并没有为文坛带来明显突破。而岛上局势的躁郁以及文化产业本身的质变，也似乎影响了创作者的信念。这个年头看起来百无禁忌，但却好像什么也不值得写了。

　　就在这尴尬中，我以为阮庆岳一系列作品的出现，极其值得注意。阮庆岳的本业为建筑，却在文字的构造上发现新的天地。从短篇（《曾满足》《哭泣哭泣城》）到长篇（《重见白桥》《林秀子一家》），到诗文合集（《四色书》），他一路写来，尽管未必都是佳作，却足以显示其人的敏锐才情。

　　阮庆岳的小说专注人间幽微暧昧的关系，神秘莫测的牵引，笔触简约，每每归于一种淡淡的形上思想。他的风格让我想起宋泽莱，或郭松棻、雷骧、舞鹤、赖香吟等人的部分小说。但他最心仪的作家应是七等生；后者两度为他的作品作序，惺惺相惜之意，不难得见。

　　大体而言，阮庆岳所代表的传统是二十世纪六十年代以来现代主义的转向。这些作者写生命的孤绝本质，社会伦理关系的游移，还有主体或荒谬或颓废的存在姿态，无不是现代主义叙述的正宗法乳。不同的是，他们行文造境，往往更乞灵于台湾大众社会的想象资源。日常礼俗、市井风情、宗教信仰，以及一股抑郁柔韧的历史集体潜意识，总在他们的字里行间寻找出路。由此产生的张力，最为可观。现代与乡土不再只是两相对峙的文学命题，而成为互为表里的奇特辩证。七等生的《我爱黑眼珠》，宋泽莱的《红楼旧事》《血色蝙蝠降临的城市》，舞鹤的《拾骨》《悲伤》，赖香吟的《岛》等作，都是可以参考的例子。

　　在他稍早的作品里，阮庆岳喜欢描写一系列的人生即景、偶然邂逅，并思考隐含其间的道德意义。像《曾满足》中台湾女子曾满足在异乡跨越阶级、辈分的忘年之爱；《纸天使》《哭泣哭泣城》里诡异的、似真似假的跨国恋情；《蝴蝶》里的自然灾难和超自然的解脱；《不眠夜夜不眠》《骗子》里连环套似的欲望游戏等，莫不如此。他的人物多半是孤独的行旅者，北非或是南美，中国洛阳或是美国凤凰城，台北或是关山，他们跨越地域、宗法、性别，甚至阴阳的界限，寻寻觅觅，反复追求，却难以厘清追求的目标。为了追寻那不该得或不可得的，他们不惜逾越礼法，因此挑起了一层罪的氛围。爱情，尤其是非分的、异色的爱情，往往被引用作为追求的触媒，但归根究底，个人的救赎或堕落才是最后的意义所在。

面对这救赎或堕落，阮庆岳不能无感；他的故事似乎都指向一则又一则的道德寓言，甚至沾染宗教色彩。然而细读之下，我们又发觉他的道德寓言缺乏终极指标，不过是一则又一则有关道德游戏的"语言"。现代主义者那种对形式自恋也自嘲的操作，毕竟是阮庆岳此一阶段的特征。

这样的风格在阮庆岳最近的长篇小说《重见白桥》里已有改变。尽管追寻意义的徒劳感觉仍旧挥之不去，他似乎不再计较当下的困境，另求超越可能。而他所诉诸的，是异度空间的往还，心有灵犀的接触，以及最重要的，无穷尽的诗意幻象显现。阮庆岳有意以诗来调理、再现人间叙事"说不清"的现象。诗不只是抒情言志的形式，也可以是一种谶语，一种感召。诗解放了人我，以及人神的界限。面对后现代的意义废墟，诗仿佛以其喻象力量，可以召唤天启，串通纷然散落的一切。阮庆岳对语言这样的信念，毋宁已带有强烈伦理关怀，与以往颇有不同。他的新作《东湖三部曲》正是基于这一基础的告白。以下的讨论集中在其中的第一部《林秀子一家》和完结篇《苍人奔鹿》。

一

《林秀子一家》写的是台北居民林秀子和她一儿两女在感情、亲情及信仰上的遭遇。林秀子的成长很不容易，结了婚丈夫又突然离她而去。她胼手胝足维持家庭，小有所成，同时也必须面对自己生命的失落。乍看起来，这是个相当通俗的故事。然而林秀子一家与众不同，因为他们家经营的是座神坛，专拜瑶池金母。林秀子精明能干，手腕灵活。扶乩托梦，卜卦收惊，俨然成了社区的精神导师。她的事业却不无瑕疵，因为儿子凯旋是在丈夫走后数年才生下的——虽然她号称自己守身如玉。但这也不打紧，她告诉周遭，这个儿子是她夜有所梦而得，是个神迹。

台湾的神坛小庙千千万万，早已成为民间精神资源的重要一景。这其中必然隐藏许多故事，但却一向乏作家问津。阮庆岳写林秀子一家，可谓眼光独到。然而他并不以搜奇猎怪为能事。他写林秀子经营她的神坛，一如她前此经营她的面摊，兢兢业业，广结善缘。这里有一种惊人的自然主义风格，甚至及于超自然的层面。各路神鬼无非是日常生活的有机部分，社会的秩序总也不脱信仰的秩序。前现代加后现代，台湾大众生活的复杂性因此陡然释放出来。

林秀子供奉她的神佛，也靠它们维生。她到底是信还是不信，早就不可闻问。与此同时，她的三个儿女却兀自对信仰做出了不同的诠释。淑美在一次进香团的活动中，半推半就遭人强暴，却与对方结下不解之缘。淑丽专与洋人来往，从来不怕肉身布施，但总也不能找到灵肉相契的对象。凯旋谦卑无欲，自始就像个圣人。这姐弟三人注定要经受试炼，见证林秀子神坛的法力。

阮庆岳写他们的试炼，每有"神"来之笔。淑美爱她的男人，及于他瘫痪的妻子及死去的儿子。然而除了初次的强暴外，两人的关系竟是灵修一般，无性可言。淑丽在一次国外冶游后染上怪病。她在绝望中忏悔，自愿舍出一条手臂永远罹病，身体其他部分竟因此豁然而愈。凯旋则俨然是陀思妥耶夫斯基《白痴》里借来的人物。他虽有异禀，却宁愿以他的虔诚谦卑，而不以神迹，来超度众生。阮庆岳默默观察这些人物的怪诞遭遇，也借他们的遭遇，写下一则又一则的证道故事。

但证什么道呢？林秀子的家早已是神魔来往、共昌共荣的世界。宗教与祭祀因此成为一种日常生活方式。在此之上，阮庆岳则暗示可能还有一些更根本，也更艰难的寄托——那就是爱，大悲悯与大感动的爱，舍我就彼的爱。我以为他的小说最终要探讨的是信仰与爱间的辩证关系。有信仰的人不见得有爱的能力，但能爱人的人却必须有坚实的信念做后盾。

或有识者要觉得阮庆岳陈义过高，与目前的文坛格格不入。但我以为他铤而走险，正是《林秀子一家》的魅力所在。小说中的人物多半是社会中下层的畸零人。他们历尽沧桑，求神问卜，无非企求安顿人我及鬼神的关系。民俗宗教将他们的关怀与恐惧仪式化也家常化了，而他们所能理解与履行的，根本还是伦常道理。这些人以他们有限的知识及肉身，发展一套自我验证的灵异、因果的论述，并付诸实践。阮庆岳在其中看出比正统宗教更丰富，也更暧昧的信仰与爱的考验。林秀子对她的子女和情人的付出，淑美无怨无悔地追随她的男人，淑丽的怪病，凯旋的自我牺牲，只是最明白的例子而已。

对阮庆岳而言，现代或后现代所标榜的主体性有重新思考的余地。世路苍莽，有多少神秘不为我们所左右。疫疠、癫狂、嗔欲、异象在在困扰、蛊惑我们，提醒我们身体——还有主体——的不由自主。我们将何以自处？这引导我们细思小说中的一段对话。淑丽怪病初愈，凯旋不明白她何以许愿让一只手永不复原。

"我已经不再相信完全康复这件事情了。其实并没有真正发生过任何特别的事，我还是和以前一样，仅仅是在这段我个人苦痛的经验过程中，我终于体会到某种以前所不明白爱的真实存在。这种爱就像一位亲切的人脸上显现出来的那种微笑，令人觉得十分熟悉却没人能好好看见过，因此一直无法具体地叙述出来罢了。所谓什么是完全的康复，就和这种亲切的微笑一样，我们都一直相信它的存在，却从来没有好好确实见过它的真实存在，所以也其实一直在暗里怀疑着。"

"为什么要去怀疑它呢？你因为惧怕什么而胆怯了吗？为什么不敢宣称你将要完全康复呢？"

……

"因为那是比我们所能了解更巨大的力量……到底是要对抗或是先预防的避开来？……或是接受？我的确相信纯粹的爱的存在，只是我不相信这样的爱可以在人间存活，因为人不够纯净，人因为自己肮脏，所以失去穿着漂亮新衣的权力。人因此只能爱他们见不到的事物，如果所爱的人露了面显现出来，爱就会立刻消失无影踪。"

"因为恐惧吗？难道爱不是真实存在的吗？"

因为不能爱、不敢爱而恐惧，因为爱而信仰。在这一刻里，阮庆岳的人物突然跳出了他们宿命的身份，有了片刻启悟。他们高来高去的对话与其说带着旧俄小说的风采，不如说有如乩童谵语般的泄露天机。正因此，小说中所有的怪力乱神，也不妨成为对信仰、对爱的草根演绎。

化伧俗为圣宠，化妄想为传奇，这本是阮庆岳小说写人间的宗教性（而不一定是宗教）的用心吧？而启动他的叙述自我超越的契机，不是别的，正是一种纯粹的，只能属于诗的文字信念。小说中所夹杂的诗文篇章，坦白说，并无足取法，但应该是阮庆岳个人信念的告白。

《林秀子一家》的内容其实远较以上的讨论丰富。小说后半段，林秀子离家出走二十年的丈夫突然回来，而且带来了他求道所奉的家神一显神通。同时她的旧情人也不顾一切要与她和她的神坛厮守。前尘往事如幽灵般地回来，游荡不去。徘徊旧鬼新魂间，神坛主人林秀子真能超度一切吗？

林秀子这个人物是可以发展得更为复杂的。她的感应能力、她的爱欲力量使她能承担阳间与阴间的媒介工作；她也是个台湾社区关系里不折不扣的经纪人。然而阮庆岳回顾林秀子的一生，赫然使我们了解她的不幸与悲伤，何尝不是她的宿业，需要更大的助力来救赎。在小说的高潮里，林秀子回乡招魂，彷徨凄厉，令人震撼。这个女人必须一步一印，找寻她的来时之路，而且可能毫无所获。阮庆岳对信仰与爱的思辨，莫此为甚。

历经后结构、后殖民、后现代的冲击后，诸神告退，灵光不再。我们的小说界已经久违阮庆岳这型的作者了。有意无意的，他从民间日常生活中又看出了一种驳杂却强韧的生命力量，支持信仰与爱——与文学创造——的可能。

这是相当有野心的尝试。而对曾是建筑师的阮庆岳而言，他的尝试得来不易。我不禁想起了他《保险业务员》那篇小说里的故事：

一个美国年轻的农家小孩一直梦想长大后要去巴黎，后来被送去越南打仗，有一天在战壕里极度疲惫时，望着满空的星子想起了自己童年的这个梦想，忽然起立告诉其他士兵说他现在决定要去巴黎了，就走出战壕独自离去……

他自己一个人穿过缅甸、中国、西伯利亚，最后到了巴黎。

我无意夸张阮庆岳的创作成绩。《林秀子一家》的结构与人物仍有不少地方有改进的余地。但回顾他这几年的作品，本书无疑是他到目前为止最好的表现。文学的路并不好走，阮庆岳半路出家，却走得执着。我盼望可有一天，他自己一个人走着走着，终能"穿过缅甸、中国、西伯利亚，最后到了巴黎"。

二

　　《苍人奔鹿》是阮庆岳《东湖三部曲》的完结篇。在三部曲的前两部——《林秀子一家》《凯旋高歌》——阮庆岳已经仔细描写了妇人林秀子的悲欢遭遇。林秀子命运多舛，因缘际会得到瑶池金母的庇佑，她设立神坛，并且赖以为生。围绕这座神坛发生了许多异端异象，包括了林秀子失婚已久却神秘生子，她两个女儿的性灵冒险，儿子凯旋的神奇感应，还有林的老情人的游离与皈依。

　　林秀子原不过是个市井妇人，但阮庆岳借着她若有似无的通灵能力，呈现了台湾大众社会驳杂的生命面貌。怪力乱神和穿衣吃饭同样重要，神迹的有无也就是一念之间的事。阮庆岳不以志怪搜奇为能事，他的人物见怪不怪，甚至有时出落得惊人平凡。然而就在日复一日的生活中，种种试炼已经发生，林秀子和家人不由自主地陷入困顿，并由此寻找启悟的契机。

　　林秀子的儿子凯旋是阮庆岳小说的灵魂人物。凯旋生来有异禀，他洞见生命的本相，却包容一切，并默默承担外在加诸他的不义不公。作为人子，凯旋必须要以自身的罪和罚来见证苦难的必然和救赎的艰辛。《林秀子一家》即以凯旋杀人入狱作为高潮。在小说的第二部《凯旋高歌》里，凯旋归来，更进一步介入林秀子的神坛业务，却也引起同行妒忌。与此同时，虔诚的基督徒保罗来到东湖建立团契。然而一场凶杀案发生，保罗横死，凯旋被勒赎，最后失踪。

在讨论《林秀子一家》的文字中，我曾以"信仰与爱的回归"为题，说明阮庆岳的用心所在。凯旋无疑是这一信仰与爱的化身，但诚如阮庆岳一再暗示，信仰其实充满诡谲的辩证过程，而爱，不论是施与受，更因其内蕴的自我泯灭的力量，成为一种生命难以承受之重。究其极，爱也可能成为一种伤害。借着凯旋的归来和失踪，阮庆岳有意延伸信仰和爱的艰难，并且思索超越的可能。

明白了这样的命题，我们才好观察阮庆岳如何在《苍人奔鹿》里，继续演绎林秀子一家和友人的故事。凯旋失踪后，林秀子的老友国良偶然收容了离家出走的男孩弟夫，并建立了情同父子的关系。弟夫来历不明，但是深沉善感，隐隐有缘法。他不妨就是再世的凯旋，是阮庆岳用以试探人生的又一个"天真的受难者"。

但这一回阮庆岳所试探的方向有所不同。弟夫与国良关系亲密，竟至于同床共枕。午夜梦回，作为父亲角色的国良屡屡发觉弟夫对他上下其手，让他久已沉寂的性欲勃然而生。这一暧昧的关系因为气功师童师父对弟夫另眼相待而变得更加复杂。

如果在前两部作品中阮庆岳借凯旋探讨爱和暴力的关系，在《苍人奔鹿》中他似乎借弟夫探讨爱和欲望的关系。弟夫对国良充满孺慕之情，但有没有可能他的爱如此狂放，以至于游走同性和乱伦之爱的边缘？或者弟夫的爱其实一清如水，却反照出了国良

217

那淤塞内心深处的欲望？小说中段，国良偷窥弟夫和童师父发生不可告人之事，却只是噩梦一场，正所谓魔由心生。但即使如此，伤害不已经造成？

或许生命最大的考验不只是如何爱，而是如何因为爱而理解爱的条件性，最终不再执着——甚至放弃——爱或被爱的必然结果。这样的思考已经出现在《凯旋高歌》里，而以凯旋的神秘失踪作为一桩公案。在《苍人奔鹿》里，除了弟夫和国良的爱欲难题外，阮庆岳更进一步探讨其他可能。妇人钟美满和退休的黑道混混顺仔日久生情，却不了了之；美满智障的儿子春情骚动，由国良安排和妓女成其好事；林秀子的大女儿淑美在和先生多年的灵修生活后，居然有了另外的恋人；二女儿淑丽和旧爱芬兰人耶利重逢，殊不知他已经在东南亚和稚龄女孩交媾，成为国际驱逐的恋童犯。

阮庆岳处理这些人物的爱欲历程，没有煽情成分，反而像在娓娓诉说一则又一则的证道故事。他似乎暗示，不论理由多么荒谬，这些角色所表现的爱欲想象竟似因缘而起，成为一种自然而然的表现。这爱欲不必化约为弗洛伊德式的原欲力量；它可以如潮汐一般，盈满也淘空有情主体。

阮庆岳当然明白在礼法的环境里，这是一厢情愿的想象，更何况世事苍莽，有太多不由自主的变数。因为无条件的爱，他的人物因此必须受苦，遭到误解。如何超越这样的困境，是他一再思辨的难题。而经由信仰，对神所象征的道德价值和救赎体系的信仰，应该是安顿人我关系的可行之途。《苍人奔鹿》以林秀子再次得以经营瑶池金母神坛作为结局，投射了这样的可能。经过了太多的波折，林秀子和她的家人似乎就此找到归宿。然而就阮庆岳所铺陈的论式来看，这样的结局毋宁只是一个憧憬。

在《苍人奔鹿》结尾之前，阮庆岳借林秀子和旧情人国良当年的一段对话，点明了生命潜藏的暗流。国良说起他在台东的蜜月旅行：

> 从我们住的那间旅馆看下去，有一个平宽绿色的溪谷。那个溪谷很美，他们说那里原本有很多的鹿，就都没日在溪谷里，吃着水草度日子，一点也不怕人地自在走动着，好像所有一切生命的本身，都依从着某种神秘柔和的姿韵在运行。后来不知道为了什么，鹿们全都困顿也不安了，会开始迁离幽静的水域，仓皇地奔入山林深处，一只一只四散奔走地消失去了。
>
> 全都惊慌地、躲避着什么不明的事物地、奔走着地……

这段描写应该是阮庆岳整部小说的底蕴。他向往一种神秘柔和的生命情境，但他笔下所及却是一个困顿不安、"苍人奔鹿"的世界，而且"不知道为了什么"。而所谓的爱，不也是一种对生命的介入，一种吹皱一池春水的能量？作为小说创作者，阮庆岳寻寻觅觅，企图描写那生命的不安凄惶，并且提供安顿之道。从这个观点来看，他的立场其实充满传统的人文关怀。

台湾现代小说探讨宗教主题的作品并不多见，萧丽红（《千江有水千江月》）、王文兴（《背海的人》）、许台英（《寄给恩平修女的六封信》）是比较明显的例子。但我在他处已经指出，阮庆岳的关怀与其说是某一宗教教义的诠释，不如说是对人生宗教性——或是神性——有无的省思。他的作品也许没有太多属于神学的深文奥义，反而带有强烈的审美色彩，也就不难理解。神性于他更是一种幽寂的生活形式，虔敬的信仰姿态——不论信的是什么神。在台湾充斥粗鄙的、急功近利的灵异八卦论述里，这其实是相当切近当下现实的反思。

《东湖三部曲》取材独特，立意高缈，加上叙述者和人物喃喃自语式的修辞，未必是本容易读的小说，但阮庆岳一心写出信仰与爱的曲折辩证，却在在说明他绝不随俗的信念。对他而言，又有什么比文学更能呈现信仰与爱的奥妙？

总体看来，我仍然认为第一部《林秀子一家》复杂的大众生活图像，神秘的情节安排，最能引人入胜。《凯旋高歌》过于切近寓言式的演绎，失之平板。《苍人奔鹿》则力图另辟蹊径，将全作引向不同布局的开阔。阮庆岳的努力也许尚未克竟全功，但他对形上问题的思考，对文学想象的无限深情，使他的作品成为可敬的尝试。《东湖三部曲》是近年少见的有心之作，理应引起关心台湾小说和台湾人文、宗教环境的读者不断思考。

升起与下沉

——李渝《待鹤》

这个人也许永远不回来了，也许"明天"回来！

——沈从文《边城》

鹤是李渝小说里情有独钟的意象。早在二十世纪九十年代的作品像《无岸之河》里，李渝就告诉我们汉代的帛画、唐代的服饰、宋代的彩绘都曾见证这巨鸟优雅地翱翔。相传苏东坡游赤壁夜半放舟，正思索生命萧条倏忽之际，一只孤独的鹤低低划过江面。《红楼梦》里林黛玉、史湘云中秋借月赋诗，触景生情，阒寂的湖面陡然飞出一只鹤。李渝的《金丝猿的故事》里，类似鹤的意象也出现在关键时刻，点出全书的寄托。

鹤高洁幽静，玄雅孤独，是李渝创作主体的终极化身。而中国文化想象里的鹤破空而来，飘然而去，永远不可捉摸，也成为李渝所谓"多重渡引"史观和美学的象喻。李渝曾写道，多重渡引的技巧始于"布置多重机关，设下几道渡口，拉长视的距离"。经过距离的组织，"我们有意无意地观看过去，普通的变得不普通，写实的变得不写实，遥远又奇异的气氛又出现了"(《无岸之河》)。

相对于一以贯之的大历史叙事，多重渡引延伸出种种幽微的生命层面；相对于文学反映人生的写实信条，多重渡引指向审美主体介入、转化、提升现实的能量。李渝的观点来自对中国抒情文学艺术传统的反思心得，也暗暗与西方现代甚至后现代主义产生对话。但潜藏在核心的应该是她自己半生的曲折经历，还有一路相伴走来的同行者——郭松棻——的启发吧。

鹤这回甚至出现在李渝新作《待鹤》的标题里。故事从一幅有鹤的宋代古画开始。据传公元一一一二年农历正月十六，有鹤群飞舞在北宋宫殿金顶上，轻盈曼妙；书画双绝的徽宗皇帝目睹奇观之余，于是作《瑞鹤图》。由此叙事者笔锋一转，写在纽约与一位不丹公主的邂逅，缘起于公主身着织有鹤形图案的长裙。借着公主的"渡引"，叙事者飞往不丹，为了一睹传说中金顶寺群鹤飞翔的奇观，也为了鉴赏最近发现的藏经窟古画。然而这趟旅行竟然是叙事者三年来第二趟不丹之行。第一次的旅行发生了致命的意外，之后叙事者自己也坠入了生命的幽谷……

纯从故事面而言，李渝糅和了古典艺术和异国情调，现代行旅和私人告白，几乎像是要试验多重渡引作为一种叙事技术的极限可能。这些素材彼此承接对应，又彼此抗颉纠缠，然而经过李渝娓娓道来，俨然形成一种起承转合的顺序。离题是为了回归作准备，幻相投射出实相，轻描淡写埋藏了至深难言的创痛。

以往李渝的小说虽然不乏自传素材，但从来没有像《待鹤》一样，如此逼近她本人的生命经验——而且是不足为外人道的经验。小说中段，叙事者再入不丹，与当年失足落入深谷的向导遗孀会面，短短数年，恍若隔世。于此叙事者跳接到自己罹患忧郁症的就诊回忆。异国山巅要命的断崖深渊陡然与都市丛林中惺惺作态、吃人不吐骨头的心理治疗形成对照；这两段情节又各自延伸意外的转折。出虚入实，声东击西，李渝是在演绎有切身之痛的往事。然而我们正要下结论时，故事又轻轻地划向不丹神秘的藏经洞探险了。

如前所述，李渝自谓她的多重渡引的灵感来自前现代的绘画与文学想象。有心的读者却可以看出她对后现代美学（曰拼贴，曰后设，曰戏拟）不动声色地挪用和批判。但出入"前""后"，李渝志不在翻新形式游戏，更是在探寻一种最足以烘托她的艺术悬念的方法。而这悬念最终又必须与她个人的生命情境与历史感悟相结合。

历史怎么样在《待鹤》里留下印记？李渝告诉我们，就在徽宗挥笔《瑞鹤图》的时候，内忧外患的鼙鼓已经动地而来。十五年后靖康之难，徽宗被掳，北宋灭亡。古国不丹僻处喜马拉雅山麓，犹如世外桃源，却一样难逃争端——游击队随时伺机而动。世事扰攘，古今皆然，而每个人自身又有多少悲欢升沉，无从诉说。那在不丹山谷意外坠落的向导，那痛"却"欲生的向导妻子，那在大学图书馆纵身一跃而死的学生，甚至那些自命不凡的革命学生，蝇营狗苟的纽约心理医生，不都凭着一己的欲望或意念和生命的偶然和必然做角力？当叙事者李渝表白心事，频频回首自己的（如《夏日，一街的木棉花》）和他人的（如三岛由纪夫《金阁寺》）作品时，虚构的我和真实的我相互呼应。而当郭松棻的名字被召唤出来，全作峰回路转——原来这是一篇遥念至爱、悼亡伤逝的作品。

李渝和郭松棻是海外中国文学界的传奇。他们曾经参与二十世纪六七十年代的"保钓运动"，并为此付出巨大代价。比起当代坐在摇椅里（甚或享受着学院终身俸）的人，他们是过来人。多少年后，他们投入文学创作，写出一篇又一篇作品。这些作品表面全无火气，但字里行间的审美矜持是如此凌厉自苦，恰似一种理想精神的变貌。叛逆者的默契可以是心照不宣的；革命历史已经内化成为生命风格。

郭松棻一九九七年突然中风，二〇〇五年猝世。两次打击都几乎让李渝难以为继。《待鹤》中的部分情节带有作者至痛的烙印。痛定思痛，李渝要探问的是，有没有另一种历史在铭刻往事的同时，又能超越时间和记忆的局限？她在宋代的画作里，在喜马拉雅山藏经窟的图卷里，在不丹女子的裙摆上，在峭壁的佛寺金顶上，更在自己的文字创作里找可能。艺术，从巨匠杰作到民间工艺，从绘画到建筑，似乎给出了答案。而对李渝而言，鹤以其曼妙莫测的飞翔，为艺术的升华力量做出具象的、行动的演出。

李渝对历史和艺术的看法让我们想到沈从文"'有情'的历史"。相对于"事功"的历史，沈从文认为历史真谛无他，唯"有情"而已。"有情"的结晶是艺术的创造，抽象的抒情。但抒情的代价是巨大的，每与痛苦和寂寞息息相关。一九六一年沈秘密写下《抽象的抒情》，未能终篇，身后才得发表。文章开宗明义，指出生命的发展：

> 变化是常态，矛盾是常态，毁灭是常态……唯转化为文字，为形象，为音符，为节奏，可望将生命某一种形式、某一种状态凝固下来，形成生命另外一种存在和延续，通过长长的时间，通过遥远的空间，让另外一时一地生存的人，彼此生命流注，无有阻隔。

这是李渝"多重渡引"的前身了。

回到《待鹤》。叙事者行过死亡的幽谷断层，找寻生命的印记。她曾经目睹不丹向导堕入深渊的恐怖，也曾见证向导年轻妻子劫后重生的喜悦；她曾经求助心理医生，甚至参加了现代医疗的闹剧。她终于选择回到自己曾经几乎失足的国度，而她的理由竟是一睹传说中金顶舞鹤的奇观。行行复行行，她来到垭口断崖，等待奇观——以及奇迹——出现。

但那传说中的鹤到底来不来呢？痴痴望着重峦叠谷，暮霭葱茏，山川与色相互掩映，阴晴交错，缠绵不已。这是隐晦的一刻，也是希望的一刻。"怎么办……又要看不到了吗？"叙事者不禁忧疑。朦胧之中，倒有一个熟悉的身影降临：

"别担心，明天会是个好天的。"

"啊，是谁，还有谁，是松棻呢。"

忧伤于是变成期盼，隐晦转为启示。神秘的鹤，至亲的人，"明天"就来的乌托邦。跨过千山万水，李渝在喜马拉雅断崖边，在文字的无限转折间，又一次理会了什么是等待中的行动，什么是"多重渡引"。

悬崖边的树

——刘大任《当下四重奏》

刘大任是海外左翼现代主义最重要的作家之一。一九六〇年，还在台大哲学系就读的刘大任在《笔汇》发表《逃亡》，加入台湾现代文学界，并且参与《剧场》《文学季刊》编务。一九六六年他赴美深造，转攻现代中国政治史，甚至"学以致用"，成为保卫钓鱼岛运动的关键人物。

这场运动以维护中国领土为号召，实际的动力却来自一群留美学生对"中国梦土"的向往。刘大任厕身其中，不得不中断学业。但真正的代价在于历经保钓的激情与幻灭后，他对自己、对家国再也挥之不去的忧郁与苍凉吧。

这独立苍茫的感触却成为刘大任重新创作的动力。二十世纪七十年代后期刘大任曾短期自我放逐到非洲，"赤道归来"后，他走出神话，发现小说。曾经电光石火的革命情怀一变而为绵密沉郁的笔触。他追记保钓风云（《浮游群落》），怀念父母往事（《晚风习习》），侧写异乡浮光掠影（《秋阳似酒》），风格极为简练，着力却每每深不可测。那场运动过去四十多年了，但仍然是萦绕他心怀的底线。抑或是他必须不断重返的前线？也因此，不论题材，每篇文字其实都是他频频攻坚的尝试，每次下笔都是患得患失的出击。

刘大任的作品充满抒情韵味，骨子里自有一股坚厉气质。那是《杜鹃啼血》，是《远方有风雷》，是《枯山水》。没有曾经的风霜，写不出那样的文章。种种变迁，对于当年在海外奉献一切的革命者而言，恐怕也有了不胜今昔之感。然而历史最后的嘲弄在于岁月流逝，事过境迁。蓦然回首，老去的刘大任何去何从？

在刘大任最新的小说《当下四重奏》里，一位留美的退休中国史教授就面临类似的考验。这位教授当年参与了保钓运动，有家难归，日后选择留在美国落地生根。然而他对故国一往情深，几十年的异乡经验哪里能够算数。越到晚年，他越发觉自己的孤独，即使亲如妻子儿女也有了格格不入之感。他唯一的寄托是悉心经营的庭园。然而有一天，妻子儿女竟不动声色地策划搬离他所熟悉的环境……

这似乎是以往留学生文学的"养老版"。刘大任过去的作品也曾触及美国日常生活，但从来没有如此中产阶级过。但也唯其如此，小说所透露的危机感才更令人触目惊心。当年的豪情壮志安在哉？透过家庭四个人物意识的你来我往，小说交织出教授所面临的危机：文化的差异，代沟的隔阂，渐行渐远的夫妻关系，时不我与的感伤，都让主人翁怅然若失。但是他还有更深的难言之隐："可是，那块地方像一个无底洞，无论用什么填，永远填不满。"

读《当下四重奏》不由得我们不觉得此中有人，呼之欲出。退休的教授壮心不已，一心写本"大书"作为对自己的交代。但时间就在花花草草、儿孙琐事中消磨了。当下太平无事，简直就要天长地久起来。然而隐隐之间危机一触即发。我们的教授是解甲归田，还是弃械投降，还是……？故事急转直下，有了令人意外的结局。

从惊天动地到寂天寞地，历史的兴废大约不过如此。刘大任俨然要从最平凡的故事里思考大半生的历练。俱往矣，那些呼群保义、革命造反的日子。小说巧妙地引用《水浒传》林冲夜奔的典故，写出苍茫的感触。一晌风雷之后，扑面而来的是"朔风阵阵透骨寒，彤云低锁山河暗，疏林冷落尽凋残"。小说高潮，教授梦中醒来，甚至有了七十回《水浒传》卢俊义惊梦的意思。然而在现实，在当下，就算惊梦，也只是南柯一梦吧。

《当下四重奏》最重要的意象是主人翁尽心竭力经营的园艺。海棠芍药、杜鹃鸢尾，当然少不了梅花奇石，仿佛河山锦绣化为姹紫嫣红。这里园林与故国的隐喻似乎失之过露，但刘大任也许刻意为之。因为他明白眼前的花草树木不过是繁华的幻象。在异国、在华发丛生的暮年里，他让笔下主人翁站在自家阳台上，放眼看去，不见花园，"眼前忽然出现悬崖。我发现自己站在大瀑布上方的栏杆边上"；水上浮木看似一动不动，但刹那间"被水底无形的巨大力量吸引"，几次浮沉，终于"无可挽回，落下悬崖，在轰隆轰隆的瀑布声里，无影无踪"。

但刘大任可曾"看见"那悬崖边的树？那树不生在花园里，而生在梦想和历史交界的悬崖边。我们想到诗人曾卓的颂赞：

《悬崖边的树》

不知道是什么奇异的风

将一棵树吹到了那边——

平原的尽头

临近深谷的悬崖上

它倾听远处森林的喧哗

和深谷中小溪的歌唱

它孤独地站在那里

显得寂寞而又倔强

它的弯曲的身体

留下了风的形状

它似乎即将倾跌进深谷里

却又像是要展翅飞翔……

曾卓十八岁开始创作，抗战期间加入左翼阵营。在极度困塞的岁月里，他竟然创作不息。《悬崖边的树》写于一九七〇年。那时的刘大任刚刚三十而立。

多少年后，刘大任终将体认他毕生追逐的不再是主义理想，也不再是故国乡关，而不妨就是那株悬崖边的树。"它的弯曲的身体／留下了风的形状／它似乎即将倾跌进深谷里／却又像是要展翅飞翔"。在历史的罡风里，在虚无的深渊上，那树兀自生长，寂寞而倔强。悬崖撒手，一切好了。但如果悬崖不撒手呢？就像那树一样，刘大任的"革命后"创作，由此生出。《当下四重奏》的主人翁没有完成心目中的大书；但俯仰之间，刘大任写出了自己的小说。

虚构与纪实

——王安忆的《天香》

从一九八一年出版《雨，沙沙沙》到现在，王安忆的创作已经超过三十年。其间中国文坛变化巨大，与她同时崛起的同辈作家有的转行歇业，有的一再重复，真正坚持写作的寥寥无几。像王安忆这样孜孜矻矻不时推出新作，而且质量保证，简直就是"劳动模范"。骨子里王安忆也可能的确视写作为一项劳动——既是古典主义式劳其心志、精益求精的功夫，也是社会主义式兢兢业业、实事求是的习惯。

早期的王安忆以书写知青题材起家，之后她的眼界愈放愈宽，二十世纪四十年代的上海风华、五六十年代的新社会蜕变、改革开放的种种声色，无一不是下笔的对象。她的叙事绵密丰赡，眼光独到，有意无意间已经写下了另一种历史。王安忆又对她生长于斯的上海长期投注观照，俨然成为上海叙事的代言人。而她历经风格试验，终究在现实主义发现历久弥新的法则。

王安忆这些特色在《天香》里有了更进一步的发挥。《天香》写的还是上海，但这一回王安忆不再勾勒这座城市的现代或当代风貌，而是回到了上海的"史前"时代。她的故事始自嘉靖三十八年（一五五九），终于康熙六年（一六六七），讲述上海士绅家族的兴衰命运，园林文化的穷奢极侈，还有这百年间一项由女性主导的工艺——刺绣——如何形成地方传统。

王安忆是当代文坛的重量级作家，凭她的文名，多写几部招牌作《长恨歌》式的小说不是难事。但她陡然将创作背景拉到她并不熟悉的晚明，挑战不可谓不大。也正因如此，她的用心值得我们注目。以下关于《天香》的介绍将着重三个层面：王安忆的个人上海"考古学"，她对现实主义的辩证，还有她所怀抱的小说创作美学。

王安忆对上海一往情深，二十世纪九十年代中她开始钻研这座城市的不同面貌，一部《长恨歌》写尽上海从四十年代到八十年代的浮华沧桑，也将自己推向海派文学传人的位置。但王安忆显然不愿意只与韩邦庆、张爱玲呼应而已。她生长的时代让她见识上海的起落，另一方面，她对上海浮出"现代"地表以前的身世也有无限好奇。她近年的作品，从《富萍》到《遍地枭雄》，从《启蒙时代》到《月色撩人》，写上海外来户、小市民的浮沉经验，也写精英分子、有产阶级的啼笑因缘。这些作品未必每本都击中要害，但合而观之，不能不令人感觉一种巴尔扎克式的城市拼图已经逐渐形成。

而一座伟大深邃的城市不能没有过往的传奇。有关上海在鸦片战争后崛起的种种我们已经耳熟能详，王安忆要探问的是：再以前呢？上海在宋代设镇（一二六七），元代设县（一二九○），历经蜕变，到了有明一代已经成为中国棉纺重镇，所在的松江地区甚至有了赋税甲天下之说。

　　这是《天香》取材的大背景。王安忆着墨的是明代盛极而衰的那一刻。沪上子弟就算在科举有所斩获而致仕，也都早早辞官归里。江南的声色如此撩人，退出官场不为别的，只为了享受家乡的一晌风流。小说的申家兄弟就是这样的例子。他们打造天香园，种桃、制墨、养竹、叠石，四时节庆，忙得有声有色。他们锦衣玉食，不事生产，因为消费——或浪费——就是生产。小说中段描写申家老少"富"极无聊，刻意摆设店面，玩起买卖的游戏，因此充满讽刺。坐吃山空的日子毕竟有时而尽。等到家产败光、无以为继之时，当年女眷们借以消磨时间的刺绣居然成为最后的营生手段。

　　王安忆记述申家园林始末，当然有更大的企图。上海原是春申故里，《天香》以申为名，一开场就透露城市寓言的意义。如王所言，江南的城市，杭州历史悠久，苏州人文荟萃，比起来上海瞠乎其后。但这所都会另有独特的精神面貌，在"器与道、物与我、动与止之间，无时不有现世的乐趣出现，填补着玄思冥想的空无"。上海雅俗兼备，鱼龙混杂，什么时候都能凑出一个"兴兴轰轰的小世界"。这个世界远离北方政治纷扰，自有它消长的

234

韵律。

从一般眼光来看，申家由绚烂而落魄，很可以作为一则警世寓言，坐实持盈保泰的教训。如此王安忆似乎有意将明末的上海与当代的上海做对比，提醒我们这座城市前世与今生的微妙轮回。但我以为王安忆的用心不仅止于此，她要写出上海之所以为上海的潜规则。当申家繁华散尽、后人流落到寻常百姓家后，他们所曾经浸润其中的世故和机巧也同时渗入上海日常生活的肌理，千回百转，为下一轮的"太平盛世"做准备。

持盈保泰不是上海的本色。颓靡无罪，浮华有理，没有了世世代代败家散财的豪情壮举，怎么能造就日后五光十色？上海从来不按牌理出牌，并在矛盾中形成以现世为基准的时间观。上海的历史同时是反历史。

这样的读法带领我们进入《天香》的第二层意义，即王安忆的现实主义辩证。《天香》对申氏家族的描写，举凡园林游冶，服装器物，人情纠葛，都细腻得令人叹为观止。据此，读者很难不以《金瓶梅》《红楼梦》以降的世情小说做对比。尤其《红楼梦》有关簪缨世家楼起了、楼塌了的叙述，仿佛就是王安忆效法的对象。

但如果我们抱着悲金悼玉的期待来看《天香》，可能要失望了。因为整部小说虽然不乏痴嗔悲欢的情节，叙事者的口吻却显得矜持而有距离。小说的人物横跨四代，来来去去，仿佛与我们无亲。如果《红楼梦》的动人来自曹雪芹忏情与启悟的力量，王安忆则另有所图。她更关心的是一项名为江南家族的"物种"起灭，或更进一步，一种由此生出的"物质文化"——从园林到刺绣——的社会史意义。

由这个观点来看，王安忆独特的现实主义就呼之欲出。我们都记得《长恨歌》的主人翁王琦瑶一生与上海的命运相始终，多么令人心有戚戚焉。但我们可能忽略了那样的写法其实是王安忆向以往风格的告别演出。《长恨歌》以后的作品抒情和感伤的氛围淡去，代之以更多对个人和群体社会互动的白描和反思。中篇《富萍》应该是重要的转捩点；王安忆返璞归真，以谦卑的姿态观察上海基层的生命作息。她重新审视现实主义所曾经示范的观物知人的方法，还有更重要的，现实主义所投射的那种素朴清平的、物我相亲／相忘的史观。

《天香》的写作是这一基础的延伸。如王安忆自谓，她之写作《天香》缘起于她对"顾绣"——上海地方绣艺的极致表现——历史的好奇与追踪（《王安忆，天香园梦红楼》）。她对这项手工艺的"考古学"让她得以敷衍出一则传奇。就此，她的关怀落在传统妇女劳作与创造互为因果的可能，刺绣作为一种物质工艺的发生与流传，闺阁消闲文化转型为平民生产文化的过程。

《天香》其实是反写了《红楼梦》以降世情小说的写实观。《天香》的结局没有《红楼梦》般的大痛苦、大悲悯；有的是大家闺秀洗尽铅华后的安稳与平凡。传奇不奇，过日子才是硬道理。这是王安忆努力的目标了。

然而《天香》是否也有另外一种写实观点呢？如上所述，王安忆的写实又是以"兴兴轰轰"的上海浮世经验为坐标，她因此不能不碰触上海城市物质史恋物、玩物——乃至于物化——的无穷诱惑。她在《天香》也不断暗示，上海如果失去了踵事增华，标新立异的底蕴，也难以形成那样丰富多变的大众文化。名满天下的"天香园绣"虽然起自市井，最后又归向民间，但如果没有上流社会女子的介入，以她们的兰心慧手化俗为雅，就不足以形成日后的传统。

写作《天香》的王安忆似乎不能完全决定她的现实主义前提。她写着前资本主义时代的故事，同时又投射着现代的缈缈乡愁。循此我们要问，现实主义到底是作家还原所要描写的世界，还是抽离出来，追溯现实的本质？是冷眼旁观，还是物色缘情？是唯物论，还是微物论？更进一步，我们也要问上海的"真实"何尝不来自它在"兴兴轰轰"中所哄抬出的海市蜃楼般的"不真实"或"超真实"？这是古老的问题，但它所呈现的两难在《天香》显得无比真切。

归根结底，写实与寓言，纪实与虚构之间的繁复对话关系从来就是王安忆创作关心的主题。这也是《天香》所可注意的第三个层面：这是一本关于创作的创作。早在一九九三年，王安忆就以小说《纪实与虚构》和盘托出她对小说创作的看法。小说诚为虚构，但却能以虚击实，甚至滋生比现实更深刻的东西。

王安忆的说法也许是老生常谈，要紧的是她如何落实她的信念。《纪实与虚构》的叙事兵分两路，一路讲女作家立足上海的写作经验，一路讲女作家深入历史、追踪母系家族来龙去脉的过程。对王而言，每一次下笔都是与"虚构"亦步亦趋的纠缠，也是与"真实"短兵相接的碰撞。两者之间互为表，最终形成的虚构也就是纪实。

写《纪实与虚构》时期的王安忆仍然在意流行趋势，不能免俗地采用后设小说模式。到了《天香》，她回归严谨的古典现实主义叙事，切切实实地讲述明代上海申家"天香园绣"从无到有的过程。但她其实要让这现实主义笔法自行彰显它的寓言面向。小说最重要的主题当然是刺绣，而刺绣最重要实践者是女性。"天香园绣"起自偶然，终成营生需要；原是闺阁的寄托，却被视为时尚的表征；是高妙自足的艺术，也引出有形无形的身价。

就此王安忆笔锋一转，暗示女性与创作的关系，不也可以做如是观？她于是不动声色地重新编织出《纪实与虚构》的索。小说如是写道：

> 天香园绣可是以针线比笔墨，其实，与书画同为一理。一是笔锋，一是针尖，说到究竟，就是一个"描"字。笔以墨描，针以线描，有过之而无有不及。
>
> ……
>
> 技艺这一桩事，可说"如履薄冰，如临深渊"，稍有不及，便无能无为；略有过，则入"雕虫"末流！……天香园

绣与一般针黹有别，是因有诗书画作底，所以……不读书者不得绣！

这几乎是王安忆的现身说法了。

王安忆在《纪实与虚构》的阶段已经在思索心灵与形式的问题。但彼时她有话要说的冲动仍然太强，一直要到《天香》，她似乎才写出了她的心灵史。"以最极端真实的材料去描写最极端虚无的东西"：对她而言，"心灵"无他，就是思考她所谓借虚构"创造世界的方法"。

《天香》意图提供海派精神的原初历史造像，以及上海物质文明二律背反的道理。这两个层面最终必须纳入作者个人的价值体系，成为她纪实与虚构的环节。在她写作出版跨过三十年门槛的时刻，王安忆向三百年前天香园那些一针一线埋首绣工的女性们致意。她明白写作就像刺绣，就是一门手艺，但最精致的手艺是可以巧夺天工的。从唯物写唯心，从纪实写虚构，王安忆一字一句参详创作的真谛。是在这样的劳作，《天香》在王安忆的小说谱系有了独特意义。

萤火虫与虱子

——贾平凹的《带灯》

有一分热，发一分光。就令萤火一般，也可以在黑暗里发一点光，不必等候炬火。

——鲁迅

贾平凹是当代中国大陆最重要的作家之一，在海外也拥有广大知名度。《带灯》是其著作。在这本长达四十万字的作品里，贾平凹的触角再度指向他所熟悉的陕西南部农村。这一回故事发生在小小的樱镇，焦点是一个名叫带灯的农村女干部。带灯风姿绰约，怀抱理想，但是她所担任的职务——樱镇综合治理办公室主任——却是最吃力不讨好的工作。她负责处理镇上所有纠纷和上访事件，每天面对的都是鸡毛蒜皮的纠纷。农村问题千头万绪，带灯既不愿意伤害农民，又要维持基层社会的稳定，久而久之，心力交瘁，难以为继。她将何去何从？

农村问题一直是当代中国小说的重要主题。从二十世纪五十年代柳青的《创业史》、赵树理的《三里湾》，到诺贝尔文学奖得主莫言的《生死疲劳》早已形成繁复的脉络。贾平凹的农村小说之所以重要，不在于他经营庞大的国族寓言或魔幻荒诞的想象，相对地，他擅长以绵密的笔触写农村里无尽无休的人和事，琐碎甚至龌龊。他从不避讳农民的惰性和偏狭，却也理解他们求生存的韧性与无奈。《高老庄》《秦腔》还有《古炉》都是很好的例子。如贾平凹所谓，因为性格和成长环境使然，他的生命景观充满"黏液质加抑郁质"（贾平凹，《性格心理调查表》），发为文章，也有了混沌暧昧的气息。

《带灯》依然持续这一特色。贾平凹写樱镇在现代化的历程里，先是拒绝了火车兴建，以致错过了繁荣的契机，之后又不能抵挡开发狂潮，被逼入了层层剥削的死角。在樱镇这充满诗意的名字后面，是个诡异的当代村镇奇观。如他在后记所言，"体制的问题，道德的问题，法制的问题，信仰的问题，政治生态问题和环境生态问题，一颗麻疹出来了去搔，逗得一片麻疹出来，搔破了全成了麻子"。

贾平凹所运用的麻疹和麻子的意象耐人寻味。他似乎认为当下农村问题不再只是体制问题；它如此深入日常生活起居，其实已经成为身体的问题。叠床架屋的官僚体系，得过且过的权宜措施，贪污拍马，逢迎欺诈，旧时陋习无所不在，日新又新，甚至成为生命即政治的本能。麻疹是身体内部病毒的发作，但贾平凹更要描写种种外在社会现象如何内化成为身体的一部分。这带来小说的最大隐喻。樱镇没有落英缤纷，有的却是漫天飞舞的白虱。这细小的生物寄生在身体的隐秘处，毛发的缝隙里。它安然就着人们的血肉滋长，驱之不去，死而复生。久而久之，樱镇的百姓习以为常，不痛不痒，竟然也就把它当作是身体新陈代谢的一部分。

白虱的隐喻也许失之过露，但在《带灯》语境里毕竟触动了历史的"毛细管"。我们记得鲁迅的《阿Q正传》里，阿Q看到自己身上的虱子不如王胡身上的多而大，竟然有了一比高下的虚荣心。但我们更应该记得另一则有关虱子的逸闻。四十年代，美国进步作家斯诺远赴延安，成为座上宾。在延安窑洞里，毛泽东和斯诺一面打扑克，一面吃着馒头夹红辣椒，毛泽东对斯诺说："如果你身上还没有虱子，那你还没有理解中国。"

毛泽东这番虱子论意味深长。虱子与中国人长相厮守，也许表现了旧中国藏污纳垢的劣根性，也许暗示了中国底层人民不堪但强悍的生物性本能，也许暗示了历史伟人民胞物与、感同身受的情怀。但当主席告诉美国友人身上没有虱子，就还没有理解中国时，他是否也暗示一种有关虱子的革命情怀？在卑微里蔓延，从微小变为英雄。革命的力量无所不在。

《带灯》里，陕北延安窑洞里的虱子似乎跨越时空障碍，飞到了陕南樱镇。革命如果已经成功，我们还要与虱子共舞吗？这铺天盖地而来的白虱到底告诉了我们什么？套用前引的贾平凹夫子自道，这些虱子的繁荣是环境生态问题，或者也可能是政治生态问题、体制问题、道德问题、法制问题、信仰问题？

贾平凹显然为这些问题所苦。但在《带灯》里他不甘心只白描这些无从回答的疑问，而希望创造出他的希望或愿景。于是有了带灯这个人物。带灯原名萤，就是萤火虫，因为顾忌萤食腐草而生的典故，因此改名。带灯孤芳自赏，她来到樱镇负责农村基层问题，上访、拆迁、救灾、计生，等等，无时或已。但她的力量微薄，注定燃烧自己，却未必照亮他人。

贾平凹对带灯这个人物投注相当心力，写她举手投足的优雅，她丰富的内心世界，还有她逆来顺受的性格。然而也许正因为贾平凹如此珍惜这位女主人翁，他反而没有赋予她更多的血肉。带灯的形象因此也许空灵有余，体气不足。我们对她的背景动机和感情世界所知无多，她的奉献和牺牲也只能引起我们的无奈。

小说描写带灯每天面对无法摆脱的杂乱，百难排解之际，远方的乡人元天亮成了她的精神寄托。元天亮是个谜样的人物，他是省委常委，却从未在小说中出现。我们仅见带灯不断给他写信，诉说自己的希望和绝望。这样的单相思式的通信固然为小说叙事带来一个浪漫的出口，但也必定指向虚无的终局。带灯的无法摆脱现实，又没有能力得到解脱。她痛苦是无法救赎的。

贾平凹曾提到带灯的原型是一个担任乡镇干部的女性"粉丝"。从这个角度来说，贾似乎将自己定位为《带灯》中的理想人物元天亮。但作为带灯的创造者，贾平凹又何尝不是笔下女主人翁的分身？通过带灯和遥远的元天亮，他投射了自己对中国农村社会的期望。这是相当抒情的寄托，也与贾平凹书写社会现状的用意恰恰相反。但我以为正是这两条情节如此相互纠缠违逆，为《带灯》的叙事带来前所未见的紧张。

贾平凹的创作其实是以相当沈从文式的风格起家，早期的"商州"系列可见一斑。八十年代末期的作品如《浮躁》向现实主义靠拢，而《废都》以其颓废怪诞到达另外一创作高峰。之后贾平凹刻意返璞归真，而有了《高老庄》《怀念狼》《高兴》《秦腔》等作。我在评论《古炉》时已经指出他对抒情叙事的频频致意，以及他与作家如汪曾祺等的对话（见拙作，《暴力叙事与抒情风格：贾平凹的〈古炉〉及其他》）。在《带灯》里，他的尝试有了更多新意。除了安排带灯与元天亮通信，用以对照现实世界的混沌外，我们更应该注意他经营小说叙事架构和风格的用心。《带灯》的情节不如《秦腔》《古炉》那样复杂。但贾平凹刻意打散情节的连贯性，代之以笔记、编年的白描，长短不拘，起讫自如，因此展现了散文诗般的韵律。事实上，贾平凹在后记里提到：

> 到了这般年纪，心性变了，却兴趣了中国西汉时期那种史的文章的风格，它没有那么多的灵动和蕴藉，委婉和华丽，但它沉而不糜，厚而简约，用意直白，下笔肯定，以真准震撼，以尖锐敲击。

我以为这样以形式来驾驭素材、人物的做法，甚至以形式来投射一种伦理的要求，以及本体论式的人生观照—沉而不糜，厚而简约—是《带灯》真正用心所在。这也是贾平凹抒情叙事学的终极追求。换句话说，尽管现实如何混沌无明，贾平凹立志以他的叙事方法来赋予秩序，贯注感情。就像他笔下的带灯为樱镇示范一种清新不俗的生活方式一样，贾平凹在文本操作的层次上也在寻求一种"用意直白，下笔肯定"的书写形式。

但我们无从回避的反讽是：小说里带灯的努力终归失败，果如此，在寓言阅读的层次上，贾平凹对自己的书写形式的用心与效应，又能有多大的自信呢？《带灯》这样的作品因此默认了一个相当悲观的结局。不只是对小说内容，也是对小说形式的质疑。那个充满"黏液质加抑郁质"的贾平凹毕竟从来不曾远去。小说最后，百无聊赖的带灯发现自己的身上终于也染上了白虱，怎么样再清洁、治疗也驱除不了。

带灯，萤火。在现代中国历史的开端，鲁迅曾经写下如下的文字：

> 愿中国青年都摆脱冷气，只是向上走，不必听自暴自弃者流的话。能做事的做事，能发声的发声，有一分热，发一分光，就令萤火一般，也可以在黑暗里发一点光，不必等候炬火。

我们不难想象年轻的带灯同志刚被分发到樱镇的心情，仿佛就像刚读了鲁迅的文字，立定志向，"就令萤火一般，也可以在黑暗里发一点光，不必等候炬火"。鲁迅写作此文的时间是一九一九年一月十五日。三个半月以后，五四运动爆发。中国革命启蒙的大业随即展开。

　　多少年后，困处在樱镇里的带灯似乎也有了类似的难题。曾几何时，萤火不再，带灯身上有了无数的虱子。想来她——或贾平凹——也更理解中国？

从十八岁到第七天

——余华《第七天》

余华新作《第七天》在媒体热烈炒作下千呼万唤始出来，接踵而至的却是一片批评声浪。面对这样的反应，余华应该不会意外。因为他上一部作品《兄弟》在二〇〇六年上市时，就曾经引起类似褒贬两极化的热潮。《第七天》，顾名思义，宗教（基督教）隐喻呼之欲出。但这本小说不讲受难与重生，而讲与生俱来的灾难，天外飞来的横祸，还有更不堪的，死无葬身之地。

平心而论，《第七天》写得不过不失。但因为作者是余华，我们的期望自然要高出一般。余华一九八三年开始创作，到二〇一三年恰巧满三十年。除开小说文本的分析，他如何出入文本内外，处理创作与事件、文坛与市场之间的关系，一样值得注意。《第七天》所显现的现象，因此很可以让我们反思余华以及当代大陆文学这些年的变与不变。

一九八七年一月，《北京文学》刊出短篇《十八岁出门远行》。

故事里十八岁的叙事者在父亲的鼓励下背上红背包，离家远行，却遇到一系列怪诞的人和事，最后以一场暴力抢劫收场。小说没有明确的时空背景，叙述的顺序前后逆反，但最让读者困惑——或着迷——的是主人翁那种疏离怠懒的姿态，以及不了了之的语境。

《十八岁出门远行》的作者余华当时名不见经传，却精准地写出一个时代的"感觉结构"。长征的壮志远矣，只剩下漫无目的远行。新的承诺还没有开始实现，却已经千疮百孔。天真与毁坏只有一线之隔，跨过十八岁的门槛的另一面，是暴力，是死亡。

我们于是来到先锋文学的时代。评论家李陀曾以"雪崩何处？"来形容那个时代一触即发的危机感与创造力。余华曾是先锋文学最重要的示范者。他的文字冷冽残酷，想象百无禁忌。他让肉体支离破碎成为奇观（《一九八六》《古典爱情》），让各种书写文类杂糅交错（《鲜血梅花》），让神秘的爆炸此起彼落（《此文献给少女杨柳》），让突如其来的死亡成为"现实一种"（《现实一种》）。究其极，余华以一种文学的虚无主义面向他的时代；他引领我们进入鲁迅所谓的"无物之阵"，以虚击实，瓦解了前此现实和现实主义的伪装。

二十世纪九十年代的余华开始长篇小说创作，风格也有了明显转变。叙事于他不再只是文字的嘉年华暴动，也开始成为探讨人间伦理边界的方法。《活着》里的主人翁从旧社会到新社会，从人变成鬼，从鬼又变成人，兀自无奈却又强韧地活着。好死不如赖活，余华仿佛要问，什么样的意志力让他的主人翁像西西弗斯般地坚此百忍，成为社会里的荒谬英雄。

《许三观卖血记》则思考宗族血缘迷思和家庭制度间的落差，以及"血肉之躯"与市场的劳资对价钱关系。余华的原意也许仅是诉说一场民间家庭的悲喜剧，但有意无意的，他以"卖血"的主题点出中国社会迈向市场化的先兆。鲜血不再是无价的牺牲，而是有价的商品。如果这桩买卖能够改变家庭经济学，也就能够改变家庭伦理学。

而到了《在细雨中呼喊》，余华深入亲子关系的深层，写成长的孤寂，伤逝的恐惧，生命无所不在的巧合与错过。一切都是那么的不可恃；所谓成长的意义，只不过像是细雨中隐隐传来的凄厉的呼喊。

不论如何，余华世纪末的叙事被家庭化或驯化了。他的创作似乎也来到一个盘整阶段。到了新世纪，蛰伏后再次出马的余华又有惊人之笔。《兄弟》以上下册形式出现，借一对没有血缘关系的兄弟的冒险故事，侧写三十余年的历史。上册充满歇斯底里的泪水，下册充满歇斯底里的爆笑。相互抵触却又互为因果。禁欲与变态，压抑与回返，暴力与暴利，发展兄弟般的关系，难分难舍。以此，余华写出了他个人版的"两个不能否定"。

然而《兄弟》又必须得到重视。《兄弟》所夸张的社会喧嚣和丑态，所仰仗的传媒市场能量，所煽动的腥膻趣味，让我们重新思考社会与"当代文学"的互动关系。支持者看到余华拆穿一切社会门面的野心；批评者则谓之辞气浮露，笔无藏锋；他的小说已经是他所要批判的怪现状的一部分了。

《第七天》写的是个"后死亡"的故事。主人翁杨飞四十一岁一事无成，老婆外遇离婚，罹癌的父亲失踪，某日杨飞在餐馆里吃饭，竟然碰上爆炸，死得面目全非。这只是故事的开始。死去的杨飞发现自己还得张罗自己的后事，原来人生而不平等，死也不平等。在寻寻觅觅的过程里，他遇到一个又一个横死枉死的孤魂野鬼，都在等待殡仪馆、火葬场的"最后"结局。

用文学批评术语来说，余华的叙事是个标准的"陌生化"过程：他借死人的眼光回看活人的世界，发现生命的不可承受之轻：假货假话假人当道；坐在家中得提防地层下陷，吃顿饭小心被炸得血肉横飞；女卖身男卖肾，不该出生的婴儿被当作"医疗垃圾"消灭，结婚在内的一切契约关系仅供参考。到处拆迁，一切都在崩裂。余华的人物都不得好死，他们只有等待火葬前，爆出片刻"温馨"的想象，想象他们的安息之地没有污染，没有欺骗，没有公害。

对《第七天》感到失望的读者纷纷指出这本小说内容平淡，仿佛是微博总汇，没有"卖点"。这是相当反讽的批评，可以有两解。一方面，余华过去的作品已经把读者的胃口养大，新作自然需要更恐怖、更令人哭笑不得的点子。另一方面，诚如余华夫子自道，我们的社会无奇不有，早已超过小说家想象所及，他只能反其道而行，告诉我们日常生活点滴就是灾难，就是"现实一种"。即使如此，摆荡其间，余华似乎还没有找到新的着力点；他不免像他笔下无处可栖的杨飞那样，写着写着也显得体气虚浮起来。

有没有别的方式阅读《第七天》？我在这本小说里看到余华和以往风格对话的努力。他显然想摆脱《兄弟》那种极度夸张的奇观式书写；《第七天》既然暗含《圣经》的时间表，其实有相对工整的结构。余华回到先锋时期的那种疏离的、见怪不怪的立场，他告诉我们生命一如残酷剧场，我们身在其中，只能善尽刍狗的本分，承受暴力与伤痕。然而，如果先锋时期余华写暴力和伤痕带有浓厚的历史、政治隐喻，《第七天》的暴力与伤痕基本向民生议题靠拢，而且是大白话。同为批判，这代表了余华对当下现实的逼视，还是对先锋想象的逃逸？

与此同时，《第七天》又上通余华二十世纪九十年代的伦理叙事。最耐人寻味的是他对杨飞身世之谜的处理。杨飞和他的养父还有照顾他长大的邻居夫妇之间的亲情，我们读来不感动也难。这不是当下的"老吾老以及人之老，幼吾幼以及人之幼"吗？相形之下，杨飞妻子的见异思迁，暴露了人性丑陋面。余华又花了大量篇幅写一对社会底层的罗密欧与朱丽叶，因误会而殉情。他们一无所有，却义无反顾地为所爱而生，为所爱而死。

从（鲁迅论晚清小说所谓的）"溢恶"到"溢美"，余华使尽力气来完成他的批判。但按照《第七天》的逻辑，一切批判还没有展开，就成为后见之明。这样的吊诡部分来自余华试图经营的"后死亡叙事"。一般的鬼魅小说沿着"死亡后叙事"发展。不论伤逝悼亡，还是轮回果报、阴阳颠倒，叙事在前世与今生、肉身与亡灵的轴线中展开，其实有一定的意义连贯性。"后死亡叙事"则视死亡如"无物"，不但架空生命，甚至架空死亡。生死和叙事在这里不再形成互文关系。余华暗示我们生活得犹如行尸走肉，死后也不能一了百了。死亡本身成为一种诡异的"中间物"，既不完结什么，也不开启什么。在这样的意义体系里，连传统的"死亡"也死亡了。

《第七天》里弥漫着一种虚无气息，死亡或后死亡也不算数的虚无。我以为这是余华新作的关键。相对于小说标题的宗教命题，《第七天》逆向思考，原应该可以发挥它的虚无观，甚至可以带来鲁迅《野草》式的大欢喜，大悲伤。但我们所见的，仅止于理所当然的社会批判，催泪煽情的人间故事，还有熙熙攘攘的、无坟可去的骷髅。与此同时，我们也见到传媒的精心包装，甚至强没有（上市）的东西以为有，形成市场幽灵宏观调控的最新成果。

这不禁让我想到《十八岁出门远行》。如前所述，余华在彼时已经埋下虚无主义种子，而且直指死亡和暴力的暧昧。当年的作家笔下更多的是兴奋懵懂，是对生命乌托邦／恶托邦的率性臆想。到了《第七天》，余华似乎有意重振他的先锋意识，却有了一种无可如何的无力感。以往不可捉摸的"无物之阵"现在以爆炸——爆料——的形式呈现在我们眼前；很反讽的，爆出的真相就算火花四射，却似没有击中我们这个时代的要害。

剩下的问题是，我们如何解读《第七天》里的虚无主义。

十八岁的红色背包青年出门远行，陷入危机处处，四十一岁的杨飞则被日常生活炸到血肉横飞，在后死亡的世界无处可归。虚无曾是余华的叙事之矛，冲决网罗的矛，虚无现在是他的叙事之盾，架空一切的盾。从一九八三年来到二〇一三年，三十年的余华小说也来到一个新临界点。

乌托邦里的荒原

—— 格非《春尽江南》

格非曾是二十世纪八十年代大陆先锋小说的健将，成名作是一九八七年的《迷舟》。这个中篇小说以民初军阀战争为背景，写一场不明所以的军事任务和情欲冒险。凄迷的背景，神秘的巧合，出人意表的转折，格非笔下的历史如此曲折隐晦，裂痕处处，以致拒绝任何微言大义。相对地，历史也因此涌现各种可能，成为一种诱惑，一种充满隐喻的诱惑。这诱惑挑逗格非的人物和读者寻求真相，却也埋伏着挫折和凶险。

对格非而言，以小说书写历史无他，就是呈现时间和叙述的危机，以及危机中不请自来的诗意。正如《迷舟》主角在军事任务的旅途中，"回忆起往事和炮火下的废墟"，竟"涌起了一股强烈的写诗的欲望"。

历史、叙事和诗的碰撞是先锋小说的叙事核心。大历史从来标榜严丝合缝，一以贯之。先锋作家反其道而行，他们直捣叙事的虚构本质，一方面夸张文字想象的无所不能，一方面又拆解任何符号表演的终极意义；一方面揭发现实的荒谬，一方面放肆荒谬的想象。这样二律背反的姿态代表作家面对历史的惶惑与抗争的方式，但更重要的，也投射了一种乌托邦的辩证。

评者陈福民在《格非〈锦瑟〉序》中论格非早期创作有如下的看法：他的小说在形式探索与语言试验之外，"关涉到形成叙述与叙述行为忧郁品格的隐秘的诗学立场……从而突出人与历史本身联系，最终重现一个纯粹自我存在的乌托邦冲动"。我要说这一"乌托邦冲动"是"纯粹自我的"，也是关乎群体的。格非早期小说之所以迷人，正是因为在这一语境里，他以动人的文字演绎乌托邦的——也是诗的——魅惑与反挫，追寻与怅惘。

《迷舟》之后格非的一系列中短篇小说像《青黄》《褐色鸟群》《唿哨》都是脍炙人口的作品。二十世纪九十年代初格非也开始写作长篇如《敌人》《边缘》《欲望的旗帜》等，这些作品延续以往的风格，但也许因为是写作形式和"形势"的改变，力道不如以往。一九九四年，格非的创作戛然中断，而且一搁就是十年。当他再度提笔时，新世纪已经来临。二〇〇四年格非写出《人面桃花》，继之以《山河入梦》（二〇〇七），以及本文介绍的《春尽江南》。这三部小说形成一个系列，论者或谓之"乌托邦三部曲"，或谓之"江南三部曲"。无论如何，格非的乌托邦意识就此浮上台面。作为三部曲的压轴，《春尽江南》如何呼应前两部的主题，又如何与先锋时代格非的乌托邦诗学对话，是以下讨论的焦点。

一

格非的"乌托邦三部曲"以《人面桃花》《山河入梦》《春尽江南》涵盖百年中国追寻现代经验的起伏。《人面桃花》以辛亥革命为背景,《山河入梦》将场景转到五六十年代的中国社会,《春尽江南》则描写世纪末中国的市场化现象。这三部作品中的人物关系有某种传承,但这不是格非的重点;他显然无意我们熟悉的家族三代接力式的大河小说。相反,人物之间如有似无的关系反而加深了我们对历史断裂、人生无常的感触。在第一部里,知书达理的少女陆秀米因缘际会卷入革命狂潮,成为一个不可思议的革命者。第二部里,谭功达(陆秀米的儿子)一心报效国家,然而他的热情和理想过犹不及。在述说政治寓言外,格非更想要传达在诡谲的历史氛围里,个人身不由己的命运与抉择。辛亥革命抛头颅洒热血同时也关乎阴差阳错的啼笑因缘,种种私密欲望此起彼落,只能以非常手段因应。

格非的故事并不让我们意外,他的叙事风格和他要讲述的内容所形成的反差才更吸引我们。格非的文字典丽精致,令人发思古之幽情,想想《人面桃花》《山河入梦》这样的小说题目就可以思过半矣。但格非将这样的风格嫁接在后现代式的情景上,陡然唤生突兀和荒唐的氛围。在很大意义上,这一风格延续了他先锋

256

时期的标记：在特定历史转折点，暴力与混沌架空了常态表意结构，却也激发出了始料也是"史"料未及的诗情。

如上所述，在描写史与诗交会点的同时，格非投射自己的乌托邦想象。在以往作品里，乌托邦总是以隐喻形式表现，爱欲、物象、声音、颜色、古典诗歌等。而触动乌托邦想象的人物不论身份如何，内心总耽溺在飘忽的欲想里。他们有着诗人易感的气质，外在历史风暴如何强大，也无碍他们自己的追求——哪怕是一场徒劳。他们的姿态有时让我们想起了存在主义式荒谬英雄。

但在《人面桃花》《山河入梦》里，乌托邦成为一个具体空间或政治设置。《人面桃花》里桃花岛上花家舍原来是化外江湖之地，却成为革命兴革的理想倒影。而《山河如梦》中的花家舍则是一个完美到了可怕的所在。无论是陆秀米还是谭功达都被推向台前，直接介入这些乌托邦的构造。我以为格非这样的场景、事件安排失之过露。但我更要探问的是格非将过去的隐喻的乌托邦寄托和盘托出时，他的叙事策略是什么？

这一问题到了《春尽江南》变得无比明显。《春尽江南》的主人翁谭端午（谭功达的儿子）是个诗人，在二十世纪八十年代末的南方小城里小有名气，到了九十年代显然难以为继。所幸端午的妻子庞家玉是个精明能干的律师，也就得过且过。家玉其实有段过去，当她还叫李秀蓉的时候是个文艺女青年，和端午有过一夜激情，事后端午偷了她的钱一走了之。数年之后，秀蓉改头换面成了家玉，居然和端午成了夫妻。家玉的"变脸"当然有点匪夷所思，但格非应该是有意为之。中国从八十年代到九十年代的改变之剧烈往往让人有恍若隔世的错觉，一个小人物的改头换面又算得了什么？

九十年代以后的花家舍的改变又何尝不是如此。小说中段，我们得知花家舍已经成为高级销金窟，外观高雅，里面人欲横流。不仅如此，格非也告诉我们《人面桃花》里的花家舍已经成为舞台表演项目，而五六十年代的花家舍也成为了历史遗产。一百年来中国对乌托邦的追求，原来不过如此。在新世纪的第一个十年里写他的"乌托邦三部曲"，格非的感慨不可谓不深。

《春尽江南》写乌托邦的幻灭，尚不止于对花家舍作为一个理想空间的一再倾覆。格非花了更多篇幅描写种种怪现状，包括端午夫妻各自经历的情欲诱惑，学界到商场的尔虞我诈。小说后半段写到家玉投资的房子居然让租户霸占，拒不搬迁，最后做律师的她必须动用黑道力量才能摆平。在这些情节里格非所运用的笔调完全是现实主义路数，甚至有了辞气浮露的痕迹。比起《人面桃花》《山河入梦》，《春尽江南》距离格非早期那种如梦似幻的，神秘而且抒情的风格更遥远了。这本小说给我们最大的震撼是读来"不像"是格非了。乌托邦作为隐喻的力量消失。而乌托邦的失落莫非也正是一种诗意的失落？

这让我们再一次思考小说题目《春尽江南》的反讽意义。"江南"在格非的心目中当然有特殊意义，这是桃花岛花家舍的所在，也是世外桃源的延伸。作为地域、文化甚至意识形态的坐标，"江南"在五胡乱华、北方世族南下后开始浮出历史地表，千百年来明媚丰饶的形象早已深植人心。而相对中原所代表的密不透风的正统，江南的风流天成尤其是诗词歌赋咏叹的对象。然而到了二十一世纪，格非却要写《春尽江南》了。举目所见，他的江南空气污染，建筑丑陋，各种华洋事物杂乱无章。传说中的江南才子佳人早已无从得见。

对照《人面桃花》《山河入梦》里的情节，我们理解江南更有一层深意。从元代以来江南就是遗民聚散之地，明清之际更是孤臣孽子盘桓的渊薮，以致在清初帝王眼中，江南"不仅是各种反清运动的频发地，亦是悖逆言辞生产的策源地"（杨念群，《何处是江南：清朝正统观的确立与士林精神世界的变异》）。果如此，格非想象现代乌托邦试验发源于此，也就不足为怪。然而春尽矣。如今的江南不再是乌托邦，而是"荒原"。

二

谭端午不仅是《春尽江南》的主人翁，也是格非构想中承载当代历史精神的主体。如果与历史宿命对抗的"乌托邦冲动"必须有诗意作为后盾，谭端午以诗人的面貌在小说中出现，自然是顺理成章的事。反讽的是，《春尽江南》不是乌托邦小说，而是为乌托邦预作悼亡的小说。这使谭端午的角色变得暧昧起来。

谭端午出现在小说开始时，很能代表格非想象的二十世纪八十年代末的文人姿态。他醉心文艺，倜傥不羁；他可能并没有太多才气，但在小城的情境里已经足够使唤。他轻易就勾引了女青年李秀蓉上床。但要不了多久，谭端午就开始见识到现实的压力。他工作无趣，人际关系贫乏，他与"变脸"之后的秀蓉或女律师家玉的婚姻也乏善可陈。比起周遭人物，谭端午其实明白自己的困境，也偶有挣扎改变现状的心思。然而他既无动力，也无能力。他每天抱着《新五代史》消遣时光，仿佛自己也就是那个混沌不明的时代的传人。

　　论者已经指出，谭端午的塑造延续十九世纪俄国小说的"多余者"（刘月悦，《从格非三部曲论小说创作的转变：兼评〈春尽江南〉》）。他们夹处历史裂变中，有理想却没有能量，最后只能为时代所遗弃。即使如此，我以为这个角色还可以更复杂饱满一些。对格非而言，诗人的无所作为代表了乌托邦向当代历史的臣服。想想"乌托邦三部曲"前两部里的人物，辛亥之际的陆秀米或是五六十年代的谭功达虽然未必完成他们的理想，但他们以肉身之躯挺向革命狂潮，见证了时代的巨变。陆秀米和谭功达不是诗人，但他们的抉择与成败却透露诗意。此无他，他们的"乌托邦冲动"成就了他们的想象力和勇气。但格非眼里的九十年代后的中国不再提供这样的条件。

　　诗人是怎样在当代中国消失的？小说前段处理了一九八九年诗人海子之死。海子崛起于八十年代中期，他的诗歌风格质朴、意象恢宏，雄浑，却又体现"新时期"对审美乌托邦的渴望。一九八九年三月二十六日，海子在山海关卧轨自杀，震惊他的崇拜者。他的死被视为一个属于诗的年代的消逝。

由海子所象征的"诗人之死"因此成为《春尽江南》的潜台词。借由谭端午的例子，我们见证的却是"诗人不死"。诗人不死，但诗人的生活却是行尸走肉，在在暗示了这个时代又掉入鲁迅尝谓的"无物之阵"。这也正是格非的乌托邦辩证尽头的最大的无奈。无独有偶，当代大陆另一位小说家蒋韵的新作《行走的年代》也同样处理了"诗人不死"的吊诡命题。蒋韵也视八十年代为一个诗的时代，一个天地旷远的"行走的年代"。她的小说中也有一段不可思议的"变脸"的情节，在此存而不论。所可注意的是，小说中曾经行走四方的诗人到了市场时代摇身一变，成了房地产商人，而他最新的广告词不是别的，就是海子生前最后一首诗——《面朝大海，春暖花开》。

比起蒋韵那位成为"成功人士"的诗人，谭端午的落寞可能更让我们心有戚戚焉。唯其如此，谭端午的何去何从也更让我们关切。但这个角色没有完全发挥。格非企图从谭的无所作为折射社会的市侩与丑陋，从而铭写当代"多余者"的悲哀。问题是，当谭端午成为一个社会怪现状的折射镜的同时，他的诗情，不论好坏，也被小说叙事搁置了。小说最后暗示谭端午会走上写小说的路子，而书末附录他早年诗歌作为一种对诗人前世"遗骸"的悼念。

从"三部曲"的计划来看,《春尽江南》既然写的是乌托邦的失落,因此所呈现的叙事变得平铺直述,似乎也就理所当然。但我认为这却让作品本身的复杂度降低。格非触及的其实不应只是社会怪现状,而更应是小说叙事和诗歌在文类本体学上对话的难题。诗人以文字意象触动电光石火的灵机,小说家在叙事流变中追踪生活曲折无尽的长河。但两者之间又不必是决然对立。回到陈福民论格非早期小说的特色,在于"关涉到形成叙述与叙述行为忧郁品格的隐秘的诗学立场,从而突出人与历史本身联系,最终重现一个纯粹自我存在的乌托邦冲动"。我要说谭端午是个失败的诗人是一回事,格非写谭端午这个失败的诗人又是另一回事。我理解格非对"乌托邦冲动"不再的感叹,但作为曾经的先锋创作者,他如何保持自身"隐秘的诗学的立场",而不完全向现实以及现实主义叙事撒手,应该是他写三部曲的初衷。如此,《春尽江南》的乌托邦辩证——也是诗的辩证——就有继续发挥的余地。

我想到一九六四年两位西方左翼阵营大师西奥多·阿多诺和恩斯特·布洛赫的一场对话。阿多诺指出资本主义文化工业无所不在,复制一成不变的"今天",俨然完成一种令人无所逃遁的"乌/恶托邦"。布洛赫反驳阿多诺,认为"美丽新世界"无论多么完美,总不能排除有些我们心向往之的事物仍然付诸阙如;而只要我们仍对那尚未实践的、难以命名的事物有所憧憬,乌托邦的冲动就萦绕不去。

回到《春尽江南》的叙事。我认为格非所希望传达的当代历史危机感，正是那种有关乌托邦想象辩证的胶着状态。"三部曲"的结局似乎是悲观的。但我们要问诗人"不死"，是否只是因为诗人已经完全被当代社会驯化？抑或是诗人隐匿了身份，徐图大举？就着《春尽江南》的叙事逻辑，格非写出了乌托邦里的荒原。但在时间的另一个转折点上，诗人未尝不可能写出荒原里的乌托邦。

河与岸

——苏童的《河岸》

苏童是当代大陆最重要的小说家之一。从二十世纪八十年代中期以来，他以《妻妾成群》《一九三四年的逃亡》《红粉》《米》《城北地带》《我的帝王生涯》等一系列作品倾倒海内外读者。这些作品多以想象的南方城镇为背景，回顾历史人情，状写风月沧桑，笔触细腻精致，而字里行间透露的神秘颓废气息尤其引人入胜。

作为一个专志的作家，苏童显然不希望原地踏步，重复已然叫好的题材。最近十多年来他屡屡寻求突破，像《蛇为什么会飞》白描现代都会志怪，《碧奴》重写孟姜女哭倒万里长城的传说，都可以看出努力的痕迹。然而这些作品刻意求变，反而事倍功半，不能让读者满意。

《河岸》的出现代表苏童创作的一个重要的转折点——这部长篇小说应该是他近年最好的作品。《河岸》的故事发生在一个靠河的小镇上。混沌的河流，一切如此荒凉，只有当漂流河道的船队靠上岸边时，才带来一阵骚动。少年库东亮生活在船上，对岸上的世界有无限好奇；东亮的父亲库文轩却以戴罪之身寄居船队，再也不愿离开。与此同时，身份暧昧的女孩慧仙一心要上岸出人头地。库家父子有什么不可告人的秘密？女孩慧仙是否能够成就自己的野心？烘托这些情节的，则是一段神秘的历史，还有眼前铺天盖地的运动。

熟悉苏童的读者会发现《河岸》汇集了不少他此前作品常见的题材：变调的历史，残酷的青春，父子的僵局，性的诱惑，难以言说的罪，还有无休止的放逐和逃亡等，共同构成苏童叙事的语码。如果我们仅仅专注情节主题的安排，《河岸》也许并没有太大突破。然而细细读来，我们发现比起《一九三四年的逃亡》或是《刺青时代》，写作《河岸》的苏童毕竟有所不同。他的叙事变得缓慢绵密了，而他对人物情境的铺排有了以往少见的纵深。更重要的，苏童所擅长的抒情语气现在有了更多沉思、反讽的回声。这些改变不仅标示了一位作家的成长，也同时提醒我们当代中国小说语境的变迁。

《河岸》的故事由库文轩、库东亮父子的紧张关系展开。库文轩号称是革命烈士之后，借"烈属"之名，很有一些得意日子，私生活更是多彩多姿。但有一天他的身份突然出了问题，一切急转直下。库被贬到居无定所的船队里，成了一个猥琐的怪胎。但即使到了最潦倒的地步，库不能忘情他的背景，以及象征他的家史的烈士纪念碑。

碑的喻义在此不言可喻。碑铭刻历史，封存记忆，更以它坚挺的存在成为男性魅力的表征。库文轩的历史正确性和他的性能力成正比，良有以也。然而苏童要写的恰恰是纪念碑作为一种历史"雄伟符号"的虚构本质，以及这一雄伟符号与（性的）狂欢冲动的消长关系。库文轩自命身份不同，竟然真借"势"而起。但一旦失去了历史的加持时，他岂能全身而退？他的自我阉割轻易成为身体即政治的寓言。

库东亮随父亲漂流河上，俨然承袭了父亲的罪，但他不能拒绝岸上的诱惑。这一部分苏童写来最是得心应手；隐讳不明的家族历史，青春的躁郁和悸动，让东亮辗转难安，而在那样的年代里，他的叛逆似乎一下子找到了出口。透过这个船上少年的眼睛，苏童写出了河与岸的相互牵连，河与岸的格格不入，种种暴力因素，一触即发。而东亮终必明白，所有的事物就算是在光天化日之下，也各有它的阴暗面，无论如何追寻反抗，也难以厘清其中的奥秘——或所谓的奥秘根本是空无所有。革命历史如此，风花雪月也如此。

苏童曾是先锋派作家的一员，一向善于拆解历史、遐想虚无。不论是《一九三四年的逃亡》《罂粟之家》架空早期历史，或是《我的帝王生涯》戏拟中国王朝盛衰，都是好的例子。二十世纪九十年代新现实主义兴起，苏童又证明他也是白描世路人情的好手，尤其是像《刺青时代》这类反映少年启蒙的故事。《河岸》

基本结合了这两类叙事的特征。借着库文轩可笑可怜的一生，苏童不断嘲讽"历史"的意义到底何在。但苏童也明白历史作为一种生存经验的积累，并不因此就被掏空：库东亮的成长如此艰难，实实在在地演绎出另一种国家大叙事所不能企及的欲望与惶惑。

苏童以往以女性角色享誉，《河岸》中的代表人物是慧仙。这个女孩从小流落船队中，却不甘于现状。她上了岸，凭着样板戏《红灯记》女英雄李铁梅的造型崛起。但是慧仙到底是俗骨凡胎，她卑微的出身和她的虚荣任性注定了她的命运。某种程度上，慧仙其实是库文轩的翻版。库借着烈属身份吃香喝辣，慧仙则靠着样板戏人物风光一时。一块烈士纪念碑或一盏道具红灯成了他们历史身份——角色——的护身符。政治信仰和恋物崇拜在此混为一谈，苏童对意识形态的讽刺莫此为甚。当这两人所依附的符号物被褫夺，他们立刻被打回原形。

《河岸》的中心是库家父子的紧张关系，慧仙部分的情节并没有完整地发挥。但苏童对这个角色是有感情的。慧仙性格的缺点显而易见，就像十九世纪自然主义小说里的女主角们一样，环境和遗传是她的宿命。但比起苏童早期小说里那些气体虚浮的女性角色，慧仙轻浮却又强悍、天真却又世故，这使她成为一个饱满可亲的人物。慧仙的命运在小说最后悬而未决。想象中大时代过后，这样的女性是要在新时期继续闯荡的。

对苏童而言，《河岸》还有一个要角——河流。苏童对河流意象的迷恋其来有自。河是联结作家心目中"南方"的动脉，深沉、混沌、神秘，穿乡过镇，流淌到不可知的远方。河不受拘束，有时泛滥，有时枯竭，莫测高深。相对于河的是岸，那律法与文明的所在，限定河流走向的力量。苏童曾在散文《河流的秘密》写道，"岸是河流的桎梏。岸对河流的霸权使它不屑于了解或洞悉河流的内心"。然而，"河水的心灵漂浮在水中，无论你编织出什么样的网，也无法打捞河水的心灵，这是关于河水最大的秘密"。

这几乎像是为《河岸》所做的告白了。库文轩因为伤风败俗，被逐到船队上，他恐惧岸上的迫害和蔑视，但又不能忘情耸立岸上的纪念碑。这是他的悲剧根源，他抱着纪念碑自沉的结局，因此并不令人意外。河与岸的纠缠更表现在库东亮和慧仙的欲望和行动上。在河与岸的交界、文明与欲望的边缘上，两人不断铤而走险。小说最后，东亮被禁止上岸，慧仙落地生根。但是两人真能就此打住么？

再将眼光放大，我们记得这两个年轻人都出身河上的船队。船队随着河流上下，处处为家；船民们背景复杂，贫困无文，因此被岸上的人视为贱民。经年累月，他们漂流四方，俨然成为一群异类。苏童写这样一群人并不乏浪漫的投射。时代天翻地覆，漂流在河上的船队反而像是乱世里的"方舟"了。然而船队又岂能真正遗世而独立？恰恰相反，船民藏污纳垢，钩心斗角，而岸上的憧憬——和补给——永远蛊惑着他们。换句话说，这未尝不是一队"愚人船"，库家父子和慧仙不过是其中的抽样而已。

历史长河缓缓地流到了新的世纪。和新中国一起成长的作家现在也已经人到中年。回首来时之路，他们近年纷纷写下曾经刻骨铭心的记忆。毫不意外地，二十世纪六七十年代——作家们的青春时代——成为书写的重心。但这段历史在他们笔下何其不同。余华的《兄弟》写出从禁欲到纵欲的一体之两面。王安忆的《启蒙时代》将那个时代视为辩证青春与知识的契机。林白的《致一九七五》则致力描绘时代所带来的性别觉醒和感性律动。毕飞宇的《平原》思考人不成个人样的焦虑。

苏童以《河岸》来回应这些同辈作家的纪事，行文运事的确独树一帜。历史正如他小说中的河流一样，深沉、混沌、神秘，拒绝岸的桎梏，却又随着岸形成不得不然的流向。苏童的笔触是抒情的，而他笔下的世界是无情的。摆动在修辞叙事和历史经验的落差之间，《河岸》即使在写作的层次上，已经是一种河与岸、想象与现实的对话关系。这很可以成为苏童未来创作的走向，岸上河上，持续来回移动。

《诗经》的逃亡

——阎连科的《风雅颂》

　　《诗经》是中国文学的源头，搜集春秋时代近五百年间的诗歌三百零五篇。以体类可分为风、雅、颂；以修辞则可分为赋、比、兴。这些诗歌大多产生黄河流域中游，或为民间喜怒哀乐的表征，或为贵族宗庙仪礼的演绎，在在显示早期华夏文明的丰富面貌。

　　相传《诗经》由孔子所删定，从而建立了儒家诠释的正统。所谓"诗三百，一言以蔽之，思无邪"。我们可以想象老夫子埋首千百首原始歌谣，为了这个那个原因，最后筛选出理想的篇章。但除了入选的三百零五篇外，被淘汰的数字必定远远超过于此。这些诗歌究竟吟唱了些什么？它们都到哪里去了？

　　阎连科最新的小说《风雅颂》就发出这样的大哉问。但在提供答案之前，阎连科先让我们回到当代。他的小说发生在虚构的学术首府清燕大学，故事的主人翁杨科是个《诗经》专家，刚刚完成得意之作《风雅之颂——关于〈诗经〉的精神本源探究》。但就在他拎着书稿回家的那天，一开门却撞见他的老婆——也是大学教授——正和学校的副校长光溜溜、赤条条地在床上成其好事。

这一章的标题是《关雎》。"关关雎鸠，在河之洲"，孔老夫子赞叹此诗"乐而不淫，哀而不伤"，宜为《诗经》之首。阎连科却掉转矛头，告诉我们今天的雎鸠分明就是白昼宣淫的、有学位的野鸳鸯。然而我们的《诗经》教授虽然捉奸在床，却反而自觉理亏似的。副校长已经开出遮羞的条件，他倒一脚跪在老婆和情夫的脚下："请你们下不为例好不好？"

《风雅颂》的第一章因此明确写出了此书矛盾的基调。作为一本暴露学界以及社会怪现状的小说，阎连科的讽刺批判意图呼之欲出。近年大陆颇有几部批判学界的作品，如《围城续集》《桃李》《欲望的旗帜》等，走的基本是钱锺书《围城》的路子，笑而不虐。阎连科所有意无意呼应的则是晚清种种以"现形记"为名（《官场现形记》《学界现形记》等）的传统，以夸张的形式、匪夷所思的情节游走尺度边缘，极尽嬉笑怒骂之能事，也充满攻击性。

但另一方面，主导叙事的主角杨科的姿态和意识却又显得暧昧被动。阎连科有意选择第一人称"我"作为叙事观点，又奉送自己名字的一部分（杨"科"），显然不无认同的意思。这杨科来自农村，因缘际会成了知识分子兼名教授女婿。他自卑自怜，却不脱浮夸虚荣的习气；耽溺于梦想狂想，却缺乏承担的勇气。行走在最高学府里，他其实患得患失，总有进退失据的恐惧——也果然进退失据。他是个奇特的忧郁人物，一个让人也让自己哭笑不得的丑角。

《风雅颂》的故事就在这一张一弛的风格中展开。杨科虽然学有专长，但是他的课程乏人问津，远不如他那教影视研究的老婆。他被戴了绿帽子，反而成了下一波校园斗争的牺牲品。他被送到精神病院疗养，对着一群病患讲授《诗经》，居然大受欢迎。他逃回故乡河南西部的耙耧山区——也是阎连科的故乡——埋首《诗经》研究，和曾背弃的旧情人重续前缘，未料又陷入了乡镇的色情世界。而《风雅颂》的精彩部分从这里才真正开始。

阎连科是最近十年来中小学说界最重要的作家之一。二十世纪八十年代以来，莫言、苏童、余华、贾平凹、王安忆等人的作品早已流传海外，广受读者欢迎。阎连科和这些作家谊属同辈，但一直要到九十年代才开始受到重视。阎出生于河南农村，其作品多半反映了农村和军队经验，不脱现实主义路数。九十年代末，阎的风格丕然为之一变。在《年月日》里，一个老农在荒年里为了保存最后一棵玉米苗，不惜以肉身作为玉米的肥料，成了他要栽种的粮食的粮食。《耙耧天歌》里，一个老妇的四个儿女都有智力残疾，相传只有以亲人骨头入药，才可能治愈。她掘坟开棺，挖出亡夫骨骸，作为一个女儿的药引；最后她又安排一切后事，自杀而死，好让其他子女也能吃到骨头。到了《日光流年》里，一个豫西山村因为水源污染，世袭一种怪病，逼得村人以男卖皮、女卖身筹钱筑渠，引进活水。然而所有努力终归一场徒然。

这是阎连科的世界：荒凉的山乡，愚昧保守的农村，世世代代为了苟存性命而挣扎的中国人。他们的郁闷与不甘让他们铤而走险，却仍然难逃宿命。然而如上述的例子所示，他们的行径如此决绝，竟然触动生物锁链的裂变，以及伦理秩序的违逆。一种难以名状的荒谬感因此而生，其极致处，生命变调，文明退位，各种各样的死亡成了既恐怖又魅惑的奇观，令人无言以对。然而阎连科提醒我们，同样是在这片穷山恶水的所在，远古的黄河文化落地生根。《诗经》的抒情底蕴，其实潜藏着残酷的、天地不仁的讯息。

新世纪的开始，阎连科又推出《坚硬如水》《受活》等小说。《坚硬如水》重写一场发生在宋代理学家程颐、程颢故乡的血腥暴动。"痛史"类的小说我们看得多了，但阎连科出奇制胜，话语和行动融合为一，形成诡异的招魂闹剧。而阎让一对男女坏蛋权充主角，并让他们造反之余大做不伦之爱。《受活》则描写一个非残即伤的村落组织伤残杂技团巡回演出，竟然一炮而红。

阎连科的新风格至此已经有了轮廓。阎的批判精神让我们想到"五四"以来的人道写实主义，但他显然意识到以往的呐喊或唏嘘已经不再能应付现状。他从而放纵想象，以荒诞写荒诞，凸显现实不请自来的欲望，除之不尽的"恶声"。身体的扭曲、变形、色情化是他常用的手法；笑，而不是泪，是他诉诸的阅读效果。如果掉弄书袋，我们可以说阎连科作品所产生的狂欢冲动超越了巴赫金的嘉年华视野，逼近巴塔耶所论的死亡的高潮。

《风雅颂》的出版特别受到瞩目。蛰伏一段时间的作家重新出手，是否有了不同策略？这一回，阎连科揭发教育界、知识圈的黑幕，想来要得罪一大群人。阎自谓不是大学的一员；他只是希望借着"大学"所树立的崇高标准，对自己和千万像自己一样的文化人，做出严格的批判。然而借此喻彼，他哪里能全身而退，更不必说今天的大学形成另类病态大观。阎连科笔下的男女夫子们乱搞男女关系，结党营私，剽窃造假，左摇右摆，蝇营狗苟。他们更擅长的是摆出道学面孔，自欺欺人，是一群不折不扣的伪君子。

阎连科的杨科也许良心未泯，但并不能自外大学里的诱惑与堕落。他在校园内外一无所用，遇事则逃成为他的法宝，也是贯穿他在小说中的行动线索。阎连科曾提到《风雅颂》的原名是《回家》；他有意借杨科的逃回故乡，反省由农村出身的知识分子在城市闯荡一场，全然溃败的经过。"还乡"当然是现代文学的大题目，从鲁迅、沈从文到当代的贾平凹等都各有诠释。阎连科所要凸显的是像杨科这样的人与生俱来的自卑感：农村背景成为他的原罪。在城里杨科谨小慎微，甚至以自嘲自虐作为"赎罪"的手段，由此产生可怜又复可笑的场景一方面加深了他的屈辱感，一方面也吊诡地满足了他自我作贱的欲望。但其中被压抑的暴力因子，随时一触即发。

阎连科处理杨科的方式，可以让我们联想诺贝尔奖得主库切的小说《耻》。两部小说都是以校园性丑闻作为引子，深入探讨各自社会里罪与罚、知识与原欲、族群、阶层与权力的意义。所不同者，库切的大学教授是丑闻的始作俑者；阎连科的杨科乍看是个无辜的受害者，他所累积的暴力要到小说后段才爆发；库切低调地写尽人性的荒芜，而阎连科夸张地找寻又否定救赎。当然，前者的笔力精练则非后者所能及。

回到故乡的杨科被父老奉若上宾，当年的情人对他念念不忘，简直左右逢源。然而杨科毕竟不乏自觉意识，每每不愿或不能为所欲为。他的老情人恶疾在身，于是雇了个少女送上门来，杨科却在紧要关头之乎者也起来。可他真是坐怀不乱的柳下惠么？他所要回归的原乡果真是一块乐土么？

现今社会百花齐放，群莺乱舞，早已穿乡入镇。杨科的家乡也有了条天堂街，南北佳丽云集。杨科也在天堂街溜达起来，煞风景的是他"不办正事"，反而苦口婆心地劝妓女从良，简直成了今之古人。我们无从得知杨科的动机，但我们记得在城里捉奸时，他是个表里不一的龟儿子。这段天堂街故事的高潮是旧历年间，杨科没有回家，反而和十二个妓女关在旅馆里胡天胡地，大开无遮大会。到了这个裸裎相见的节骨眼，我们的杨科非但不为所动，竟然兴致勃勃地开讲《诗经》。在妓女学生"一日不见如三秋兮"的吟哦声中，好德与好色，思无邪与思有邪，统统混为一谈。杨科——或阎连科——当然借此解构了学术殿堂的庄严法相，但也绝不能撇清他有色无胆的龟缩和自我意淫所带来的欲望高潮。

阎连科处理天堂街狂欢这类场景，活色生香却又气氛诡谲，延续了他从《坚硬如水》《受活》以来的手法，应会引来读者强烈的好恶反应。也同样的，乐极一定生悲；杨科的旧情人猝逝，导出更多故事。我以为阎连科处理此处的情节转折不算讨好。一如前述，他的叙事摆动在狂野的笑谑和忏情的忧郁之间，似乎没有找到适当的支点，时而显得造作冗长。无论如何，情人之死转移了杨科的爱欲焦点（或其实是借口）。他发愿照顾情人的女儿，结果有了非分之想。故事自此急转直下，最后以凶杀收场。谁被杀了？为了什么？真发生了么？姑且卖个关子。我们再看到杨科时，他已经是个亡命之徒，流浪在耙耧山区。

而就在杨科匍匐在山巅水角时间，他意外闯进了一片废墟。从石碑残存的字迹看，他断定所有的文字都与《诗经》有关，而且多半是孔夫子删定《诗经》为三百零五篇后，失散民间的篇章。更不可思议的是他沿线发掘，竟然找到了传说中的"《诗经》古城"：家家户户的门楣都刻有《诗经》里外的章句，俨然是远古文化的完整遗迹。其中最引人注目的是一首有五百八十六句，二千三百四十四个字的长诗，还有"作为一首诗名或被传唱的歌名，是《诗经》中不曾有过的一个字——女"。

逃亡的《诗经》教授，散失的《诗经》篇章，湮没的《诗经》古城：阎连科的《风雅颂》为《诗经》的典范定义做足翻案文章。《诗经》的《风》收录黄河流域的民间乐歌；《雅》收录王畿之地的正声雅乐；《颂》则收录宗庙祭祀的音乐。合而观之，三者形成周代文化经验的繁复积淀，由天文地理到闺怨相思，由战争徭役到草木虫鱼，几乎犹如百科全书。《史记·孔子世家》谓彼时的诗歌流传有三千多篇，经孔子删选得出三百零五篇。此说只能存疑；《诗经》亡佚的篇章本来难以断定，而孔子删定《诗经》的角色只能以文化寓言视之。无论如何，秦汉以后，《诗经》已经被公认为华夏历史的精粹，文明正统的象征，而儒家传统的诠释更赋予《诗经》道德文章的深厚意义。

《风雅颂》切切要召唤《诗经》世界。同时阎连科也要问，在这个弦歌中辍的时代，哪里能谈什么风雅比兴？想象、诠释《诗经》只能带来剧烈的辩证。如此，此书至少可以从三方面来看。

第一，如果《诗经》古城的发现提醒我们在《诗经》之前，曾有千百歌谣传诵不绝，那么《诗经》的编定就是将这些诗歌体制化、经典化的工程。而任何体制化、经典化的工程都必须牵涉政教机制的干预与人为的操作，由意识形态的定夺到品味的取舍，无一不在其列。传统视《诗经》浑然天成，阎连科则暗示《诗经》被裁掉或被遗忘的部分才可能透露出古中国更丰富、也更驳杂的知识、行为系统。如此，孔子作为《诗经》编辑的位置变得可疑起来，而历来由儒家主导的《诗经》诠释权一旦和君权挂钩，其所暗含的政治意义就不文可知了。

阎连科在他的小说最后提出了因应之道。《诗经》古城招徕了离经叛道的学者、沦落红尘的妓女，他们在杨科的领导下，成立了一个集体生活团队。这几乎是阎连科近年小说最圆满的安排。这样的安排写得好不好是一回事，阎明白他的乌托邦毕竟只是一厢情愿的想象。诗城就算不被查封,也难免沦为商业卖点或内讧斗争,注定要再次消亡。未雨绸缪,阎连科只好将他的主角送上逃离的路程。

其次,如果《诗经》曾代表了中国文化、礼仪体系与土地渊源,《风雅颂》则点出那样的体系和渊源早已经被淘空。"兴于诗,立于礼,成于乐"曾是孔老夫子标榜的学问之道,而阎连科的大学殿堂则不知伊于胡底。小说以通奸偷情开始,以裸体狂欢居中,以类似乱伦的性冲动作为堕落的顶点;杨科无役不与,而且逐渐由被动到主动。他的屈辱最后成为一种以暴易暴的偏执,而他对《诗经》的狂热不论如何真诚,只透露了人格分裂的倾向。相对于此,阎连科设想了杨科的故乡作为救赎的场景。但杨科的寻根之旅只见证了家乡的堕落。他出亡诗城,那千百年前《诗经》的原乡,无非是一场阿 Q 精神的胜利大逃亡。

这引导我们审视《风雅颂》文本以内的问题。如果《诗经》象征了中国文学抒情表意的原型,所谓兴观群怨、一唱三叹,阎连科的文字世界恰恰要让我们怀疑:诗,还有可能?阎连科只能用冗长驳杂的小说叙述形式,写出个《诗经》不再、诗意荡然的故事。他的人物行止猥琐,既没有淑女,也没有君子。《诗经》文本在《风雅颂》里唯一残存的痕迹,是各个段落所引用的《诗经》各篇的篇名。但只要稍微比对原典,我们即可知种种张冠李戴,拼贴反讽的用心。这是另一种文本暴力,用以呈现语意系统的紊乱,以及随之而来的价值混淆。

识者或要提出阎连科的写作策略其实前有来者，而他的操作方式往往失之过露。更重要的，阎连科自始不能摆脱他的原道（与原乡）的负担。然而这样的沉重的意图未尝不可看作是阎连科的本色。当代大陆文坛早已不像前些年那样众声喧哗，有了地位或地盘的作家各有持盈保泰之道。阎连科却一头栽进挑战性题材，而且他的挑战不只来自题材，更来自他的风格。从这个观点来看，《风雅颂》的不够圆滑，反而促使我们正视作者有话要说的冲动，"诗亡然后'小说'作"的道理。

　　摆在当下的语境里，阎连科的写作不可能讨好。尽管他的想象令人拍案叫绝，他还是个太老实的作家，不懂得趋吉避凶的窍门。细读阎连科的作品，我们发觉他总是抑郁的、焦虑的。然而这也许就是阎连科的意义："知我者，谓我心忧；不知我者，谓我何求；悠悠苍天，此何人哉？"千百年前《诗经》里的感叹，似乎仍然萦绕在《风雅颂》的字里行间。

"狂言妄语即文章"

——论莫言

莫言崛起于二十世纪八十年代初期，一九八七年凭《红高粱家族》一跃而成知名作家。以后二十年他创作不断，长篇就包括《天堂蒜薹之歌》《十三步》《酒国》《丰乳肥臀》《食草家族》《檀香刑》等作。莫言的小说多以家乡山东高密为背景，笔下熔乡野传奇、家族演义、情色想象于一炉，磅礴瑰丽，在在引人入胜。高密东北乡也因此成为二十世纪末中国最重要的文学原乡之一。

一九八五年莫言以家乡为背景的《透明的红萝卜》引起好评，正好为彼时方兴未艾的"寻根文学"提供范例。论者早已指出"寻根"不是简单的文学写作，而是文化反思的一环；所谓的"根"既有国族命脉的寄托，也有反求诸己的警醒。那伤痕累累的土地在此成为重要的历史／心灵场景，唤起又一代"原初的激情"。

但"寻根"仍不足以形成一片文学风景；是与"寻根"相随而来的"先锋"运动号召才真正为其灌注了活力。"先锋"意味主题上的冲破禁忌，形式上的推陈出新。流风所及，文坛出现大量实验作品，余华到残雪，马原到韩少功，苏童到王安忆等都是个中好手。我们今天回顾二十世纪下半叶的文学好景，仍不能不以此为最。

莫言的意义正在于他躬逢其盛，同时与"寻根""先锋"书写挂钩。《红高粱家族》以后，他的作品不论是中规中矩的《天堂蒜薹之歌》或是刻意求变的《十三步》，都能表现其人丰沛的想象力及长江大河般的叙事能量。莫言的创作高峰是一九九二年的《酒国》。在其中他创造了一个恶托邦，让一群诡异荒唐的人物吃尽喝绝又拉撒无度，充满末世的纵欲冲动；同时他又反思小说作者出入虚实、嬉笑怒骂的位置。这真是奉酒神之名而作的小说。多年以后，我们才明白此时的莫言已经先行写下一部寓言。虽然莫言之后的长篇小说各有创新，以讽刺和幻想的力道而言，我认为皆未超过《酒国》。《生死疲劳》中的蓝千岁和小说家莫言的塑造，其实就有《酒国》人物的影子。

莫言自承他的创作受到二十世纪八十年代风靡中国的威廉·福克纳和加西亚·马尔克斯的影响；前者诡秘繁杂的家族传奇叙事，后者天马行空的魔幻写实技巧，在他的作品里都有迹可循。然而更值得注意的影响来自中国的文学叙事传统，从古典演义说部到晚清讽刺小说，从二十世纪四十年代延安流行的民间文学、说唱艺术再到五十年代的历史乡土小说，构成了莫言写作最重要的资源。这里的枢纽人物是赵树理和孙犁——他们是新中国成立前的"寻根"和"先锋"作家。

莫言如此翻转当代乡土叙事，其实碰触了两个更深刻的问题，就是如何定义现实主义，以及如何处理民族形式。我曾经多次讨论"乡土"作为现代中国文学的主轴之一，并不仅止显现现代作家的乡愁症候群而已。"原乡"的召唤必须以"原道"为后盾，而写实和现实主义成为最重要的中介形式。现实主义强调以文字对应客观世界。现实不但应该被描写被铭刻，更应该被改革塑造，而现实的终极实践正是真理的不证自明的时分。书写现实于是成为一种编织历史，通往神话时刻的手段。从三十年代到当代，左翼文论对"何谓现实"的不断辩证因此绝非小题大做。

乡土叙事，现实主义，民族形式：我们至此更为理解莫言在当代中国小说里的书写位置。他继承了新中国成立以来的重要文学命题，但也同时扭转了这些命题的向度。

近年莫言对这些命题的自觉愈益明显；写于千禧年之交的《檀香刑》采取山东民间猫腔（茂腔）的讲唱形式，重述"庚子事变"在胶东爆发和被镇压的始末。莫言一向擅于将大历史还诸民间，写出另外一种层次的现实，而《檀香刑》更是刻意以声音——代表乡土的猫腔对照代表现代文明的火车引擎——作为基调，将一场民族"史诗"化作匹夫匹妇飘荡在荒野之间的呜咽。

《生死疲劳》的野心更大，不再集中于一项历史事件的意义，而更思考历史的定位与意义。在《生死疲劳》里，莫言延续他所熟悉的题材，但视野更为奇特。他要写出中国北方农村天翻地覆的改变，不仅从人的角度写，更从畜牲的角度写。故事的主人翁地主西门闹在解放前夕的土改运动中被处死，怨气冲天，堕入畜牲道，化身驴牛猪狗猴一再回到纷纷扰扰的人间，也因此看尽世间百态。

借着说书人的口吻，莫言告诉我们理解乡土可以是田园乌托邦，也可以是凡夫俗妇存身的大千世界；现实主义之所以逼真，是因为从魔幻想象汲取了养分。而民族形式的活力根本就是新旧杂陈的积累和生生不息的创造。折冲在当代文学的可能与不可能之间，莫言所面临的困境和他所寻的出路应该持续吸引关心当代文学的读者。

《生死疲劳》那样流畅的说书形式和世故姿态写作不能不使我们想到赵树理一辈的贡献；而莫言能够粗中有细，点染抒情场面，让他有了向孙犁致敬的机会。除此，小说的灵魂人物单干户蓝脸的朴实固执，不正是《创业史》里梁三老汉的翻版？

但莫言心目中的山乡巨变只凸显了农村的景象；他最好的抒情片段竟留给故事中的畜牲们。像是第六章西门驴的坠入情网，第二十章西门牛杀身成仁都是精彩的例子。《生死疲劳》既然以六道轮回为主题，自然暗示了叙事乃至人生的重复节奏与徒然感。比起《创业史》《红旗谱》到《金光大道》所承诺的"雄浑"史观，莫言要让我们了解"疲劳"的真谛。他的小说嬉笑怒骂，务以身体的变形、丑化为能事，则是犹其余事了。

莫言的长篇写来一向酣畅淋漓，《生死疲劳》尤其如此。小说总长将近五十万字，莫言自谓四十三天之内一气呵成；每天一万字以上的产量十足惊人。但另一方面，莫言强调这部作品的构思是四十年以上的结晶，而他能够速战速决，竟是因为放弃计算机，选择传统方式一字一画的笔耕。在一片轻薄短小的写作风潮中，莫言刻意朝厚重密实的方向用力；他回到"手工活儿"的节奏，反而慢发先至。《生死疲劳》因此不只以大部头取胜，更充满对小说写作从速度到密度的反思。

《生死疲劳》一开场就极能吸引读者兴趣。西门闹多行不义，家破人亡，显然沿用了《金瓶梅》的模式。时代来到新时期，所有七情六欲、蝇营狗苟原来应该一扫而光。事实恰恰相反。一个强调无欲则刚的社会其实逗引出各种欲望。莫言让主人公六入人畜轮回，讽刺意图，呼之欲出。同时他又暗示农村社会的生产结构虽然发生巨变，但固有的习性和韧性依然存在。莫言以佛经的"生死疲劳，从贪欲起。少欲无为，身心自在"为全书揭开序幕，颇有超越众生表相的用心，但小说叙事效果热闹有余，却似乎尚不足以印证更深沉的宗教启示。尤其后半部急于交代情节，未免有虎头蛇尾之憾。这是莫言的老毛病了。

吴义勤先生等曾以《生死疲劳》为例，指出莫言是当代中国小说界极少数能够听任想象驰骋，挥洒自如的作家；他的小说代表"一种完全没有任何束缚和拘束的，随心所欲的自由境界"。吴的品评有夸张之处，也充满反讽，但吴仍点出莫言现阶段的特色。

其实《生死疲劳》卷首不讲自由，而讲自在——"少欲无为，身心自在"——尤其耐人寻味。"自由"的哲学意义我们在此无从辩证，但苏珊·桑塔格的名言"文学就是自由"可以作为参照。小说既是虚构游戏，理应创造解放和变化的空间。一个世纪以前，新小说的开始的动力正是瓦解国家和个人主体的禁锢。何以到了新世纪，莫言又提出了"自在"的话题？比起二十世纪末的狂欢、解构等"后学"口头禅，两位作家书写"自由"——以及自由的对立面——又代表什么意义？吴义勤从现当代中国政治、文类对小说的局限来谈论莫言新作的解放意义；陈思和则点出《生死疲劳》纯任自然的民间情怀。而《生死疲劳》的偈语"少欲无为，身心自在"更投射超越此世的愿景。

在《生死疲劳》的后记里，莫言又提出小说必须有"大悲悯"。悲悯不是听祥林嫂说故事，因为"苦难"太容易成为煽情奇观；悲悯也不必是替天行道，以致形成以暴易暴的诡圈。"只有正视人类之恶，只有认识到自我之丑，只有描写了人类不可克服的弱点和病态人格导致的悲惨命运"，才能真正产生惊心动魄的大悲悯。换句话说，唯有对生命的复杂性有了敬畏之心，小说的复杂性于焉展开。《生死疲劳》里人物和动机的千回百转，就是最好的例子。据此，悲悯也是写作形式问题，因为一旦跨越简单的人格、道德界限，典型论、现实论的公式就此瓦解。莫言更认为"小说"之必要，正在于它有其他媒介所不及的救赎力量；长篇小说如此兼容并蓄，繁复纠缠，绝不化繁为简，就是一种悲悯的形式。

只有在以上的两项观察的基础上，我们得以重新看待小说和历史与记忆的辩证。莫言的作品大开大合，一向被当作是颠覆历史的范本。《生死疲劳》依然沿着同一路数，但对历史起承转合的幽微神秘处有了新解。他写五十年的农村，融入了世俗佛教的因果轮回和章回小说的下回分解，仿佛现实只是生生世世的一环，又一次故事——和历史——的开始或结束。故事中的西门闹拒绝忘记过去的故事，但每一次的投胎转世却使他记忆的方式和内容产生异化。量变带来质变，到了小说的结尾，不该忘却的和本应记住的形成复杂网络，不断释出正史和"大说"以外的意义。莫言似乎暗示，六十年历史并不轻易被解构，但历史要如何"解放"，不正是个历久弥新的话题？

顾名思义，莫言的笔名意味"莫／默"言：不说，无可说，不能说，或者欲辩已忘言——不必说。这里也有一层更深的"失语"的含义，不论是心理的创伤，或是社会道德的制约，都让作家讳莫如深起来。然而莫言小说给我们的印象却恰恰相反；仿佛他有千言万语，不吐不快，于是一发即不可收拾。如他在《〈生死疲劳〉后记》中自承，长篇小说的形式才最能显现他的能量。噤声莫言的另一端因此是妄语狂言的冲动。《生死疲劳》第十七章回目说得好："狂言妄语即文章。"这一收一放之间造成的张力，正是莫言创作最大的本钱。

编后记

　　王德威教授的《悬崖边的树》是近年作品的重要结集。作为王老师的学生，长年研读其文章，如今有机会替老师编一本选集，恰似给自己下了一道题目，必须在有限的篇幅内，重点撷取和呈献老师这些年的学术思路与论述。这个选集系列，尤其强调不标榜学术长文，故我挑选了王老师这些年在学术研究之外，替同行的学术专著写作的序文，怀人忆旧的散文，以及学术性短文和文学评论。但熟读王德威论述的读者应该知道，这类看似较为简短的文章，依然透现出王老师惯有的敏锐洞见，以及学术关怀。

　　此书命名为《悬崖边的树》，跟曾卓的诗作同名，那是王老师的主意。个中体现了王老师长期将学术研究与现代意识联结所试图彰显的忧患意识与微言大义。那是知识分子对人文传统的承担，也是学术文字背后的个人胸怀。

　　此书分为三辑，各有不同关怀脉络，集中反映了王老师长年关注的几个核心议题。第一辑"古典今典，诗力文心"，除了文学经典与公民意识之形塑，是王老师针对人文学科的发展趋势发挥之议题，其他挑选的各篇序文，涉及几个关键词：抒情传统、近代文论、旧体诗新论，以及文学与文人的跨境离散。这些序文的最大特点，除了张扬各家专著的学术论点，往往精彩处还在王的点评与对话，碰撞的火花及洞见。藉由书序，王老师的关怀焦点，可以接应上他对文学现代性的思考。在小说研究之外，文论、新诗、旧体诗同样可以置入到文学与历史的辩证，攸关国家及个人主体论述在现代文学的表征。"文学"与"现代"因此有着微妙与复杂的对话关系。王老师的近年关怀重申抒情传统，目的不在复古，而是将抒情视为美学观照、生活风格，文类特征、情感结构不只是个人情绪的表现，同时代表了历史主体面对文化与时代的块垒。尽管序文是为他人的论著加持，但游走其间的论述脉络，引导的思路层次，倾注了个人对相关议题的开阔思考，个中识见总能打开论著的视野，让人印象深刻，耳目一新。

在序文之外，王德威最能寄托学术情怀的文章，当属写作学界师长前辈的怀人散文和评述。第二辑"如此悲伤，如此愉悦，如此独特"，本属讨论齐邦媛先生《巨流河》的文章篇名。挪为专辑标题，更能见出王老师对笔下人物保有一种温厚的理解和敬重。评述师长著作，或记叙往事，学术理性之余，处处留有温情。怀人忆旧之间，王老师为长者们建立了独特的人文典范。这个专辑涉及夏志清先生的文章最多，共有五篇。王老师跟夏先生的相处，无论于公于私，已是美国汉学界学术交游的佳话和掌故。

最后一辑"文学行旅，小说中华"，在王德威长期关注的世界华语文学谱系内，提醒读者注意旅行的"中国性"议题。小说中华，尤其强调了"华语语系文学"作为思辨问题的视角，就是观察中华元素和中国想象如何在地域、族裔、社会、文化、迁徙、移民、殖民等面向的移动和转化，各地华语文学如何铭刻、再现、体验这些经验和想象，进而展现某种对话与辩证关系。专辑里的文章，是对横跨中国、马来西亚与美国的现当代华文文学的点评文字。其中数篇评述中国当代重要小说家及小说的短论，属于相关小说在台湾地区出版时的导论。这是面向华语小说世界的引介和评述，既能响应中国语境下的评论成果，亦能反映华语小说的众声喧哗，展示王德威个人的阅读眼界。

从以上三个面向的选文，简约勾勒了王德威的近年学术关怀。这些文章体现了他精准犀利的洞察力，以及介入新颖学术视域的对话能耐。选文严格说来不算学术专论，但清丽抒情却辩证张力十足的论述文字，依然是王德威自成一格的文学评论特色。希望这本选集可以带给读者愉快又充实的阅读体验。

高嘉谦
台湾大学中文系副教授